ROSEMARY HARRIS

Gegen Mord ist kein Kraut gewachsen

Buch

Paula Holliday, Ex-New-Yorkerin und Gärtnerin aus Leidenschaft, kämpft ums berufliche Überleben. In der kalten Saison gibt es im ländlichen Springfield kaum Aufträge für ihre kleine Gartenbaufirma Dirty Business. Nachdem die schöne Gärtnerin bei ihrem ersten großen Auftrag auf eine Leiche stieß und mit viel Scharfsinn und Hartnäckigkeit einen Mord aufklären konnte, genießt Paula eine gewisse Reputation als Hobbydetektivin – auch wenn sie eigentlich lieber in Ruhe ihrer Gartenarbeit nachgehen und ab und zu ihre schräge Freundin Babe, die Betreiberin des Paradise-Diner, auf einen Kaffee und ein paar Donuts besuchen möchte.

Als die reiche Caroline Sturgis ihr das Angebot macht, bei Dirty Business einzusteigen, ist Paula hin- und hergerissen. Einerseits geht ihr die Vorstadtmutter mit ihren naiven Ideen ziemlich auf den Geist, andererseits hat sie das nötige Kleingeld. Paula will gerade zusagen, da ereilt sie eine schockierende Neuigkeit: Caroline ist verhaftet worden —angeblich ist die hübsche, harmlose Nachbarin eine Verbrecherin mit falscher Identität, die seit zwanzig Jahren von der Polizei gesucht wird. Der verzweifelte Ehemann kann dies nicht glauben und bittet Paula um Hilfe. Und plötzlich befindet sich die kriminalistisch versierte Gärtnerin auf einer Reise in die Vergangenheit, die sie fast das Leben kostet ...

Autor

Rosemary Harris wuchs in Brooklyn auf. Sie leitete eine Buchhandlung und arbeitete beim Fernsehen, bevor sie sich entschloss, ihre zwei großen Leidenschaften – das Schreiben und das Gärtnern – miteinander zu vereinen. Heute lebt sie mit ihrem Mann und ihrem Golden Retriever Max in New York und im ländlichen Fairfield County, Connecticut, wo sie ein wahres Gartenparadies angelegt hat. Nach *Landliebe und Mordlust* ist *Gegen Mord ist kein Kraut gewachsen* ein weiterer Kriminalroman aus Rosemary Harris' beliebter *Garden-Mystery*-Reihe.

Rosemary Harris

Gegen Mord ist kein Kraut gewachsen

Roman

blanvalet

Die Originalausgabe erschien 2010 unter dem Titel *Dead Head*
bei Thomas Dunne Books/St. Martin's Minotaur, St. Martin's Press, New York.

MIX
Papier aus verantwortungsvollen Quellen
FSC® C014496
FSC
www.fsc.org

Verlagsgruppe Random House FSC® N001967
Das FSC®-zertifizierte Papier *Holmen Book Cream*
für dieses Buch liefert Holmen Paper, Hallstavik, Schweden

1. Auflage
Deutsche Taschenbucherstausgabe März 2014
bei Blanvalet, einem Unternehmen
der Verlagsgruppe Random House GmbH, München.

Umschlaggestaltung: www.buerosued.de unter Verwendung von Motiven von
Getty Images/GAP Photos/Lee Avison
AF · Herstellung: sam
Druck und Einband: GGP Media GmbH, Pößneck
Printed in Germany
ISBN: 978-3-442-37983-5
www.blanvalet.de

Für Bruce, für alles

Prolog

So viele Lügen. Mit dem Tag, an dem man zu lügen beginnt, beginnt man auch, sich davor zu fürchten, dass sich einem ganz plötzlich eine Hand auf die Schulter legt. Jedes Mal, wenn man den Mund aufmacht und die falsche Lebensgeschichte erzählt – die ausgedachte Familie, die erfundenen Anekdoten. Und wenn schon keine Hand, dann erwartet man doch zumindest diesen abschätzenden Blick, der einem sagt: »Ich weiß, das stimmt nicht« oder »Was reden Sie da für einen Unsinn«. Damit muss man immer rechnen.

Vielleicht passiert es leichthin, jemand schaut ein wenig ungläubig und murmelt leise: »Wirklich?«

Vielleicht bedrängt einen aber auch ein hartnäckigerer Fragesteller und erkundigt sich nach Namen und Daten, nach Entfernungen zwischen den Städten, in denen man behauptet, gelebt zu haben, oder er will, den Namen der Schulen wissen, die man angeblich besucht hat, denn wie es der Zufall will hat er dort auch gelebt.

Wenn das nicht geschieht – oder die Hand auf der Schulter und das darauf zwangsläufig folgende Einrasten der Handschellen ausbleibt –, fühlt man sich wie ein Taucher, der an die Oberfläche kommt und nach Luft schnappt. Man ist frei. Und nach Jahren, in denen nichts passiert, ist man es vielleicht sogar. Wenn jede Spur verschwunden ist, die Vergangenheit begraben wurde, und alles, was bleibt, die neue Identität ist.

Jeder hier im Ort erinnert sich an diesen Finanzbetrüger, der sich am Ende der Polizei stellte. Er hatte mit immer neuen Lügen über Jahrzehnte hinweg Milliarden veruntreut. Springfield tratschte ewig darüber. Die Namen derjenigen, die betroffen gewesen waren und sich still und leise von Booten und Zweitwohnsitzen trennen mussten, wurden hinter vorgehaltener Hand geflüstert, als ob sich die Opfer dafür schämen sollten, dass ihnen ihr Vermögen abgeluchst worden war. Die Menschen wunderten sich über die Gier des Betrügers und das noble Leben, das er sich geleistet hatte. Und darüber, wie ansonsten clevere Leute ihm Millionen ihrer hart verdienten Dollars überlassen hatten, ganz offensichtlich, ohne den Mann genauer in Augenschein zu nehmen.

Ich wunderte mich eigentlich nur, wie der Mann so viele Jahre hatte lügen können – all die erfundenen Konferenzen und Transaktionen, all die Phantomfirmen – die Scheinwelt, die er kreiert hatte, war tausendmal komplizierter und verflochtener als meine. Und als alles um ihn herum zusammenbrach, fragte ich mich, ob mir irgendwann dasselbe passieren würde.

Andererseits hatte ich mit Sicherheit nicht vor, mich zu stellen.

1

»Das ist eine falsche Goldnessel, auch *false lamium* oder Gewöhnliche Goldnessel genannt«, sagte ich.

Babe Chinnery verschränkte ihre durchtrainierten Arme und musterte die Pflanze eingehend. »Was ist denn an der so falsch, dass es nicht zur richtigen Goldnessel gereicht hat?«

»Die Dinge sind eben nicht immer, wie sie zu sein scheinen.«

»Besten Dank, Yoda.«

Ich grinste. Trotz ihres Rock-'n'-Roll-Aufzugs, ihrer mit den Jahreszeiten Neuenglands wechselnden Haarfarbe und eines zwanzig Jahre jüngeren Lovers, verfügte Babe über mehr gesunden Menschenverstand als die meisten anderen Leute, die ich kenne. Es war eine ausgesprochen vernünftige Frage, aber ich konnte sie nicht beantworten.

»Jetzt mach es mir nicht extra schwer. Ich bin bloß Gärtnerin und kein Linnaeus.«

»Wer ist denn das?«

»Ein Schwede, der Pflanzen benannt hat«, sagte ich. »Vergiss es einfach – du musst keine Klassenarbeit darüber schreiben. Ich wollte dich bloß mit meinem Wissen beeindrucken.«

»Das ist dir gelungen.«

Genau genommen hatte Linnaeus diese Pflanze gar nicht benannt. Im Garten gab es jede Menge Täuschungsmanöver. Wunderschöne Pflanzen waren todbringend und giftig. Sie sahen nach etwas aus, waren aber etwas anderes – *false spirea*, die Sibirische Fiederspiere, *false hellebore*, auch Grüner Germer oder Amerikanische Nieswurz genannt, *false Solomon's seal* alias

Schattenblume beziehungsweise Falsches Salomonssiegel: Vermutlich war es korrekt, sie alle als *false* zu bezeichnen, aber warum nannte man sie nicht einfach so, wie sie waren? Sollte ich jemals Königin werden (wovon im Moment nicht auszugehen ist), dann ändere ich das und gebe den Blumen ihre eigenen lyrischen, poetischen Namen wie *Kalmia latifolia* oder *Platycodon grandiflorus* oder mein neuer Liebling, Nicotiana ›Only the Lonely‹. Roy Orbison wäre begeistert.

»Glaub mir, du willst keine ›richtigen‹ *lamiums* in diesen Töpfen – die heißen dann übrigens Gefleckte Taubnessel. Du hast gesagt, du willst mehr Gelb. Im Moment sehen sie noch nicht nach viel aus, aber glaub mir, wenn diese Babys hier blühen, dann wird es gelb.«

Babe kniff die Augen zusammen und spazierte über den Parkplatz. Sie hielt einen Pflanzenkatalog neben jeden Topf, um sich vorstellen zu können, wie das alles nächstes Jahr in voller Blüte aussehen würde. Ich widerstand dem Drang, sie darauf hinzuweisen, dass die Ergebnisse in dem Katalog ungefähr genauso realistisch waren, wie die Wäschemodels im Victoria's-Secret-Katalog. Mit anderen Worten unerreichbar. Aber warum sollte ich meine Freundin enttäuschen? Optimismus ist eine entscheidende Zutat für jeden Garten.

Babe hatte extra nach Gelb gefragt, denn diese Farbe passte nach ihrem Dafürhalten fantastisch zu den neuen, wirklich heißen pinkfarbenen Fensterläden des Restaurants. Nicht unbedingt das klassische neuenglische Farbschema aus den Lokalmagazinen, in denen Farben wie »Betsy Ross Rot« vorkamen (nach der Frau, die für George Washington angeblich die erste amerikanische Flagge genäht hatte) oder »Heritage Blau«, als trügen alle Menschen immer noch Knickerbockerhosen und lange weiße Strümpfe und hießen Lemuel oder Goody.

Aber Babe war eben keine Standard-Neuengländerin, und die Farben passten prima zu ihr – einer kleinen Punkrockerin, einer karibischen Hängemattenkönigin. Und irgendwie auch zu der Tiki-Bar-Ausstrahlung ihres Diners und dessen Lage am Ufer eines Sees.

»Verdammt«, sagte sie.

Was jetzt? Sie stand am hinteren Ende der Terrasse und schaute ärgerlich auf etwas, das ihr nicht gefiel. Hinter dem Gitterzaun, an dem ein vom Wetter strapaziertes, handgemaltes DONUTS-Schild hing, befand sich ein kleiner Verschlag, in dem Babe ihre Mülltonnen untergebracht hatte, und wo jetzt für einige Zeit ein Container geparkt war. Die Oberseite und die Türen des Schuppens standen offen und die riesigen Tonnen daneben waren umgestoßen worden.

»Man kann nicht mit ihnen verhandeln. Man kommt ihnen mit Vernunft nicht bei. Sie kennen keine Gnade oder Reue oder Angst. Und sie hören einfach nicht auf.«

Sie klang wie aus einem Terminator-Film.

»Waschbären.« Babe schlug frustriert gegen die Seitenwand des Schuppens. »Wie schaffen sie es nur, die Steine von den Deckeln zu stemmen?«

»Keine Ahnung. Bei mir funktionieren die Steine. Soll ich dir beim Saubermachen helfen?«

»Nein. Und ich mach das jetzt auch nicht. Ich muss zurück in die Küche. Ich kümmere mich heute Abend darum. So ein Mist. Guck dir das nur an – Papier und Essensreste überall.« Sie stiefelte los und trat nach einem der Steine, die auf dem Deckel des Gehäuses gelegen hatten, und er prallte gegen einen der sechs Metallkanister, die dahinter standen.

»Wofür hebst du denn das Leergut auf?«, fragte ich. »Pfandgeld?«

»Das ist nicht leer. Das ist GPÖ – gebrauchtes Pflanzenöl. Ich lasse es für die Leute mit den Fettautos hier draußen.«

Ich hatte von Fettautos gelesen, die auch Pommesmobile genannt wurden. Ernsthafte Umweltschützer oder Irre, je nachdem, von welcher Seite der Zapfsäule aus man es betrachtete, bauten ihre Motoren um, damit sie mit gebrauchtem Pflanzenöl liefen, und abgesehen davon, dass ihre Wagen rochen wie eine Badewanne voll ausgebackener Zwiebelringe, klang das gar nicht mal so dumm. Vielleicht war es zugleich diätetisch wirksam. Wenn man den ganzen Tag Fritten roch, aß man bestimmt keine mehr.

»Glaubst du, es war einer von denen?«

»Warum? Ich lasse die ganzen guten Sachen draußen. Niemand muss den Müll durchwühlen. Und die meisten von ihnen sind nicht arm. Ein Typ hat sogar einen Fett-Mercedes. Er zahlt einfach nur nicht gern fürs Benzin. Einigen geht es um ihren ökologischen Fußabdruck, anderen um die Unabhängigkeit von ausländischem Öl. Ich nehme an, der Mercedesfahrer will seine radikale Jugend wiederbeleben. Es macht ihn wahrscheinlich fertig, dass er sich allmählich in seinen Dad verwandelt. Mir soll es recht sein. Die recyceln meinen Müll. Und ich fühle mich dann auch besser, obwohl ich meinen Geländewagen noch nicht gegen einen Prius getauscht habe, wie ich es meinen Söhnen versprochen habe. Nein«, sagte sie und rieb sich die Hand, die offenbar nach dem Schlag gegen die Wand des Mülltonnengehäuses immer noch schmerzte, »das waren vierbeinige Biester mit spitzen kleinen Näschen und Augen, die im Dunkeln glühen. Im Fernehen finde sie ja niedlich, aber nicht auf meinem Parkplatz!«

Ich konnte es ihr nachfühlen, bei mir war es mit Rehen genauso. In einem Wildpark: Bambi. In meinem Garten: Godzilla.

In den Jahren, die wir befreundet waren, hatten Babe und ich den mit Glas und Müll zugeschütteten Parkplatz vor dem »Paradise Diner« in eine tropische Oase verwandelt. Da war es auch egal, dass es in diesem Teil Connecticuts manchmal zehn bis fünfzehn Schneestürme pro Jahr gab. Babe hatte beschlossen, wie auf einer Insel zu leben, basta. Sie hatte ihre eigenen Regeln und ignorierte Konventionen schon so lange, dass die Bewohner Springfields das kaum mehr bemerkten, es sei denn, es handelte sich um eine ihrer oft wechselnden Erscheinungsformen – ihr aktueller Look bestand aus wild abstehendem blondem Haar und Fingernägeln in der Farbe von Granny-Smith-Äpfeln.

Wir gingen zurück zu den Pflanzkübeln. Babe umkreiste eine Goldnessel mit schlappen Blättern, schob sie ein wenig nach rechts und betrachtete sie dann nachdenklich, bevor sie zufrieden nickte. Das Pflänzchen war durchgekommen. Wir führten denselben Pas de deux zu jeder Pflanzzeit mit jeder Staude und jedem Busch auf, und sie hatte noch nie einen meiner Vorschläge abgelehnt.

»Warum machst du das eigentlich?«, fragte ich. »Wenn du sowieso immer ja sagst?« Ich schrieb mir auf, noch sechs weitere Gewöhnliche Goldnesseln bei der Gärtnerei zu ordern.

»Ich will bloß nicht, dass du denkst, ich wäre leicht über den Tisch zu ziehen.«

Als ob man Babe leicht über den Tisch hätte ziehen können!

Gestatten, Paula Holliday, Gärtnerin aus Leidenschaft und Alleininhaberin von »Dirty Business«, die zunächst »PH Factor« hieß, was ich damals einfach genial fand. Doch abgesehen davon, dass sich das Wortspiel nur den wenigsten Kunden erschloss, war es so, dass ich bei meiner Arbeit hier in Springfield ziemlich viel Dreck aufwühlte, jedenfalls benannte ich meine Firma um, und dabei blieb es. Außerdem ist das meine lockere Art anzudeuten, dass ich offiziell keine Landschaftsarchitektin bin und so ziemlich alles Gartenartige übernehme, von umfangreichen Designarbeiten bis zum Wässern von Hauspflanzen.

Doch normale Gartenpflege fand im Augenblick leider nicht mehr statt. Die Leute sparten, und letztes Jahr hatten mich zwei Kunden um den Lohn für die Arbeit eines ganzen

Sommers betrogen, indem sie wegzogen und keine Adresse für die Endabrechnung hinterließen. Anna Jurado, meine Teilzeit-Buchhalterin, fühlte sich dafür verantwortlich, aber im Grunde war es meine eigene Schuld. Ich hätte die Zeichen erkennen müssen – Garagenflohmarkt, der übergroße Müllcontainer vor dem Haus, die Behauptung: »Oh, nein, das ist bloß unser Herbstputz.« *Herbstputz?* Na klar!

Ich gärtnere ja auch bloß, weil ich eine durchgeknallte Erbin bin und darauf warte, dass meine Alten abtreten, hahaha.

Das Gute daran war jedenfalls, dass diese betrügerischen Kunden mich auf meine neueste Geschäftsidee gebracht hatten – Paula Hollidays schnellen Frontseiten-Facelift. Makeup für Ihr altes Haus. Bei all den *Zu verkaufen*-Schildern in der Gegend hatte ich augenblicklich viele neue Jobs anleiern können – und es waren die lukrativsten und zugleich am wenigsten arbeitsintensiven meines kleinen Garten-Business.

Für drei- bis fünfhundert Tacken, je nach Größe und Verkaufspreis des Objekts, tauchte ich mit meinem gärtnerischen Pflaster für ein schlichtes Häuschen auf – Pflanzbehälter, Einjährige, ein paar kleine Bäumchen. Kürbisse und Zierkohl im Herbst. Das Ergebnis war an Heimeligkeit kaum zu übertreffen. Das Einzige, was ich nicht hinbekam, war eine feine Rauchfahne, die über dem Haus aufstieg und dem Ganzen den letzten Norman-Rockwell-Touch verlieh. *Würden Sie hier wohnen, dann wäre Ihnen warm ums Herz und Sie wären glücklich. Ihr Haus wäre erfüllt vom Duft selbstgebackenen Brotes und Apfelkuchens. Ihre Kinder würden nicht kiffen oder widersprechen. Alle Ihre Verwandten wären Leute, die Sie tatsächlich gern mal wiedersehen würden.* Und das nur mit Hilfe von ein paar Pflanzen, lebhafter Vorstellungskraft und einer gewissen Begeisterung für Norman Rockwell.

Im Paradise Diner hingegen war das nicht nötig. Nicht, dass Babe etwas gegen Norman Rockwell hatte, aber sie betrachtete meine Arbeit im Diner als Visitenkarte – nicht viel anders als die Schaugärten auf einer Gartenschau. Babe hatte darauf bestanden, dass ich »Gestaltet von Dirty Business«-Schildchen in die Pflanzbehälter steckte, um mein Geschäft anzukurbeln. Ich war jetzt seit drei Sommern dabei und drückte mir selbst die Daumen für das nächste Jahr.

Ich erlaubte es mir sogar, von Urlaub zu träumen. Ich hatte nicht frei gemacht, seit ich meinen alten Job in New York verloren hatte. Aber wenn mein Soll und mein Haben erst einmal wieder miteinander redeten, wäre ich sofort unterwegs auf die Jungferninseln. Ich würde in einer Hängematte liegen und vom Wasser aufgequollene Taschenbücher lesen, die andere Reisende freundlicherweise zurückgelassen hatten. Und die schwierigste Entscheidung, die ich zu treffen hätte, wäre die, welchen kalorienintensiven Drink ich mir bestellte, den Painkiller oder den Bushwhacker.

Doch bis zu jenem glücklichen Tag musste das Paradise Diner als mein Karibik-Ersatz herhalten. Anfang des Jahres hatten Hugo Jurado und ich einen Teil von Babes Parkplatz in eine Terrasse verwandelt, was es im Örtchen Springfield bislang nicht gegeben hatte. Hugo war Annas Ehemann und mein Teilzeit-Kompagnon – manchmal kam es mir so vor, als wären die beiden der Kopf des Geschäfts und ich arbeitete für sie.

Springfields Innenstadt hatte sich gemausert in den paar Jahren, seit ich hier lebte. Es gab jetzt ein Filmkunst-Kino und einen Vierundzwanzig-Stunden-Supermarkt, aber etwas außerhalb des Stadtkerns waren der Paradise Diner und das Dunkin' Donuts die beiden einzigen gastronomischen und sozialen Treffpunkte. Beim Doppel-D war der Kaffee eindeutig besser, aber an die Donuts im Paradise kam keiner ran.

Hugo und ich hatten hölzerne Pflanzkästen von etwa sechzig Zentimeter Höhe und eins zwanzig Tiefe gebaut, um so eine modulare Grenze für einen ungefähr sieben mal sieben Meter großen Bereich vor dem Diner zu schaffen. Im Frühjahr und Sommer waren die Kästen voller farbenfroher ein- und mehrjähriger Stauden gewesen, und Babe wollte die Saison verlängern mit einer Herbstaufführung, zu der kleine Büsche und Ziergräser gehörten. All das war ein charmanter Gegenpart zu Babes wundervoll scheußlicher Schrifttafel und dem Leuchtschild, bei dem immer eine Birne durchgebrannt oder ein Buchstabe eingeschlagen war. Ich vermutete fast, dass Jugendliche nachts vorbeikamen, wenn das Restaurant geschlossen war, und mit Steinen nach den Glühbirnen warfen, um Babe dabei zu unterstützen, den leicht schäbigen Look des Diners aufrechtzuerhalten, oder vielleicht war es auch Babe selbst, wer konnte das schon wissen?

Sie hatte Picknicktische und nicht zueinander passende Flohmarkt-Schirme aufgestellt, so dass ihr Restaurant nun nicht nur der Standard-Stopp für jeden Lasterfahrer in diesem Teil des Bundesstaates war, sondern der alternative Chic des Cafés auch die Vorstadtmütter anzog, die sich bisher nicht getraut hatten oder die zu arrogant gewesen waren, vorbeizuschauen: Sie kamen inzwischen lieber hierher, als in die überteuerte Gourmet-Bäckerei drei Dörfchen weiter zu fahren.

Ein oder zwei mürrische Stammgäste hatten zwar geknurrt, dass Babe den Schuppen aufmotzte, aber den meisten gefielen die neuen hübschen Gesichter. Der Frühschicht aus Arbeitern und Truckern, die im Paradise Diner Station machten – egal ob hungrig oder nicht –, folgten nun die eleganten oder matronigen Kleinstadtmütter, manchmal mit ihren Sprösslingen, die gerade vom Fußball oder Ballett oder Dressurreiten kamen. Manchmal überschnitten die Gruppen sich.

»Wenn ihr alle meine Rechnungen zahlt«, entgegnete Babe den Beschwerdeführern, »dann könnt ihr auch bestimmen, wie ich den Laden einrichte und wer meine Gäste sind.«

Ich zahlte ihre Rechnungen auch nicht, und sie meine nur selten, abgesehen von den Auslagen. Im Großen und Ganzen hatten Babe und ich eine Art gütliches Arrangement getroffen. Ich kümmerte mich um ihre Außenanlagen und sie ließ mich eine Ecke vom Paradise als Büro nutzen, in dem es immer Kaffee gab und Pete Nummer zwei (so benannt, um ihn von Babes verstorbenem Ehemann Pete zu unterscheiden) mich als Versuchskaninchen für neue Rezepte missbrauchte. Es war eine Regelung, die mir gut gefiel, trotz der drei oder vier Pfund, die ich zugelegt hatte, seit ich aus New York City nach Springfield gezogen war und unser unausgesprochener Deal begonnen hatte. Und Babes Pinnwand war meine ganz private Anzeigentafel, sie infomierte alle Anwohner und Geschäftsleute den ganzen Merritt Parkway rauf und runter über meine Leistungen.

Das hier war natürlich etwas völlig anderes als Babes früheres Leben vor zwanzig Jahren. Damals war sie als Sängerin mit einer Rock-Band und dem verstorbenen Pete Nummer eins unterwegs gewesen. Spät am Abend, wenn keine Kinder mehr da waren, erzählte sie manchmal eine ihrer unglaublichen Storys, und dann sammelte sich immer eine Traube am Tresen des Diner und die meisten ihrer Zuhörer fieberten begeistert mit diesen wilden Geschichten mit, statt den eigenen Hintern hochzukriegen und selbst etwas zu erleben. Dann und wann klang eine der Geschichten verdächtig wie etwas, das ich aus einem Film kannte oder in einem Roman gelesen hatte, aber wenn Babe die Wahrheit ein wenig zurechtbog, wen kümmerte es? Wer erzählt von der eigenen Vergangenheit nicht so, dass man darin klüger, frecher und lustiger dasteht? Und Babe war eine talentierte Erzählerin, mit viel Witz und noch mehr Details, so dass man am Ende das Gefühl hatte, selbst dabei gewesen zu sein: Man feierte mit den Rockstars und tanzte auf ihren Yachten. »Manchmal fehlt es mir«, sagte sie, und ihr Blick verlor sich irgendwo auf der Straße, die am Paradise Diner vorbeiführte. »Mit der Jimmy Collins Band unterwegs zu sein. Jede Woche eine andere Stadt. Ach was, manchmal jede Nacht. Das war ein Leben! Ich kann mich nicht beklagen.« Sie nickte nachdenklich. »Jemand hat mal zu mir gesagt, es gäbe nur zwei Geschichten: Ein Mann geht auf eine Reise – und ein Fremder kommt in eine Stadt. Die erste Hälfte meines Lebens war ich auf einer Reise. Jetzt bin ich hier und die Leute, die zu mir ins Restaurant kommen, sind die, die in die Stadt kommen.« Ein bittersüßes Lächeln huschte über ihr Gesicht, und ich fragte mich, ob sie an Pete Nummer eins dachte, und wie sie vor so vielen Jahren gemeinsam in diese Stadt gekommen waren.

Babe wischte sich die Hände an ihren engen schwarzen Jeans ab, hielt mir die Fliegengittertür des Restaurants offen und scheuchte mich hinein. »Komm jetzt, Linnaeus«, sagte sie. Babe lernte schnell.

Die »Stadt« in unserem Fall war Springfield, Connecticut, und lag zwar zwischen Boston und New York, aber doch Lichtjahre von beiden entfernt. Ich war vor vielen Jahren aus New York zur Sommerfrische nach Springfield gekommen, weil ich fand, dass hier alles so viel kleiner und einfacher war als mein Leben in New York. Die Menschen grüßten einander. Nach nur zwei Besuchen im Diner fragte man mich, ob ich »das Übliche« haben wollte.

In meiner Überheblichkeit fand ich alles *niedlich*. Dann verlor ich innerhalb von sechzig Tagen erst meinen Job und dann meinen Freund. Ich kam her, um meine Wunden zu lecken, und blieb. Klein und einfach war genau das, was ich brauchte.

»Wo wir schon von Männern sprechen, die auf Reisen gehen, hast du was von Neil gehört?«, fragte ich wie nebenbei, schob mich auf einen Barhocker und stellte meinen Rucksack auf den Hocker daneben. Ich zog meine Gartenhandschuhe aus, steckte sie in meine hintere Hosentasche und sah auf der Tafel nach, was es heute zu essen gab. Das tat ich extra, nur für den Fall, dass Babes Beziehung zu Neil momentan kein Thema war.

Doch Babes Züge wurden weich. Neil war ihr kleiner Süßer. Er war nach Hause nach Schottland geflogen, denn seine Mutter war krank, und er hatte länger bleiben müssen, als irgendwer erwartet hatte. »Er will in zwei Wochen wiederkommen, laut der letzten Runde elektronischen Informationsgestöbers.«

Neil hatte ganze Listen mit Filmen, Gerichten und Freizeitbeschäftigungen gemailt und getwittert, die er sich zu Gemüte führen wollte, wenn er endlich wieder zu Hause war. Die beiden waren niedlich, wie zwei Teenager, die ihre Sommerferien getrennt verbringen mussten. Babe schmatzte mit den Lippen, als wäre Neil eines von Pete Nummer zwei's aufwendigen Desserts. »Seine Mutter ist wohl über dem Berg, medizinisch gesehen, aber es klingt, als hätte sie in den sieben Jahren, die Neil weg war, keine Glühbirne gewechselt und kein Bild aufgehängt. Man hat das Gefühl, niemand sonst in Schottland wüsste mit einem Hahnschlüssel umzugehen. Oder war's ein Maulschlüssel? Ich weiß es nicht mehr genau.«

»Komm schon, sind Mütter nicht einfach so? Denk doch mal an deine eigenen Kinder.«

»Meine Kinder? Die waren schon sehr früh selbstständig.«

Das stimmte. Ich dachte zurück an eine von Babes mitternächtlichen Storys. Sie hatte uns berichtet, wie sich ihre beiden Söhne Dylan und Daltry den Wagen eines Freundes »geliehen« hatten, um sich Hootie & The Blowfish in einem Club namens Emerald City anzusehen, der über hundert Meilen entfernt lag. Sie hatten es beinahe geschafft, als zwei gelangweilte Polizisten sie auf dem Jersey Turnpike anhielten, weil eines ihrer Rücklichter kaputt war. Damals waren Babes Söhne elf und dreizehn, und das Einzige, was Babe an der Sache störte, war, dass die Jungs den Wagen gekapert hatten, um sich Hootie anzusehen, und nicht eine schrägere, angesagtere Band. *Independent* war eine Untertreibung für den Lebensstil dieser Familie. Die beiden waren so unabhängig, dass ich sie noch nicht mal kennengelernt hatte, ebenso wenig wie alle anderen Gäste des Diners, denn sie waren nicht an der Ostküste gewesen, seit ihr Vater verstorben war. Ein Thema, an das ich mich nicht näher ranwagte. Die Leute waren komisch, wenn es um ihre Kinder ging.

Ich bestellte Blaubeer-Waffeln – vermutlich der Grund für meine vier Pfund zu viel – und ging mir dann die Hände waschen. Als ich zurückkam, starrte Babe durch die schmale Jalousie zum Fenster hinaus.

»Wen haben wir denn da?«, murmelte sie. »Es ist Dienstag, also muss es ... was, Reiten oder Lacrosse sein? Ein Haufen Vorstadtmuttchen ist im Anmarsch, Pete. Lass die Cappuccino-Maschine warmlaufen.« Das war ein Scherz, denn sie hatte keine Cappuccino-Maschine, obwohl Pete sich sehr dafür einsetzte, ebenso wie für einen Milchschäumer aus Kupfer, den er auf einem Shopping-Kanal gesehen hatte.

Ich richtete mich auf meinem Sitz halb auf, um herauszufinden, was Babe gerade so interessant fand. Eine kleine Flotte eleganter Wagen war vorgefahren und bog nun auf die Parkplätze neben der Einfahrt, als wären sie Synchronschwimmer oder dressierte Seelöwen. Genauso elegant entstiegen ihnen die Fahrerinnen, ein glattgefönter Schopf nach dem anderen.

Alle Mütter trugen im Grunde nur Varianten desselben Frühherbst-Outfits – Rollkragen, Lederwesten, Quilt-Jäckchen, Quilt-Westen, Lederjäckchen, dazu passende Handschuhe, Schals und Taschen in unterschiedlichen Beige-Tönen.

Vier oder fünf Kinder, die jeder dieser Frauen hätten gehören können, quollen aus dem größten der Geländewagen. Flachsköpfige Engel, eine Kreuzung aus den Psychokindern im *Dorf der Verdammten* und der Besetzung der neuesten Ralph-Lauren-Werbekampagne. Die Miniatur-Klamotten kosteten wahrscheinlich mehr als mein erstes Auto, obwohl das nicht viel zu sagen hatte.

Caroline Sturgis stieg als Letzte aus ihrem silbernen Landrover, oder vielleicht hieß die Farbe auch »Paul Revere Zinn«. Caroline war eine meiner ersten Kundinnen in Springfield gewesen. Wir hatten uns in einem Secondhand-Shop getroffen – ich kaufte, sie spendete. Trotz der Unterschiede im Alter und der sozioökonomischen Stellung schien sie mich zu mögen. Als Newcomerin mit einem kleinen Business konnte ich jeden Kontakt brauchen, also ließ ich mich auf ein Gesrpäch ein.

Inzwischen kümmerte ich mich das dritte Jahr um Carolines Garten, langsam redete ich ihr das öde Triumvirat von Springkraut, Tagetes und Feuersalbei aus und steuerte sie in Richtung interessanterer Pflanzen – oder zumindest meiner Vorstellung davon. Die letzten Wochen hatte ich Abstand gehalten, weil ein Besuch bei Caroline zwangsläufig mit einem Alkoholgelage endete. In der Vergangenheit hatte ich mich dem ein paar Mal hingegeben, was dazu geführt hatte, dass ich am nächsten Tag arbeitsunfähig war, und einmal auch noch dazu, dass ein Dutzend Stiefmütterchen stundenlang in der Sonne vor sich hin gewelkt waren, während Caroline und ich uns mit einer Flasche Mouton Rothschild amüsierten. Sich früh am Tag die Birne zuzuhauen war für eine reiche Vorstadtmutter vielleicht kein Problem, wohl aber für eine eher nicht so wohlhabende Gärtnerin, die Mühe hatte, ihren kleinen Laden am Laufen zu halten.

Es war kühl genug, um den Kragen aufzustellen, ohne allzu albern auszusehen, also nahmen Caroline und die anderen Mütter an einem Tisch auf der Terrasse Platz – möglichst weit weg von der Straße, fast komplett aus der Sonne und in angemessener Entfernung zu einem anderen Tisch mit Frauen, denen sie zugenickt hatten, in deren Nähe sie dann aber doch nicht sitzen wollten. Die Kinder belegten den Picknicktisch daneben.

Das waren unzweifelhaft die feinsten Damen Springfields und der benachbarten Orte. Sie besuchten im Rudel Literaturzirkel und Wohltätigkeitsveranstaltungen, Privatschul-Festivitäten und dann und wann auch Kunstausstellungen oder Theateraufführungen. Sie waren attraktiv, höflich und gerade eben hochnäsig genug, dass man sich im Recht fühlte, wenn man sie nicht sonderlich mochte. Falls es in Connecticut eine Junior League gab, wusste ich zwar nichts davon, aber ich stellte mir vor, dass die Vorstadtmuttchen – wie Babe sie getauft hatte – das inoffizielle neuenglische Äquivalent darstellten. Ich mochte sie – und auch wieder nicht. Zwei oder drei mehr dieser Damen auf meiner Kundenliste, und ich müsste mir keine Sorgen mehr über die steigenden Kosten von Mulch machen und könnte für die Jungferninsel packen. Doch mit einem letzten Fetzen Unabhängigkeit, Selbstachtung oder Großstadt-Snobismus – keine Ahnung, was es am Ende war – konnte ich mich nicht überwinden, mich so an sie ranzuschleimen, wie es jede andere Geschäftsfrau getan hätte.

Babe winkte einer ihrer jungen Kellnerinnen, damit sie nach draußen ging und die Bestellungen aufnahm.

»Warum ich?«, fragte das Mädchen, und ihre Miene wechselte von schmollend zu ängstlich. »Die starren mich immer an, als hätte ich zwei Köpfe.« Nun, sie hatte nur einen Kopf, aber auf jeden Fall hatte sie weit mehr als die nötigen sieben Löcher darin. Glücklicherweise war meine Generation vollkommen zufrieden mit nur einem Paar Extralöchern in den Ohrläppchen.

»Tja, Terry, wenn dich keiner anstarren soll, dann nimm den Nasenring und die Augenbrauenpiercings raus. Oder trage sie mit stolz wie David Crosby seine *Freak Flag*«, sagte Babe mitfühlend, aber entschlossen. Sie hielt dem Mädchen eine Handvoll Speisekarten unter die gepiercte Nase.

»Toll. Jetzt muss ich auch noch *Freak Flag* googeln. Ich weiß nicht, was das sein soll, aber ich geh ja schon«, sagte das Mädchen und schüttelte unwillig den Kopf. Sie schnappte sich die Karten und ließ die Fliegengittertür hinter sich zuknallen, aber sie trug das Kinn ein klein wenig höher als zuvor, sie verstand den Inhalt des Ratschlages, wenn auch nicht die Anspielung.

»Braves Mädchen!«, sagte Babe.

»Was soll *das* denn heißen?«, fragte ich leise.

»Und du, Paula? Euch Mädchen fehlen wirklich die grundlegendsten kulturellen Kenntnisse«, sagte Babe. »Ich habe ihnen gesagt, sie sollen alles aufschreiben, was sie im Restaurant hören und nicht verstehen, und dann nachschlagen. Freak flag?

Woodstock? The Dead? Frank Zappa? Crosby, Stills and Nash? Was wollt ihr bloß hören, wenn ihr alt seid und im Altenheim im Schaukelstuhl sitzt? Die Spice Girls? Salt-n-Pepa?«

Draußen hielt sich Caroline Sturgis die Hand über die Augen und verdrehte sich auf ihrem Stuhl, um durch die Jalousie zu schauen, bis sie mich am Tresen entdeckt hatte. Sie winkte mir zu, sagte etwas zu ihren Freundinnen, entschuldigte sich dann und ging in Richtung Eingangstür. Ich wusste, ich hätte den Jeep weiter hinten abstellen sollen, dann hätte sie nicht bemerkt, dass ich hier war.

»Hallo, Partner«, jubelte sie, begleitet vom Klingeln der Glocken an der Eingangstür. Sie kam mit einem Hauch Cowboy-Schwankgang auf mich zu.

»Das ist etwas vorschnell«, sagte ich. »Ich habe noch zu gar nichts ja gesagt.«

Schon seit Monaten lag Caroline mir mit ihrer Idee in den Ohren. Sie wollte, dass wir gemeinsam ein Geschäft aufzogen, aber ich war von diesem Projekt noch nicht überzeugt. Ich fürchtete, dass wir viel feiern und wenig arbeiten würden. *Sie* konnte ein fehlgeschlagenes Business vielleicht als das nicht durchgehaltene Hobby des Jahres abschreiben, wie einen Quilt oder eine Mitgliedschaft im Fitnessstudio, aber ich nicht. Außerdem mochte ich keine Partner und hatte schon eine Weile keinen mehr gehabt. Weder beruflich noch privat. Nach meinem letzten Sturz fand ich es schwierig, wieder aufs Pferd zu steigen.

»Du bist mir ausgewichen«, sagte Caroline und wedelte mir mit dem Finger vor der Nase herum. »Das weiß ich genau.«

Natürlich wusste sie es. Ich war die schlechteste Lügnerin der Welt. So hatte auch meine Mutter immer gewusst, wann ich zu lange weggeblieben oder Tiere ins Haus geschmuggelt hatte, oder wenn ich mit meinen Freundinnen rauchte und dann versuchte, den Geruch mit Kaugummi zu vertuschen. Und genau deswegen hatte ich im Moment lauter Beziehungen, die zwei Treffen nicht überlebten. Wie auch? Wenn es nicht funkt, funkt es nicht. Insofern war es gut, dass ich nicht mehr länger beim Fernsehen arbeitete, wo gut lügen zu können praktisch die Grundvoraussetzung darstellte.

»Es sind nicht nur die Fantasien einer gelangweilten Hausfrau«, sagte Caroline, als könnte sie meine Gedanken lesen. »Ich habe einen Businessplan geschrieben. Ich habe Spreadsheets und alles, was dazugehört, und ich werde hier sitzen bleiben, bis du dich einverstanden erklärst, dich mit mir zu treffen und darüber zu sprechen.«

Den letzten Satz brachte sie mit der Entschlossenheit einer Dreijährigen hervor, die verkündet, dass sie den Atem anhält, bis man irgendetwas tut – und zwar in dem absoluten Wissen, dass man es nicht zulassen wird, dass sie blau anläuft, selbst wenn man es könnte.

Caroline hatte praktisch alles angeführt, was ich hasste. Ich war nach Springfield gezogen, um Spreadsheets und Businessplänen zu entkommen. Ich würde mich ganz sicher nicht von einem Tortendiagramm zurück in diese Hölle locken lassen. Und ich hatte mich daran gewöhnt, der Chef zu sein. Okay, mein Vollzeitpersonal saß auf diesem Barhocker, aber wenigstens fand ich nicht, dass mein Chef ein Idiot war, so wie die meisten anderen Leute.

Aber ich mochte Caroline. Was als Geschäftsbeziehung begonnen hatte, war zu etwas anderem geworden – einer Freundschaft, die nicht auf einer gemeinsamem Geschichte und vielen »Weißt du noch?« basierte. Und es war ja auch nicht so, als hätte ich in den nächsten paar Monaten irgendetwas Wichtiges vor, außer diesen Barhocker warm zu halten und Babe Gesellschaft zu leisten. Ich hatte kurz über Nebenjobs nachgedacht, konnte mir dann aber doch nicht wirklich vorstellen, irgendwelchen Leuten die Auffahrten freizuschaufeln, was die meisten anderen Gärtner im Winter taten.

Vielleicht wäre es gar nicht so schlecht, in den langen, kalten Monaten von November bis Februar schon vor dem Mittagessen benebelt zu sein, wenn mein Geschäft schlecht lief oder, ehrlich gesagt, im Grunde nicht existierte. Caroline trank nur das Beste. Bei ihr hatten die Flaschen keine Schraubverschlüsse. Ich könnte einfach meine Freude an Veuve Clicquot und erstklassigem Wodka auf ihre Kosten wiederbeleben, statt mich mit dem Zwei-Dollar-Fusel abzugeben, den ich an den kalten Abenden allein vor dem Feuer zu mögen vorgab.

Am nächsten Tag wollte ich in die City fahren, meine alte Freundin Lucy am Bahnhof aufpicken und mit ihr zur Hochzeit einer ehemaligen Kollegin nach Bucks County gondeln. In diesen Zeiten, in denen Hochzeiten fünf Tage dauerten und man dafür in einen anderen Bundesstaat (wenn nicht gar in ein anderes Land) reisen musste, würde ich sicher erst in einer Woche wieder zurück sein, vor allem, wenn ich noch ein paar Tage bei Lucy dranhängte.

»Wann wolltest du dich denn mit mir treffen?«, fragte ich, zog das Handy hervor und blätterte durch meinen Kalender.

»Ich wusste es! Ich wusste, du sagst ja!«, strahlte Caroline. »Wir kaufen Chiaramontes alten Laden!«

»Ich habe noch *nicht* ja gesagt. Ich habe mich damit einverstanden erklärt, darüber zu reden, wenn ich zurück bin, und dir vielleicht ein paar Tipps zu geben, das ist alles.«

Caroline nickte, hatte mich aber inzwischen komplett ausgeblendet. Warum sind Blondinen immer so sicher, dass wir alles machen, was sie wollen? Und warum tun wir es? Es hatte garantiert etwas mit den alten Narben aus der Highschool-Zeit zu tun. Wir hoffen einfach immer noch, dass die angesagtesten Mädchen mit uns mittagessen wollen. Wie peinlich ist das denn?

Caroline zog einen altmodischen Planer hervor, weinrotes Leder, ihre Initialen waren vorne in Gold aufgestempelt. Die Seiten hatten alle noch ordentliche Ränder und es ragten auch keine anderweitigen Zettel oder Visitenkarten heraus. Brandneu, für ihre brandneue Idee. Das war durchaus liebenswert. Sie blätterte mit einem dicken Keramikstift durch ein paar Seiten.

»Nächste Woche kann ich auch nicht – Collegebesuche. Jason ist erst vierzehn. Aber in diesem Alter muss man anfangen zu suchen. Er hat eine Wunschliste, seit er neun ist. Wie wäre es die Woche danach? Ich habe Sarah gesagt, ich würde mit ihr zum Arzt gehen, aber ich weiß noch nicht, an welchem Tag. Sie braucht meine Unterstützung«, murmelte sie mehr zu sich selbst. »Sie bekommt Brandons DNA-Ergebnisse, um herauszufinden, in welchem Sport er gut sein wird.«

Ich zermarterte mir das Hirn, um darauf zu kommen, welche der kleinen blonden Kröten Brandon war. »Aber er ist doch noch ganz klein, oder?«

»Aber gerade dann soll man es machen, sonst verschwendet Sarah vielleicht viel Zeit, weil sie mit ihm zum falschen Training geht.«

Ich starrte sie an. Wie schrecklich, wenn der kleine Brandon seine Zeit mit einer Sportart verschwendete, für die er genetisch ungeeignet war.

»Wie wäre es mit einem Treffen am Zwölften, neun Uhr morgens bei mir, es sei denn, es kommt mir etwas dazwischen? Passt dir das?«, fragte Caroline. »Um diese Zeit komme ich immer von meinem morgendlichen Ausritt zurück.«

Es passte mir tatsächlich. Im Herbst passte mir eigentlich alles, vor allem, wenn jemand *so* weit im Voraus plante. Der Herbst war eine Jahreszeit, in der ich auch wieder Wochenenden hatte. Und Fitnessübungen machte, die mit bunten Gewichten zu tun hatten, statt mit Vierzig-Pfund-Säcken Gartenerde oder Düngemittel.

Wie auch immer, der lange Vorlauf gab mir genug Zeit, zu überlegen, wie ich es Caroline beibiegen würde, letztendlich doch nein zu sagen. Es stand hundert zu eins, dass ich tatsächlich eine Firma mit ihr gründen wollen würde, aber warum sollte ich sie beleidigen, ich musste ja nicht jede Brücke hinter mir abreißen oder meine beste Kundin verprellen.

Zufrieden kehrte Caroline zurück zu ihren Freundinnen, auf dem Weg nach draußen zirpte sie Babe zu, dass sie sich schon mal einen guten Namen für unser neues Gartengeschäft überlegen solle.

Babe und ich antworteten gleichzeitig: »Was ist denn schlecht an ›Dirty Business‹?«

Caroline kicherte wie eine Teenagerin. »*Dirty Business* – das *ist* ein guter Name, viel besser als Chiaramonte's. Einverstanden!« Sie schlängelte sich durch einen Haufen Neuankömmlinge und bemühte sich erfolglos, die Kommentare einer Gruppe von Lasterfahrern zu ignorieren, die auf ihre Tische warteten. Mit einem künstlichen Lächeln wich sie den Truckern aus und prallte mit dem Rücken gegen den Snapple-Kühlschrank, aber das war wohl immmer noch besser, als ihnen zu nahe zu kommen, vielleicht würde der Kragen ihres Wildlederjäckchens verknittern.

Zu der Gruppe gehörte ein langhaariger Mann mit Bart, der nicht schlecht aussah, wenn man auf den etwas heruntergekommenen Look von Johnny Damon von den Red Sox stand. Er trug eine Oakley-Sonnenbrille, eine dunkelgrüne Windjacke und eine Baseballkappe mit einem geschwungenen D auf der Vorderseite.

Der Mann nahm die Brille ab, um Caroline genauer in Augenschein zu nehmen, oder vielleicht auch, damit sie ihn besser in Augenschein nehmen konnte – es war nicht ganz eindeutig. Weder Babe noch ich konnten verstehen, was sie miteinander redeten, aber man sah Caroline an, dass das, was der Mann gesagt hatte, sie aufschreckte. Sie lief zur Tür, und Babe zuckte mit den Achseln, als wollte sie sagen: »Was ist denn jetzt los?« Caroline musste ihren Freundinnen irgendeine Entschuldigung genannt haben, denn ohne auch nur einen Schluck von ihrem Kaffee zu nehmen, ließ sie ein paar Dollars auf dem Tisch zurück und eilte zu ihrem Wagen. »Johnny Damon« ging ebenfalls zur Tür und legte seine Hand auf den Griff, als wollte er ihr nachgehen.

»Was habe ich euch gesagt – dürft ihr die Anwohner verängstigen?«, fragte Babe laut genug, um ihn innehalten zu lassen. Er drehte sich um und lächelte.

»Wisst ihr eigentlich, wie hoch die Marge auf einen Kaffee und einen fettarmen Muffin ist, im Gegensatz zu den Lasterfahrer-Specials und den zahllosen Tassen Kaffee, die ihr euch gleich reinschieben werdet?« Babe sah vielleicht nicht wie eine Geschäftsfrau aus, aber sie wusste genau, wo ihr Geld blieb – und wo es herkam. Anna und ich hätten von ihr lernen können.

»Das war gar nichts, ehrlich«, sagte der Mann und kam an den Tresen. »Ich habe bloß gesagt, dass sie mir bekannt vorkommt. Sie kommen mir auch bekannt vor, schöne Frau«, machte er weiter. »Kann ich Sie auf einen Kaffee einladen?«

»Wie originell. Sind Sie vielleicht frisch geschieden? Denn ich glaube, ich habe den Spruch nicht mehr gehört, seit Strickstulpen angesagt waren. Nächstes Mal kannst du ja versuchen, sie nach ihrem Sternzeichen zu fragen. Ich habe mir sagen lassen, das kommt gerade wieder in Mode.«

Babe wies den Mann auf eine freundliche Art zurecht. Sie lächelte und beugte sich über den Tresen. Nur wenige Leute verließen Babes Diner, ohne entweder ihr Freund oder ihr Lover sein zu wollen. In diesem Fall war es noch unentschieden.

Einer seiner Kumpels mischte sich ein. »Lass ihn, Babe. Er ist zum ersten Mal hier. JW kennt die Regeln noch nicht.«

Was für Regeln? Standen die irgendwo? Kannte *ich* sie? Der Mann schaute blöd und sagte nichts, dann ging er zurück zu seinen Kumpeln. Die lachten und nahmen gemeinsam eine Nische in der Nähe der Eingangstür in Beschlag, bevor der Tisch auch nur abgeräumt war. Eine von Babes singenden Kellnerinnen wischte ihn ab und nahm die Bestellungen auf.

»Nicht schlecht«, flüsterte Babe, die wie immer für mich Ausschau hielt.

Ich ignorierte sie. Eine *meiner* Regeln bestand darin, niemanden als potentiellen Partner zu betrachten, zu dem ich nicht wenigstens einen kompletten Satz gesagt hatte, auf den nicht wenigstens eine einigermaßen intelligente Entgegnung erfolgt war.

»Ich habe schon Bessere abgelehnt. Wie läuft es mit den neuen Kellnerinnen?«, wechselte ich das Thema. Die neuen Kellnerinnen waren drei Mädchen, die weinend hereingestolpert waren, nachdem ein Gesangsauftritt völlig in die Hose gegangen war. Natürlich hatte Babe sie augenblicklich engagiert und versprochen, ihnen mit den Auftritten zu helfen. Seitdem verehrten sie sie und kopierten jede ihrer Bewegungen.

»Dünnes Eis. Sie sind nicht mehr so neu. Aber es läuft okay, danke der Nachfrage. Sie haben mehr Präsenz auf der Bühne«, sagte sie und hielt eine Ketchup-Flasche wie ein Mikro, dann tat sie, als sänge sie hinein. »In ein paar Wochen sind sie im Ringwald's. Alba ist die Leadsängerin.«

Für mich sahen sie alle gleich aus. Alba musste die hier drinnen gewesen sein – sie war selbstsicherer als die mit den vielen Piercings. Sie hielt sich wacker und kam mit einem ganzen Tisch voller Kerle klar, keine einfache Aufgabe für eine fünfundvierzig-Kilo-Teenagerin mit dunklem Make-up und wackersteinartigen schwarzen Frankenstein-Schuhen, die an ihren Storchenbeinen pappten. Ihr Leben blitzte vor meinem geistigen Auge auf. Ich sah sie in ihrem Schlafzimmer herumhopsen, sie sang in ein Plastikmikrofon und posierte wie Madonna oder Mick oder Avril oder Amy, dann wurde sie tatsächlich einigermaßen berühmt und stürzte noch vor ihrem einundzwanzigsten Geburtstag komplett ab, Suchtklinik mit zweiundzwanzig – die ganze Geschichte um dreiundzwanzig Uhr! Vielleicht hielt ich zu wenig vom Musikbusiness.

Das Mädchen draußen, mit dem Augenbrauenpiercing, war introvertierter. Wahrscheinlich die Songwriterin, die einen

Haufen zorniger Warum-hast-du-mich-sitzengelassen-Songs verfasste. Meine Güte, wurde ich zu einer Zicke! War ich etwa eifersüchtig auf ein paar junge Mädchen?

»Du solltest hingehen«, sagte Babe, als könnte sie hellsehen. »Jede Menge Typen im Ringwald's.«

»Zwanzigjährige.«

»Gegen die ist nicht viel zu sagen.«

Viel nachdrücklicher wurde Babe bei ihren Bemühungen nicht. Ein paar Mal pro Woche fiel ihr ein, dass ich seit Ewigkeiten mit niemandem mehr ausgegangen war, und sie versuchte ihr Glück, aber dann ließ sie mich auch wieder in Frieden.

Manchmal schien es, als hätten sie und Lucy Cavanaugh, meine Freundin, die Brautjungfer, einen heimlichen Wettbewerb laufen, wer mich zuerst unter die Haube brachte. Trotz Lucys vehementer Beteuerungen war ich sicher, dass irgendwann im Verlauf der bevorstehenden fünftägigen Hochzeitsfeierlichkeiten ein Versuch stattfinden würde, mich zu verkuppeln. Das war der wahre Grund, warum sie mich gebeten hatte, sie zu fahren. Und obwohl ich es nicht wirklich fürchtete, freute ich mich auch nicht sonderlich darauf.

»Ich gehe auf eine Hochzeit. Dort wird es reichlich Gelegenheit für mich geben, mir die Lebensgeschichte irgendeines Langweilers anzuhören, bevor ich ihm sage, dass er mich nicht interessiert. Außerdem, wie du schon sagst, gibt es jede Menge süße Jungs da draußen. Also muss ich nicht auch noch Eintritt für ein paar verwässerte Drinks in irgendeinem heruntergekommenen Schuppen in der Stadt zahlen. Dann kann ich auch einfach in diesem heruntergekommenen Schuppen bleiben und mir die Stammgäste angucken.«

»Heruntergekommen? Also wirklich. Pete, Paula kriegt keine Probierportionen mehr!«, rief sie.

Augenblicke später kam das Augenbrauen-Mädchen zur Tür herein, Hintern zuerst, sie murmelte leise vor sich hin und trug zwei Tabletts mit Tassen und Tellerchen, eines davon balancierte auf ihrem Unterarm. Irgendetwas an ihrem Ärmel, oder vielleicht war es auch ihre metallverzierte Ledermanschette, blieb an der Türklinke hängen, und eines der Tabletts glitt ihr aus den Händen wie eine übergroße Frisbeescheibe. Das andere fiel scheppernd hinterher und Getränke schossen in die Luft wie kleine Vulkane.

»Große Scheiße!«, sagte sie, lachte und verdeckte dabei mit einer Hand nur halbherzig ihren Mund, des Vaters zuliebe, der am Tresen saß, sie missbilligend anschaute und seinem Baby die Ohren zuhielt, als könnte das Kind in diesem zarten Alter bereits ein Schimpfwort erkennen.

Niemand wurde verletzt und nur ein paar wurden bespritzt, jemand klatschte sogar. Das hatte ich nie verstanden. Soll man sich damit besser fühlen? *Ja, ich bin ein ungeschickter Versager, vielen Dank für die Anerkennung. Jetzt fühle ich mich gleich viel besser.*

Der bärtige Trucker, der mit Caroline geredet hatte, saß am nächsten zur Tür und erhob sich, um dem Mädchen zu helfen, das wie eine Krabbe im Kreis herumkroch, um aufzusammeln, was sie hatte fallen lassen. Er sagte etwas zu ihr und daraufhin sah ich das Mädchen zum ersten Mal grinsen, obwohl sie sich durchaus bemühte, das nicht zu tun.

Babe kam hinter dem Tresen hervor und sammelte die Tassen und Teller auf, die am weitesten geflogen waren. »Na gut, mein Junge, Sie haben Ihr Machogehabe von vorhin wieder wettgemacht. Gehen Sie essen, bevor es kalt wird. Ich kümmere mich darum.«

»Keine Sorge, Terry, ist nicht schlimm«, flüsterte sie dann und beugte sich herunter, um dem Mädchen zu helfen. »Es zählt nicht wirklich, solange niemand ins Krankenhaus muss.« Sie reichte dem Mädchen eine klatschnasse Fünf-Dollar-Note. »Hier ist dein Trinkgeld, jetzt geh dir die Hände waschen.« Babe schleppte den ganzen Dreck zurück zum Tresen, wo ich mit meinem Kaffee saß und auf meine Bestellung wartete

»Sieh dir das an. Pete backt diese phänomenalen Muffins und die Muttchen rühren sie kaum an. Die brauchen kein Besteck, die brauchen Skalpelle.«

Die Mütter hatten die Cranberries herausgepickt und eine dünne Lage Kruste fast schon chirurgisch von der Oberseite entfernt. Ich konnte mich auch noch an diesen Diättipp erinnern.

»*Du* warst auch so«, sagte sie. »Ein verdammt schwieriger Gast. Bevor du vernünftig geworden bist.«

Vernünftig. In Babes Welt hieß das, Waffeln zu bestellen. Oder Kuchen oder Eis oder was auch immer man wirklich wollte. Egal ob Essen, Männer, Abenteuer, Babe glaubte nicht an Abstinenz.

»Diese Frauen«, sagte sie und deutete in Richtung der Gruppe draußen. »Ich verstehe sie einfach nicht.« Sie säuberte die Tabletts und stellte die Tassen und Teller in eine Plastikwanne unter dem Tresen.

»Und was will die Königin der Spielstraße jetzt von dir? Sollst du Ringelblumen in Form sich zuprostender Martinigläser pflanzen?« Babe spielte auf meinen ersten Herbst in Springfield an, als Caroline mich gebeten hatte, zwei riesige, sich kreuzende Tennisschläger aus Tulpen zu pflanzen. Was gut aussah, bis die Blumen, was unvermeidlich war, irgendwann umknickten und das Ganze aussah wie ein riesiger Schnauzer.

»Das ist sehr kreativ«, sagte ich. »Das mache ich vielleicht nächstes Jahr. Martinigläser. Und in der Hochzeitssaison vielleicht Champagnerflöten.« Ich meinte es fast schon wieder ernst.

»Weißt du noch letztes Frühjahr, als Caroline mich dreimal täglich angerufen hat«, sagte ich dann, »und mir praktisch hier im Restaurant auflauerte?« Babe nickte.

»Sie hat es sich in den Kopf gesetzt, Guido Chiaramontes alte Gärtnerei zu kaufen. Und sie hat einen Businessplan erstellt, und ich habe mich dummerweise bereit erklärt, mir den anzusehen. Sie denkt, sie könnte einen Garten/Geschenke-Laden betreiben und ich die Landschaftsgärtnerei. Und bei bestimmten Projekten würden wir zusammenarbeiten.«

»Klingt gut. Was hast du dagegen?«

»Sie wollen zwei Millionen Dollar allein für das Grundstück, und man braucht vermutlich noch mal fünfhunderttausend, bis man aufmachen kann. Caroline will die Kosten übernehmen und alles auf meinen Namen laufen lassen.«

Babe zog eine Augenbraue hoch. Sie sah sich um, als würde sie ihr eigenes Restaurant mit dem netten Seeblick einschätzen. Was war das Gelände am Ufer wert? Eine Million? Mehr? »Na gut. Ungewöhnlich, aber trotzdem – was stört dich so daran?«

Ich konnte es auch nicht genau sagen, aber irgendwie hatte ich das Gefühl, dass etwas an Carolines Plan nicht stimmte. Es klang einfach zu gut, so wie diese nigerianischen Betrüger-Mails – *Schicken Sie mir einfach das Porto, mein Freund, dann teilen wir ein Vermögen*. Meine instinktive Reaktion war, nein zu sagen. Aber das war normalerweise meine instinktive Reaktion auf alles – nicht viel anders als die übervorsichtigen Anwälte, die sagen: »Wir könnten hier ein Problem haben ...« Es gab kein Problem, aber es *könnte* eines geben.

Aus diesem Grund besaß ich ein zehn Jahre altes Auto, einen fünfzehn Jahre alten Fernseher und ein vier Jahre altes Handy, das die Website der Herstellerfirma als »legendäres« Modell bezeichnete. Ich brauchte eine Weile, um etwas Neues gut zu finden.

»Komm schon, was soll denn der Nachteil sein?«, sagte Babe. »Ich meine, ich will ja nicht darauf herumreiten, aber sie hat Kohle und du kannst kaum zwei, drei Nickel aneinanderreiben.«

Wo kam *dieser* Spruch nun wieder her? Warum würde irgendwer zwei Nickel aneinanderreiben wollen? Sollen sie etwa Nachwuchs bekommen, wenn man das tut? Bei jedem anderen wäre ich beleidigt gewesen, aber Babe war dicht an der

Wahrheit dran. Ich fantasierte von einem Karibik-Trip, aber finanziell konnte ich mich gerade eben über Wasser halten. Das war jedes Jahr um diese Zeit so. Ich biss mich durch, ich aß reichlich Frühstück – das billigste und nahrhafteste Mahl des Tages, und oft umsonst, wenn Pete ein neues Kochbuch hatte oder eine neue Kochsendung schaute. Zum Abendbrot gab es Suppe, und so verlor ich meistens meine drei bis vier Donut-Pfunde, bis die Gartensaison wieder begann. Es war nicht das Ende der Welt, viele Säugetiere fraßen sich eine Fettschicht an und hielten dann Winterschlaf.

Ich trank meine dritte Tasse Kaffee und mampfte gerade Petes göttliche Waffeln – Erdbeeren, Blaubeeren und ein Haufen Puderzucker –, als die Lasterfahrer fertig waren und zum Tresen kamen, um ihre Rechnungen zu begleichen. Der Bärtige zahlte als Letzter. Er blieb an der Kasse stehen und redete mit Babe, als seine Kumpels schon gegangen waren. Er deutete nach draußen, wo Caroline gesessen hatte.

»Sie werden mir wahrscheinlich nicht den Namen der netten Dame verraten?«

»Welcher?«, fragte Babe.

»Er meint Caroline«, sagte das Augenbrauen-Mädchen in dem Bemühen, zu helfen.

»Caroline? Das war die Frau, mit der ich gesprochen habe?«

Das junge Mädchen nickte. Sie verstand Babes Zögern nicht. Wen sonst hätte er meinen können?

»Ach so«, sagte Babe. »Caroline. Die hat einen großen Hund und einen noch größeren Mann und eine Alarmanlage, auf die das Pentagon stolz wäre. Und wer sind Sie?«

Der Lasterfahrer hob ergeben die Hände. »Wow. Sind Sie ihr Bodyguard? Vergessen Sie's. Kein Problem. Ich treffe Caroline bestimmt nächstes Mal wieder.«

Er hob zwei Finger zum Peace-Zeichen und verließ mit einem Lächeln das Restaurant. Draußen zog er den Reißverschluss seiner Jacke hoch, sah sich noch einmal um und ging dann an den letzten verbliebenen Vorstadtmüttern vorbei, die ihre Kinder zurück in die Autos luden. Er zog theatralisch die Kappe und ging hinüber zu seinem Laster, wo sein Kumpel bereits auf ihn wartete.

»Ich werde wohl alt«, sagte Babe und begutachtete ihr Spiegelbild in dem kleinen Kühlschrank hinter dem Tresen. »Ich will ja nicht beleidigt klingen, aber normalerweise wollen sie *meine* Nummer. Vielleicht war es doch ein Fehler, diese Tussen mit ihren Samtstirnbändern einzulassen. Zu viel Wettbewerb.«

»Als hättest du dir je Sorgen um die Konkurrenz gemacht. Glaubst du, er will Caroline anmachen?«

»Was weiß ich? Wenn das Paradise zwei Leute zusammenbringt, ist meine Arbeit getan. Ich werde weder wahrer Liebe noch zügelloser Lust im Wege stehen. Jeder wie er mag. Ich habe mich bloß um sie gesorgt. Er könnte ja auch ein Serienmörder sein.«

Das hatte ich Babe schon hundertmal sagen hören. So freundlich sie war, wenn sie jemanden zum ersten Mal traf, war er in ihren Augen ein potentieller Massenmörder, bis sie vom Gegenteil überzeugt war. Und als Großstadtkind neigte ich dazu, derselben Meinung zu sein.

»Ich weiß nicht«, sagte sie, »Baseballkäppi, lange Haare, sogar das Peace-Zeichen. Manchmal ist die Grenze zwischen *cool* und *unheimlich* nicht wirklich eindeutig. Und wer will schon dafür verantwortlich sein, dem nächsten Hannibal Lecter den Namen und die Adresse einer Freundin genannt zu haben? Oder?«

»Vorurteile, Vorurteile. Was würde der Maharishi sagen?«

»Das war vor meiner Zeit, du Klugscheißerin. Ich finde bloß, er sieht aus, als sollte er zu einem Grateful-Dead-Gedenkkonzert unterwegs sein und nicht einer Vorstadt-Lady mit weißen Handschühchen nachschnüffeln, die, soweit ich weiß, übrigens immer noch glücklich verheiratet ist. Wenn ich Unrecht habe und die beiden aneinander interessiert sind, dann sollen sie das selber hinkriegen, das geht mich nichts an. Außerdem kommt er wahrscheinlich sowieso wieder. Ich glaube, er fährt für dieselbe Firma wie Retro Joe.«

Retro Joe war schwer zu übersehen. Abgesehen von der Tatsache, dass er über sechzig Jahre alt und zu hundert Prozent ergraut war, trug er einen öligen Pompadour mit einer großen Locke in die Stirn, die sich hochbog wie das Innere einer Meeresschnecke. Im Sommer krempelte er seine Hemdsärmel bis zum Bizeps hoch. Glücklicherweise war es Herbst und uns wurde der Anblick seiner aschfahlen Haut, die sich über erstaunlich gut definierte Muskeln spannte, erspart.

»Joe kommt ein paar Mal im Monat. Er fährt für zwei oder drei verschiedene Firmen, je nachdem, wohin er will und wo das nächste Elvis-Tribut-Konzert stattfindet. Ich werde ihn beim nächsten Mal nach seinem neuen Kollegen fragen.«

Ich spottete, dass Babe ihre Woodstock-Grundsätze von Frieden, Liebe und Musik verriet, aber sie hatte schon Recht damit, vorsichtig zu sein. Eine Stadt weiter hatte eine ältere Dame ihren Luxusschlitten in die Werkstatt gebracht und war von der gierigen Freundin eines Mechanikers umgebracht worden; sie hatte die Alte mit einem Wagenheber erschlagen, weil sie dummerweise vergessen hatte, Juwelen oder Bargeld zum Klauen mitzubringen.

So viel dazu, dass es in den Vororten ruhiger zuging.

2

Am nächsten Tag war ich zu Hause und packte gerade für die Marathon-Hochzeit, als Gretchen Kennedy anrief. Gretchen gehörte zu den Maklerinnen, auf die ich zählte, wenn es darum ging, mir im langen Winter Connecticuts meine ausgiebigen Frühstücke und die abendliche Suppe zu finanzieren.

»Ich wusste nicht einmal, dass sie vorhatten, die Makler-Firma zu verkaufen«, erklärte sie mir. Ich konnte hören, wie sie den Zigarettenrauch ausstieß. »Zwei Büros werden zusammengelegt, das ist die offizielle Version. Ich werde zwar meine Objekte behalten, aber Sie wissen ja, wie das ist. Der Markt stagniert momentan. Die Verkäufer verkaufen nicht – und die Käufer kaufen nicht. Alle warten darauf, dass die Talsohle erreicht ist.«

Hatten wir die Talsohle nicht schon erreicht? Ich gab mir alle Mühe, mit ihr Mitleid zu haben, wünschte mir aber, sie würde zur Sache kommen. Inwieweit betraf das Ganze unser Arrangement? Gab es neue Aufträge für mich? Schließlich platzte sie damit heraus.

»Also, das Auffrischen wird mit den neuen Einträgen, die ich geerbt habe, nicht funktionieren. Das sind alles Notverkäufe – Wohnungen und Häuschen ohne auch nur ein Kresseschwein, ganz zu schweigen von einem Garten. Sie sind sowieso schon recht günstig und ich kann sie wahrscheinlich schneller verticken als die etwas gehobeneren Residenzen, bei denen Sie mir mit Ihren Verschönerungsarbeiten geholfen haben. In dieser wirtschaftlichen Lage …« Sie nahm einen langen Zug an ihrer

Zigarette und quatschte weiter, aber ich hörte nicht mehr zu. Ich hatte es satt, Sätze zu hören, die so anfingen. Und ich hatte es ebenso satt, sie selbst zu sagen. *In dieser wirtschaftlichen Lage* waren Gärtnerarbeiten mit das Erste, woran die Leute sparten. Eine Menge von ihnen glaubten, sie könnten es selbst – und sie *konnten* es auch selbst, jedenfalls wenn sie in einer Wohnung mit zwei Hängepflanzen und einem kleinen Farn lebten. Ansonsten war das Selbermachen genauso närrisch wie der Versuch, sich die eigenen Haare zu schneiden. Die Leute in den Vororten brauchten mich, oder jemanden wie mich, aber es war nicht immer einfach, ihnen das begreiflich zu machen. Die Frauen verstanden es noch, aber die Männer waren nicht so leicht zu überzeugen. Sie glaubten, zehn Minuten mit einem schicken neuen Rasenmäher würden reichen – bis sie sich dranmachten und dann auf halber Strecke aufgaben, um ein wichtiges Spiel anzuschauen, selbst wenn das wichtige Spiel des Tages ein norwegischer Curling-Wettbewerb war.

»Die letzten zwei Monate hatten Sie zwei oder drei Jobs die Woche für mich. Wollen Sie sagen, damit ist jetzt Schluss?« Doch eigentlich kannte ich die Antwort schon. Es war wie mit dem Mann, der einem verkündet, er brauche mehr Freiraum. Ich verstand: Sie würde mich anrufen, wenn die Geschäfte wieder besser liefen.

Ich hörte auf zu packen und ging online, um mir mein Konto anzusehen. Im Frühjahr und Sommer kümmerte sich Anna Jurado darum. Sie führte die Bücher, achtete darauf, dass meine Außenstände bezahlt wurden, dass ich aß, und übernahm überhaupt von März bis Oktober die Rolle der älteren Schwester und *mami*, bis sie und Hugo den Winter über zurück nach Mexiko fuhren. Vier, vielleicht fünf Monate lang würde praktisch kein Geld hereinkommen, ich hatte nur einige wenige ausstehende Jobs und unbezahlte Rechnungen – und die reichten nicht mal für eine Heizöllieferung. Vielleicht hätte ich mit nach Mexiko kommen und für sie arbeiten sollen.

Ich war wirklich keine Verschwenderin, aber bestimmt konnte ich noch irgendwo sparen. Ich würde den Thermostat runterdrehen und im Haus einen Pullover tragen wie Mr. Rogers in seiner Fernsehshow. Ich würde mir einen Hund anschaffen, der mich nachts warm hielt, einen, der nicht viel aß. Oder drei, wie die Eskimos. War danach nicht die Band Three Dog Night benannt? Drei Hunde würden einen auch in wirklich kalten Nächten warm halten. Ich würde meinen Wagen mit altem Fett aus dem Diner betreiben … nachdem ich herausgefunden hatte, wie das ging.

Nein, würde ich nicht. Und ich würde mir auch keine drei Hunde anschaffen. Höchstens einen.

Grimmig überschlug ich, was die Hochzeit mich kosten würde. Vielleicht konnte ich eine richtig große Tüte mit Resten für meinen noch nicht angeschafften Hund mit nach Hause nehmen. Warum brannte eigentlich niemand mehr durch, um zu heiraten? Sehr romantisch, und man hatte hinterher was zu erzählen. Und es war viel billiger für den Freundeskreis. Ehrlich, ich konnte mich kaum an diese Frau erinnern. Wieso war ich überhaupt auf ihrer Hochzeit?

Caroline Sturgis' Geschäftsidee klang immer besser. Ich wählte ihre Privatnummer, aber das Telefon klingelte einfach nur vor sich hin.

Am nächsten Morgen, bevor ich abfuhr, versuchte ich es noch einmal. »Dieser Anschluss ist vorübergehend nicht erreichbar«, lautete die Ansage.

3

Die Hochzeit war eine aufgerüschte, übertriebene Angelegenheit, die ganz offensichtlich darauf ausgelegt war, es in die Hochzeitsberichterstattung der Sonntagsausgabe der *New York Times* zu schaffen. Ich war froh, früh am Sonntag abzufahren, bevor die letzte Runde des pompösen Gefeieres eingeläutet wurde, bei dem ich mich im Laufe des Wochenendes erbarmungswürdig alleinstehend, zunehmend empört über die Verschwendung und entsetzlich arm gefühlt hatte. Ich hatte mit Lucy nicht über meine finanziellen Sorgen gesprochen, aber das fünf Jahre alte ärmellose kleine Schwarze, das ich anhatte, sagte alles.

Ich setzte Lucy bei ihr zu Hause ab und wollte eigentlich nicht bleiben, aber sie zerrte mich nach oben und drückte mir drei Hochglanzeinkaufstüten in die Hände. Kürzlich gekaufte Anziehsachen oder misslungene Shoppingtherapie, jedenfalls hingen an vielen Kleidungsstücken noch die Etiketten.

»Es ist zu spät, sie umzutauschen, aber sie werden dir sowieso besser stehen als mir.« Ich schaute in eine der Tüten – ein paillettenbesetzter Trainingsanzug, ein Samt-Minirock und eine riesige Handtasche aus rotem Lackleder mit so vielen Metallösen daran, dass man damit niemals durch die Sicherheitskontrolle am Flughafen gekommen wäre. Nicht, dass ich bald fliegen würde. Wie stellte sie sich eigentlich momentan mein Leben vor? Sollte ich etwa in einem paillettenbesetzten Trainingsanzug Unkraut zupfen? Die nächste Tüte war vielversprechender – ein paar Pullover und eine große weiße Pelzhaube, die mir gut zupasskommen würde, wenn ich bei unserer kleinen Theatertruppe die Hauptrolle in der Aufführung von *Dr. Schiwago* ergatterte; wenn nicht, würde sie bloß Staub in meinem Schrank ansetzen. Ich legte die Sachen in die Tüte zurück und bedankte mich bei Lucy.

»Melde dich. Du darfst nicht den ganzen Winter über im Hinterland versauern. Jetzt hast du neue Sachen. Die musst du auch irgendwo anziehen!«

Ich versuchte, auf das Zitat zu kommen, dass man Aktivitäten meiden sollte, für die man neue Klamotten braucht, bekam es aber leider nicht zusammen. Lucy umarmte mich, dann fuhr ich los.

Ich war eben nicht mehr das komplett schwarz gekleidete junge Szene-Mädchen oder das Uptown-Girl, auf dessen Klamotten so viele Label waren, dass es aussah wie ein Formel-1-Fahrer, und ich war auch keine Vorstadtmami, die ihre Kinder von einer Verabredung zur anderen fuhr. Ich war eine Mischung. Oder vielleicht eher eine Fälschung, wie die Gewöhnlichen Goldnesseln, die ich in Babes Vorgarten gepflanzt hatte. Ein Stadtmädchen in der Vorstadt, eine Vorstadtfrau in der City. Diese Beobachtung machte mich nachdenklich. Sie beschäftigte mich auf der ganzen Fahrt zurück nach Connecticut.

Die Sonne ging hinter dem Fluss unter, ihr orangener Schein rötete die Kalksteinhäuser am Riverside Drive. Weiter im Norden fuhr ich vorbei an den Cloisters, jenem eineinhalb Hektar großen Schrein für das Mittelalter, den die Rockefellers Stück für Stück aus Europa hergeschifft hatten, und diesem kleinen Pantheon-artigen Bau, von dem ich mir immer vorstellte, dass es nett wäre, dort zu tanzen oder etwas zu trinken, oder einfach nur dazusitzen und auf den Fluss zu schauen.

Was kümmerte es mich, ob irgendeine Frau, die ich mal gekannt hatte, heiratete? Schön für sie. Und ihr Mann schien ein netter Kerl zu sein, wenn man erst mal über die Tatsache hinweg war, dass alle seine Verwandten Weena oder Bitsy hießen – Spitznamen, die nach ein paar Drinks nach Zwergen oder Bezeichnungen für Genitalien klangen. Ich meine, sie hatten ihren Hund Patrick genannt. Hatten sie keine Menschennamen für ihre Kinder finden können?

Nachdem ich die Brücke hinter mir hatte, konnte ich richtig spüren, wie der Druck der Großstadt nachließ. Und die Zickigkeit. Die Sachen von Lucy würden höchstwahrscheinlich bei Goodwill enden, außer der Haube – nach der würde sie fragen, sie würde erwarten, mich irgendwann mal damit zu sehen. Und einer der Pullover, den sie höchstwahrscheinlich gekauft hatte, nachdem Michelle Obama einen ähnlichen getragen hatte, obwohl ich ja der Meinung bin, dass Rautenmuster nur für Socken oder Golfspieler oder japanische Schulmädchen mit Hello-Kitty-Rucksäcken geeignet sind. Und ich fiel definitiv in keine dieser drei Kategorien. Ich ging im Geiste meine neue Herbstgarderobe durch, bis ich schließlich den Merritt Parkway erreichte.

Um diese Tages- und Jahreszeit standen die Chancen, vom Highway aus wilde Truthähne oder Rehe zu sehen, ziemlich gut. Ich verfügte über die natürliche Antipathie der Gärtner gegen Rehe, aber ich freute mich über einen ganzen Schwarm Truthähne. Ich hatte eigentlich bei Babe einen Kaffee trinken und einen von Petes Nachtischen essen wollen – Teufel auch, ich hatte sogar die Hochzeitstorte abgelehnt –, aber als ich vorbeifuhr, war der Diner geschlossen. Babe hielt sich nicht an normale Öffnungszeiten, ich ging also davon aus, dass Neil sie überrascht hatte, indem er früher als geplant nach Hause gekommen war. Das machte schon vier Leute, von denen ich annahm, dass sie in dieser Nacht viel Spaß haben würden, die Neuverheirateten eingeschlossen. Nur ich gehörte nicht dazu.

Ich wendete in einem weiten Bogen auf dem leeren Parkplatz und sah aus dem Augenwinkel, dass er doch nicht ganz leer war. Irgendetwas bewegte sich hinter dem Rankgitter und dem Donut-Schild.

Wahrscheinlich wieder die *Terminator*-Waschbären, die keine Gnade kannten und nicht mit sich reden ließen, oder vielleicht auch wilde Truthähne, die in ihren letzten Wochen vor Thanksgiving noch mal richtig aufdrehten. Ich würde Babe beim nächsten Mal, wenn ich sie sah, davon berichten, damit sie Havahart-Fallen aufstellen konnte.

4

Viele Tage Herbstarbeit gingen drauf, um mein langes Wochenende abzuzahlen. Es waren Daueraufträge einiger meiner Stammkunden, und ich hatte drei von Hugos Landsleuten angeheuert, die im Herbst noch in den Staaten geblieben waren. Ich rekrutierte sie in der Bodega in der Nähe des Autohändlers in der Stadt, wo die Männer sich jeden Morgen, bei Regen oder Sonnenschein, versammelten und auf Arbeit hofften.

Wenn die Laubbläser ausgeschaltet und die Tagelöhner in ihre Trucks gestiegen waren, tauchte ich auf, um Stauden zurückzuschneiden und einjährige Gewächse auf den Kompost oder hinten in den gebrauchten Pick-up zu befördern, den ich mir mit Hugo teilte. Jetzt, wo er in Mexiko war, benutzte ich den Wagen manchmal für die Drecksarbeiten, um die Lebenszeit meines Jeeps zu verlängern, der sich den hunderttausend Meilen näherte. Und von dem ungeheuerlichen Benzinverbrauch mal abgesehen, gefiel es mir, einen Pick-up zu fahren. Ich musste mich zwar immer wieder an die Schaltung und den merkwürdigen Schwerpunkt gewöhnen, aber ich fühlte mich knallhart und abenteuerlich in so einem Teil. Richtig *amerikanisch*.

So arbeitete ich vor mich hin und kümmerte mich nicht weiter um die Zeit, ich legte einfach eine Pause ein, wenn der Truck voll war oder ich hungrig wurde, je nachdem, was zuerst passierte. Dann fuhr ich zu Babe, um mich aufpäppeln zu lassen. Früher hatte ich mir mein Mittagessen manchmal mitgebracht, wie die Männer es taten, um Geld zu sparen, aber ohne die soziale Anbindung an den Paradise Diner hatte ich das Gefühl, dass ich tagelang keinen vollständigen Satz von mir gab, und das war vermutlich auch nicht gesund.

Als ich bei Babe ankam, war mein Stammplatz am Tresen von einem hageren Typen in einem grauen Sweatshirt und einer schmuddeligen Daunenweste belegt, die aussah, als hätte man alle Federn aus ihr herausgesaugt. Sein bloßer Anblick weckte in mir das Bedürfnis, mir die Hände zu waschen, also tat ich es. Dann kam ich zurück und setzte mich an dem L-förmigen Tresen so weit von ihm weg, wie es möglich war, ohne deutlich werden zu lassen, dass ich ihn eklig fand.

Ich sah auf der Tafel nach, was die Tagesgerichte waren, aber nichts davon begeisterte mich. Entweder war ich stolz darauf, meine Wochenendkalorien abgearbeitet zu haben, oder dieser grässliche Honk hatte mir den Appetit verdorben.

»Ich nehm erst mal nur einen Kaffee.«

»Bist du krank?«, fragte Babe mäßig interessiert.

»Nein, ich brauche bloß ein paar Minuten.«

Sie brachte mir meinen Kaffee und schenkte dem hageren Mann am Tresen nach. Er schob seine Schlüssel und sein Handy mit einer schwieligen Hand zur Seite, auf der sich die Adern deutlich abzeichneten. Wir nickten einander pflichtbewusst zu, wie Leute, die nicht das geringste Interesse aneinander haben und höflich zueinander sind.

Mit Grabesstimme ließ er mich wissen, er hieße Chase und sei ein paar Wochen in der Stadt, um einem Kumpel von ihm zu helfen, der Küchentresen verkaufte. In der letzten Woche sei er zu einer Art Stammgast im Paradise geworden.

»Ach ja?«, sagte ich und hoffte, wenigstens einigermaßen höflich zu klingen. Ich war die letzte Woche über nicht im Diner gewesen und Küchentresen interessierten mich ungefähr so sehr wie Fliesenspiegel, aber alle zehn oder fünfzehn Jahre mussten Hausbesitzer sich damit beschäftigen, und ich war sicher auch bald dran – die Kacheln auf meiner Kochinsel ploppten schon hoch wie die Türchen eines Adventskalenders. Bislang hatte ich das Problem ignoriert, indem ich einen schweren Topf oder eine Vase auf die losen Fliesen stellte, aber das kostete viel Platz, und bald würde ich eine andere Lösung finden müssen.

»Was für Küchentresen denn?«, fragte ich.

»Na, das Übliche. Die schwarzen, die gemusterten. Solche hier.« Er tippte mit einer Gabel auf den Tresen, an dem wir saßen.

»Lassen Sie mich raten«, sagte Babe. »Sie sind nicht gerade das Verkaufstalent im Laden, oder?«

Er grinste und zeigte dabei eine Reihe alarmierend schlechter Zähne. »Richtig. Ich mache die Schwerarbeit.«

Man musste kein Detektiv sein, um zu bemerken, dass der schmächtige Kerl unter der Daunenweste, dem Sweatshirt, dem Flanellhemd, dem Thermounterhemd und was weiß ich noch für Iso-Lagen ungefähr so muskulös war wie ein verhungerter Coyote. Schwerstarbeit war ganz sicher nicht seine starke Seite. Er konnte unsere Gedanken raten.

»Mein Freund hilft mir. Wir kennen uns von der Armee.«

Da ich mich im letzten Frühjahr, als die Fliesen in meiner Küche sich zu lockern begannen, einmal kurz mit Küchentresen beschäftigt hatte, wusste ich, dass die meisten der Stein- und Granitfirmen in Springfield Osteuropäern gehörten. Babe wusste das auch, denn die meisten von ihnen waren Gäste bei ihr. Wollte der Kerl uns etwa einreden, dass er ein bosnischer Soldat gewesen war? Ein weiterer zweifelnder Blick musste uns deutlich anzusehen gewesen sein.

»Okay, nicht Armee. Wir hatten ein bisschen Ärger als Kinder. Nichts Schlimmes – Kleinkram.«

Irgendetwas am Paradise Diner wirkte wie eine Wahrheitsdroge bei manchen Leute. Vielleicht war etwas im Wasser. Sie kamen herein und heulten sich bei Babe aus, als wäre sie Therapeut, Priester und Bewährungshelfer in einer Person. Sie erzählten Sachen, die sie ihren Männern, Frauen oder Analytikern bisher verschwiegen hatten. Und dann gaben sie Trinkgeld je nachdem, wie viel sie sich von der Seele geredet hatten.

»Hey, Mann, das reicht«, sagte Babe. »Wir müssen nicht unbedingt wissen, wo genau Sie den neuen Granit-König Springfields kennengelernt haben, oder was Sie dorthin verschlagen hat. Heute ist der erste Tag vom Rest Ihres Lebens. Alles klar? Außerdem, was immer *Sie* angestellt haben, wir können es wahrscheinlich toppen.«

»Ach was?« Chase beugte sich vor, um mehr zu erfahren.

»Ich habe einmal einem Doppelmörder Kaffee eingeschenkt, der genau dort saß, wo Sie jetzt sitzen – ich wusste es damals allerdings nicht. Oder, Paula?« Ich nickte, war aber nicht wild darauf, darüber zu reden. Ich hatte für den Mörder gearbeitet und es war nicht gerade mein Lieblingsjob gewesen.

Der Mann verpasste uns einen eigenartigen, beinahe bewundernden Blick, dann folgte ein unangenehmes Schweigen, als das Thema sich erledigt hatte.

»Hören Sie, ich wollte Ihnen nicht das Wort abschneiden«, sagte Babe, schenkte ihm Kaffee nach und spendierte ihm einen Donut auf Kosten des Hauses. »Es ist nicht so, als würden Sie uns nicht interessieren, aber wir sind hier ein *Frag nichts, sag nichts*-Restaurant. Zumindest bis wir Sie besser kennen. Eine von Babes Regeln.«

»In Ordnung«, sagte er. Und dann: »Babe, so hat Ihre Mutter Sie bestimmt nicht genannt, oder?«

»Doch, das hat sie, aber es ist nicht der Name auf meiner Geburtsurkunde, falls Sie darauf hinauswollten.«

Ich wusste, dass Babes Taufname Wanda war, genau wie jeder andere, den es genug interessierte, um mit einer Lupe die Genehmigungen der Gesundheitsbehörde zu begutachten, die an der Wand neben der Kasse hingen, aber dieser Typ war entweder zu blöd, oder er wollte flirten, vielleicht auch beides. Er überraschte uns, indem er mit seinem Handy ein Foto von meiner Freundin machte und dann das Bild anstarrte, obwohl das Original direkt vor ihm stand.

»Lassen Sie mich raten. Sie heißen Darlene.«

»Nein.«

»Brittany?«

»Also bitte, sehe ich aus wie eine Brittany? Hören Sie, Mann, es gibt etwa eine Million Frauennamen, die New-Age-Namen und die lächerlichen, angeblich kreativen Schreibweisen alter Namen nicht mitgezählt, und die Chance, dass Sie meinen in den nächsten zwei Minuten erraten, und mehr habe ich nicht, bevor die Leute an Tisch fünf ihre Rechnung wollen, ist ungefähr eine Billiarde zu eins. Also versuchen Sie's ruhig, denn jetzt haben Sie bloß noch dreißig Sekunden.«

»Sie sind Monica.« Der begeisterte Ausdruck seines Gesichts zeigte, dass er glaubte, einen Volltreffer gelandet zu haben. Er wartete auf eine Reaktion.

»Das war's dann.« Babe klopfte auf ihre Schürzentaschen und suchte nach dem Quittungsblock, fand die Rechnung für Tisch fünf und entschuldigte sich, um sie dort abzuliefern.

Er sah entsetzt aus, so als könnte er ihr gar nicht glauben, und schaute mich hilfesuchend an.

Ich hatte noch nie darüber nachgedacht, aber Babe war im Grunde im Diner gefangen. Sosehr sie Hof hielt und jeden Tag einem stetigen Strom Bewunderer und freundlicher Menschen begegnete, musste sie auch mit Spinnern wie diesem irgendwie klarkommen. Was würde er als Nächstes tun? Versuchen, ihr Gewicht zu schätzen? Da gefiel mir mein Geschäft schon viel besser, von März bis Oktober sah ich meine Kunden kaum, es sei denn, sie hatten plötzlich Schnecken oder Rüsselkäfer.

»Also, wie heißt sie?«, fragte der Mann und rutschte einen Hocker näher an mich heran. Er schlürfte seinen Kaffeebecher leer und wischte sich mit der Manschette seines Hemdes Mund und Nase. Das bisschen Appetit, das ich wiedererlangt hatte, verschwand sofort.

»Hat sie doch gesagt. Ihre Mutter hat sie Babe genannt.« Ich erhob mich.

»Wo willst du hin?«, rief Babe. »Pete hat ein neues Nigella-Kochbuch. Alle liegen ihm zu Füßen. Zwei Frauen haben ihm schon ihre Telefonnummern dagelassen und gefragt, ob er zu ihnen nach Hause kommen könnte. Wahnsinn, oder? Ich hoffe bloß, dass sie wirklich Backwaren wollen.«

»Ich muss zum Gewächshaus. Ein paar Bestellungen abholen, darunter auch deine. Und vielleicht fahre ich noch bei Caroline vorbei. Ich habe versucht, sie anzurufen. Kann sein, dass ich nachher noch mal vorbeikomme. Sonst sehen wir uns morgen, wenn ich mich um deine Pflanzkübel kümmere.« Ich nickte kurz dem Mann am Tresen zu, der mich mittlerweile auf eine Art anstarrte, die mich nur noch schneller gehen ließ.

Aus irgendeinem Grund trödelte ich dann aber auf dem Parkplatz. Eigentlich hatte ich nämlich keine Lust, in meinen Wagen zu springen und allein davonzubrausen, also saß ich da, spielte an meinem Rückspiegel herum, mit meinem Sicherheitsgurt und allem anderen, was mir einfiel, und wartete, ob der Namensfetischist aus dem Diner käme. Und er enttäuschte mich nicht. Zwei Minuten, nachdem ich gegangen war, trat er vor die Tür. Er hielt sein Handy auf Armeslänge und schlurfte auf einen dreckigen weißen Pick-up zu, der auf der Seite, die ich sehen konnte, ziemlich verrostet war, und auf der anderen wahrscheinlich auch. Er versuchte, ganz locker rüberzukommen, aber es klappte überhaupt nicht. Keiner von uns täuschte irgendwen. Ich führte eine kleine Pantomime auf, als suchte ich auf dem Beifahrersitz nach etwas, nur falls er in meine Richtung schaute und sich wunderte, warum ich noch nicht weg war. Dann schaltete ich den Motor wieder aus und ging zurück ins Restaurant, als ob ich etwas vergessen hätte. Ich konnte seinen Blick in meinem Rücken spüren, als die Fliegengittertür hinter mir zuschlug.

Babe war überrascht, mich so bald schon wiederzusehen. »Es liegt an Nigella, oder?«, fragte sie. »Du hast es dir anders überlegt? Meine Güte, Pete ist also doch zu was nütze! Vielleicht schicke ich ihn zur Kochschule, das könnte ein ausgezeichnetes Investment sein.« Ich brachte sie zum Schweigen und zerrte sie in die entlegenste Ecke ganz hinten im Restaurant.

»Ist er noch da?«, fragte ich.

»Wer?«, fragte sie und schaute über die Schulter.

»Der Küchentresen-Mann, der polierten schwarzen Granit garantiert nicht von schwarzer Eiche aus Arkansas unterscheiden kann. Sitzt er noch draußen in seinem weißen Pick-up?«

Sie sah sich erneut um. »Wenn ich mein Fernglas dabeihätte, dann könnte ich dir präziser antworten, aber soweit ich sehe, ist da kein Küchentresen-Mann.« Sie schenkte mir einen Blick, der geradezu mütterlich wirkte. »Hast du heute eigentlich irgendwas gegessen oder bloß Kaffee und Red Bull getrunken? Du benimmst dich ziemlich komisch. Ich wette, du bist überkoffeiniert.«

»Irgendwas stimmt nicht mit diesem Kerl.«

»Erzähl es mir beim Essen, okay?« Sie bestellte für mich ein Paradise Special – Rührei, Pfannkuchen, French Toast, Speck – alles kross. Und einen großen entkoffeinierten Kaffee.

»Auf jeden Fall aus der orangenen Kanne. Kein hochprozentiger Stoff mehr für diese Dame.«

5

Ich fühlte mich tatsächlich besser nach dem Essen. Als das Mittagspublikum verschwunden war, setzte sich Babe zu mir: sie brachte einen Teller warmer Schoko-Scones mit und gab mir einen. Dann und wann schaute ich zur Tür. Ich wartete beinahe darauf, dass der Küchentresen-Mann zurückkehrte. »Weißt du, es sind nicht alle auf irgendwelche Edel-Internate gegangen«, sagte Babe, »und vielleicht hat er eben keine gute Beziehung zu seinem Zahnarzt.«

Ich war als Kind in meinen Zahnarzt verknallt gewesen – bis dieser eine große blonde Dentalhygienikerin eingestellt hatte. Ich glaube, sie hieß Barbara. Ich war erst acht, aber ich war nicht blöd. Ich wusste genau, was lief, und ich hasste sie.

»Und wenn er wirklich ein Gauner ist«, fuhr Babe fort und brach ein Stück ihres Scones ab, »hat er seine Strafe abgesessen und seine Schuld bezahlt, wenn er wieder draußen ist. Was sollen diese Typen denn machen – auf Eisflöße klettern? Man muss da offen bleiben.«

Aufgrund der betörend reichhaltigen Scones und der Erinnerungen an meine erste große Liebe hatte ich den Faden verloren. Internate? Eisflöße? Ich war überrascht, Babe so reden zu hören. Ich hatte nie weiter über Ex-Häftlinge und ihre Wiedereingliederung in die Gesellschaft nachgedacht, noch weniger als über Küchentresen. Babe offenbar schon.

»Siehst du die Tische und Stühle da draußen?«, fragte sie. »Die sehen doch ganz ordentlich aus, oder? Die sind aus dem Gefängnis – hergestellt von Knastbrüdern.«

»Machst du Witze?«

Aber nein. Sie hatte von Ms. Baldino, einer der Bibliothekarinnen in der Stadt, von dem Programm gehört. Offenbar waren auch alle Bänke in der Bibliothek von Knackis gebaut worden. Wer sagt's denn?

»Sie lernen ein Handwerk, verdienen ein bisschen Geld und finden vielleicht einen neuen Job, wenn sie rauskommen, statt weiter das zu machen, was sie hinter Gitter gebracht hat. Das ist doch gut für alle.« Mir war nicht klar gewesen, dass Gefangene in diesem Jahrhundert immer noch arbeiten mussten. Das kam mir so … Dickensianisch vor. Aber wahrscheinlich war ich nur naiv. Es gab eine Menge Sachen, die ich weder an meinem Schreibtisch in New York noch in den Gärten Springfields mitbekommen hatte.

Nachdem ich jedes Krümelchen auf meinem Teller verzehrt hatte, erhob ich mich, um zu gehen. Wieder sah ich mich auf dem Parkplatz um. Der Küchentresen-Mann war tatsächlich verschwunden, und ich kam mir dumm vor, weil ich so misstrauisch gewesen war. Da es inzwischen ganz schön spät war, fuhr ich direkt zur Gärtnerei und nicht erst zu Caroline. Mit der würde ich mich morgen treffen.

Ich liebe Gärtnereien, egal zu welcher Jahreszeit. Mein neuer Favorit war D'Angelo's, vierzig Minuten westlich von Springfield, auf der dem Paradise gegenüberliegenden Seite der Stadt. Die Besitzer taten ihr Bestes, um den Laden am Laufen zu halten, obwohl die Gartensaison sich dem Ende zuneigte. Sie bereiteten sich mit Heuhaufen, einem kleinen Grusel-Labyrinth sowie haufenweise Kürbissen und Zierkohl auf Halloween vor – und hatten gerade ein Sonderangebot für Stauden laufen, das mir in der nächsten Saison Geld und Zeit sparen würde. Solange man sie ordentlich wässerte, war der Herbst eine bessere Pflanzzeit als der Frühling, denn so hatten die Pflanzen die Gelegenheit, Wurzeln zu schlagen, bevor sie austrieben.

Ich zog meine Einkaufsliste hervor und schob einen flachen Einkaufswagen mit störrischen Rädern vor mir her, auf den ich meine Lieblinge in Dreier- und Viererreihen setzte. Ich würde auch ein paar Gewöhnliche Goldnesseln mitnehmen.

Egal, wie sehr ich versuchte, es zu vermeiden, ich verliebte mich immer in irgendeine Pflanze oder ein Büschlein, das nicht auf meiner Liste stand und prompt mein Budget sprengte, oder schlimmer noch, für das ich weder den passenden Ort noch den passenden Kunden hatte. Am Anfang meiner Gärtnerinnenkarriere hatte ich ein paar großartige Pflanzen ums Leben gebracht, indem ich derartige Spontankäufe tätigte. Das Harz dieser unglückseligen Pflanzen klebte noch immer an meinen Händen und ich trauerte jedes Mal um sie, wenn ich in die Gärtnerei kam und eine Magnolie ›Edith Bogue‹ oder einen Hibiskus ›Lord Baltimore‹ sah – und es war mir fast, als wüssten diese Gewächse, was ich ihren Brüdern und Schwestern angetan hatte.

Ich mühte mich gerade, einen wundervollen, aber völlig unnötigen japanischen Fächerahorn auf meinen Wagen zu wuchten, als ein weißer Pick-up vor dem Garten-Center hielt. War das der Gruseltyp aus dem Restaurant? Ich duckte mich hinter das Bäumchen und ärgerte mich, keinen breiteren Busch gewählt zu haben, der mir mehr Deckung bot. Ich ließ meinen Einkaufswagen stehen, wo er war, und krabbelte auf allen vieren hinter üppigeres, dichteres Elefantengras. Dann linste ich um die Pflanze herum und sah zuerst Arbeiterschuhe, dann Jeans und schließlich einen geflochtenen Gürtel, der behauptete, dass der Träger Guatemala liebte.

»Kann ich Ihnen helfen?« Das T-Shirt des Mannes identifizierte ihn als einen Angestellten der Gärtnerei. Was sollte ich sagen? Nein danke, ich verstecke mich bloß, weil ich glaube, ich habe einen Ex-Knacki entdeckt, der einen Küchentresen nicht von einem Kajak unterscheiden kann? Nö.

»Ich glaube, ich habe etwas verloren«, log ich und klopfte auf dem Kies herum, der mittlerweile an meinen Händen klebte und kleine Dellen in meinen Handflächen hinterlassen hatte. Der Gärtnerei-Angestellte beugte sich zu mir herunter, um mir behilflich zu sein.

»Was denn?«

Ja. Was denn? Geldbörse? Schlüssel? Nein, zu groß und zu laut.

»Einen Ohrring ... Nein! Die sind ja beide da. Meine Güte, was für ein Glück.« Ich betastete meine beiden Ohrläppchen.

Er erhob sich und war höflich genug, nicht die offensichtlichste aller Fragen zu stellen: Warum kauern Sie immer noch am Boden, wenn Sie keinen Ohrring verloren haben?

Ich murmelte etwas von meinem Rücken, meinem Alter, meinen Bandscheiben, und dass ich nicht schnell aufstehen könnte, ohne dass das Blut mir zu Kopf stiege und mir schwindlig würde. Ich rasselte so viele angebliche Gebrechen herunter, dass es ein Wunder war, dass der Mann nicht fragte, wo ich meinen Pfleger gelassen hatte.

Langsam erhob ich mich, sah mich im Garten-Center um und suchte nach dem weißen Pick-up, von dem ich glaubte, dass er dem Tresentyp gehörte. Ich sah einen im Leerlauf, ganz hinten auf dem Parkplatz, wo die Profis Mulch und Kompost auf ihre Laster schaufelten.

»Wollen Sie den Ahorn, Señorita?«, fragte der Mann, als er sicher sein konnte, dass es mir gut ging.

»Nein, ich habe es mir anders überlegt. Ich wollte eigentlich Gewöhnliche Goldnesseln. Sind die schon da?«

»Vielleicht in der nächsten Lieferung«, sagte er. »Versuchen Sie es noch einmal in ein paar Tagen.«

»Dann also nur diese Pflanzen.« Der Mann schob den Wagen für mich zur Kasse, wobei er aufgrund meines desolaten körperlichen Zustandes so langsam ging, wie er nur konnte, bis wir schließlich die Außenkasse erreicht hatten, wo ein weiterer Angestellter meine Einkäufe auflisten und mir einen Zettel überreichen würde, mit dem ich dann drinnen bezahlen konnte. Alles nur noch Spezialisten.

Ich schaute nach rechts und sah den weißen Pick-up wenden und auf uns zukommen. Ich trat einen Schritt zurück, so dass mein Gesicht hinter einer Vogelscheuche und einem großen Haufen Heuballen verborgen war.

Der guatemaltekische Gärtnerei-Angestellte, der mir geholfen hatte, sah, wie ich mich zurücklehnte und dachte wohl, dass ich ohnmächtig würde. Er rief, dass jemand einen Krankenwagen verständigen solle, und stieß in dem ungeschickten Versuch, mich aufzufangen, die Heuballen, die Vogelscheuche und mich noch dazu um. Aus der Horizontalen sah ich den Truck vorbeifahren, zwei spanische Gartenarbeiter und ein Labrador-Mischling saßen darin, keinen von ihnen hatte ich je zuvor gesehen. Alle, selbst der Hund, schienen zu lachen.

6

Am nächsten Morgen auf der Fahrt zu Babe musste ich selbst lachen, als ich über den Unfug nachdachte, den ich in der Gärtnerei angestellt hatte, aber als ich mich dem Restaurant näherte, sah ich mehrere Polizeiwagen aus Springfield mit Blinklichtern auf dem Dach. Alle Bullen, die ich kannte, marschierten gerade über die Straße hinweg zum Paradise. Entweder hatte einer von ihnen anlässlich seiner Pensionierung alle anderen zum Frühstück eingeladen, oder irgendetwas war passiert, und ich fürchtete, Letzteres war der Fall.

Ich fuhr näher heran und sah, wie einem Mann Handschellen angelegt wurden, dann führte ihn Sergeant Mike O'Malley zu einem der Streifenwagen. O'Malley war einer der Ordnungshüter Springfields, die ich in den letzten Jahren kennengelernt hatte. Zwar nicht im biblischen Sinne, aber Lucy und Babe gaben uns immer noch eine Fünfzig-fünfzig-Chance.

Ich erkannte sofort Weste und Pullover des Typen, den sie in den Streifenwagen steckten. Es war der Küchentresen-Mann. Aufgrund all der Einsatzwagen auf dem Parkplatz befand sich der einzige freie Platz am anderen Ende bei einem Frisiersalon, in den ich noch nie jemanden hatte hineingehen oder herauskommen sehen. Ich parkte, dann lief ich eilig zu Babes Büro hinter dem Diner, wo ich auf meine Freundin und Mike O'Malley traf.

»Was ist passiert? Alles in Ordnung? War das der Küchentresen-Mann?«, fragte ich und deutete auf den Kerl im Streifenwagen. »Ich wusste doch, dass mit dem etwas nicht stimmt.«

»Ich dachte, du kennst den Mann nicht?«, sagte O'Malley zu Babe.

»Er hat seinen Namen genannt, aber ich kann mich nicht mehr daran erinnern. Ich weiß, dass er schwarzen Kaffee trinkt und Spiegeleier isst und mich gefragt hat, ob ich Brittany heiße. Er war letzte Woche ein paar Mal im Restaurant, das ist alles. Er hat gesagt, er arbeitet für eine Küchentresen-Firma in der Stadt. Ich gebe ihnen bloß zu essen, Mike. Ich führe keine Bewerbungsgespräche.«

O'Malley grinste. Dann fragte er, was ich über den Mann wisse, aber ich hatte nichts Nützliches beizusteuern, außer meinem Bauchgefühl, und es kam mir unprofessionell vor, meine Bedenken an die Polizei weiterzugeben nur aufgrund der Tatsache, dass der Kerl Formica nicht von Kalkstein unterscheiden konnte, was kein Verbrechen war, obwohl es vielleicht eines sein sollte. Ich ersparte Mike meine Anekdote aus der Gärtnerei, da sie mir mittlerweile nicht mehr sonderlich lustig erschien.

»Du glaubst also, er hat gelogen und ist gar nicht Küchentresen-Verkäufer, und er flirtete mit Babe, und das macht ihn verdächtig? Flirten nicht alle mit Babe?«

Mir zuliebe wiederholte Babe, was sich zugetragen hatte. »Ich habe gestern um sieben zugemacht – es war nichts los, also bin ich heute früher gekommen, um den Bürokrempel zu erledigen. Als ich hereinkam, lag der Kerl, wie auch immer er heißt, zusammengerollt auf meiner Luftmatratze. Ich habe einen Heidenschreck bekommen, also bin ich so leise ich konnte wieder rausgegangen, habe ihn eingeschlossen und die Polizei gerufen, nachdem ich mich im Diner in Sicherheit gebracht hatte.«

»Was für ein Glück, dass er nicht aufgewacht und abgehauen ist«, sagte ich.

»Er ist aufgewacht und hat auch mein Schloss demoliert, aber ich hatte meinen Geländewagen vor der Tür geparkt. Er konnte nicht raus. Selbst die Fenster sind zulackiert. Ich habe

Neil den ganzen Sommer gebeten, sie mal in Ordnung zu bringen. Aber jetzt bin ich froh, dass er nicht dazu gekommen ist.«

Der Tresen-Mann behauptete, dass er einen Ausweis in seinem anderen Anzug hätte, was ein bisschen albern war, da er überhaupt nicht aussah wie ein Anzugträger. Er hatte bloß gesagt, sein Name sei Chase McGinley. Dann rhabarberte er auf der Rückbank des Streifenwagens vor sich hin, sein Kopf zuckte in einem ausdrucksstarken Streitgespräch mit sich selbst vor und zurück. So unwahrscheinlich das auch war, er schien gerade gegen sich selbst zu verlieren.

McGinley hatte gesagt, er hätte einfach nur im Warmen schlafen wollen, aber offensichtlich hatte er sich Babes Mülltonnen, ihre Akten und eine Flasche Bombay-Gin vorgenommen, bevor er auf ihrer Luftmatratze das Bewusstsein verlor. Als die Polizei ihm Handschellen anlegte, hatte er Quittungen, Briefe und ein Foto von Babe und Neil in der Tasche.

»Identitätsdiebstahl?«, fragte ich. »Aber das wäre eine ziemlich altmodische Vorgehensweise, oder?«

»Möglich. Früher haben die Leute die Durchschläge von Kreditkartenbelegen geklaut. Nicht alle Gauner sind Computerspezialisten«, sagte O'Malley. »Manche sind einfach bloß Diebe.«

Identitätsdiebstahl war noch etwas, woran ich nur selten dachte und was jetzt plötzlich Thema war, ebenso wie die Arbeit im Gefängnis, Fliesenspiegel und mein ehemaliger Zahnarzt. Die Liste wurde immer länger. Identitätsdiebstahl, hmmm. Und ich war nicht einmal so gründlich wie meine siebenundachtzigjährige Tante, die gnadenlos alle ihre Unterlagen schredderte, inklusive Verkaufsprospekten und Rundschreiben ihres Kongressabgeordneten. Ich wusste, dass Identitätsdiebstähle stattfanden, aber es gab so viel anderes, was mir mehr Sorgen machte – zum Beispiel die Raten für mein Haus oder der Weltfrieden oder eine Invasion der Birkenprachtkäfer, die meine kleinen Hartriegel dezimieren würden. »Na ja. Wer würde schon ich sein wollen?«, sagte ich. Ich hatte kein Geld und nicht viele wertvolle Sachen.

»So funktioniert das nicht«, entgegnete Mike. »Sie klauen nicht deine Sachen. Sie klauen deine Kreditwürdigkeit. Deinen guten Namen.« Vielleicht hatte der Tresen-Mann genau das tun wollen. Babe Chinnerys Name war in dieser Hinsicht, und vielleicht auch in jeder anderen, Gold wert.

»Weißt du, als ich vor ein paar Tagen hier vorbeigefahren bin, war das Restaurant zu. Ich habe gedacht, ich hätte jemanden hinter dem Diner gesehen, aber ich bin nicht ausgestiegen, um nachzuschauen.«

»Wie ungewöhnlich von dir«, bemerkte Mike. Eine nicht sonderlich filigrane Anspielung darauf, wie wir uns kennengelernt hatten, bei einem uralten Fall, den ich vor ein paar Jahren ausgegraben hatte. »Und? Glaubst du, das war er?«, fragte er nach einer Minute etwas neugieriger. »Hast du deswegen vorhin gesagt, er sei merkwürdig?«

»Ich habe gedacht, es wären ein paar Truthähne. Wenn er das war, was um Himmels willen sollte er mehrere Tage lang gesucht haben? Er war mir bloß unsympathisch. Er hat ein Foto von Babe gemacht und dann wollte er unbedingt ihren Namen raten. Und ich bin ziemlich sicher, dass er mir folgen wollte, als ich das Restaurant verlassen hatte. Aber ich hab ihn ausgetrickst. Du kannst es Intuition nennen – und sag jetzt ja nicht ›weibliche Intuition‹, oder ich hau dir eine rein.«

Mike bat Babe, sich im Büro umzuschauen, um festzustellen, ob noch etwas fehlte. Der Mann hatte ganz offensichtlich ihre Sachen durchwühlt, aber sie konnte nicht sagen, ob, wenn überhaupt, etwas fehlte, außer dem Gin. Sie hatte weder Schmuck noch Bargeld im Büro. Und da er noch hier gewesen war, als die Polizei anrückte, konnte er nichts mitgenommen haben, es sei denn, er hatte es an seinem Körper verborgen, und keiner von uns wollte eine entsprechende Durchsuchung miterleben.

»Ganz praktisch, dass ich die Fabergé-Eier nicht mehr hier rumstehen habe, oder?« Wenigstens kehrte ihr Humor zurück. Der Tresen-Mann sah uns lachen und das ärgerte ihn. Er streckte den Kopf aus dem Fenster und rief in unsere Richtung: »Warum verhaftet ihr Wichser mich? Das ist bloß eine Kleinigkeit. Kinderkram. Ich bin draußen, bevor Oprah auf Sendung geht.«

»Berry, sag ihm, er soll die Klappe halten, sonst ermitteln wir auch noch wegen Ruhestörung.«

Offensichtlich kannte der Mann seine Rechte. Und das Nachmittagsprogramm im Fernsehen. Laut O'Malley würde er eine Verwarnung erhalten und ein Formular unterschreiben müssen, dass er zur Verhandlung vor Gericht erscheinen würde. Wenn er sich als »sperrig« erwies, musste er vielleicht zweihundertfünfzig Dollar Kaution zahlen. Aber sie würden ihn trotzdem rauslassen müssen, wahrscheinlich schon in ein paar Stunden.

»Definier mal sperrig«, sagte ich.

»Ein weites Feld.«

»Das ist alles?«

»Was sollten wir denn deiner Meinung nach mit ihm tun? In Neuengland gibt es keine öffentlichen Pranger mehr. Keine Waffen, kein Schaden, Gott sei Dank, kein Angriff auf Babe. Es ist genau, wie er sagt, widerrechtliches Betreten, sonst nichts – ein Kleindelikt im Staat Connecticut. Vergiss Oprah, er ist vielleicht sogar schon draußen, bevor Martha Stewart auf Sendung geht.«

O'Malleys jüngerer Partner war am Ende seiner Nerven. Es gelang ihm nicht, McGinley zum Schweigen zu bringen, und er war es leid, es zu versuchen. Schließlich ließ er das Fenster des Streifenwagens hochsurren und kam zu Babe, Mike und mir herüber. Wir standen mittlerweile neben dem Seiteneingang zum Diner.

»Was will er jetzt?«, fragte O'Malley.

Der jüngere Kollege schaute unglücklich.

»Sag es ruhig«, meinte Babe lächelnd. »Wir haben hier schon öfter Kraftausdrücke gehört.«

»Das ist es nicht, Ma'am. Er hat gesagt: ‚*Sie* ist die verdammte Kriminelle. Sie ist diejenige, die ihr wollt.' Er ist der Meinung, wir sollten Mrs. Chinnery verhaften.«

O'Malley schloss für ein oder zwei Sekunden die Augen, und seine Miene verriet, dass das nun wirklich mal eine originelle Entschuldigung für widerrechtliches Betreten war, und er hatte schon viel gehört.

»Wieso?«, sagte er dann. »Hat ihm das Essen nicht geschmeckt?«

7

Ob nun *false* oder nicht, Babes Goldnesseln waren endlich gekommen. Bis zum nächsten Frühjahr würden sie nicht sehr viel hermachen, also füllte ich die leeren Stellen mit einjährigen Gräsern und Chrysanthemen, die in ihren schwarzen Plastiktöpfchen bleiben konnten, bis es Winter wurde und wir sie kompostierten. Dann würden sowieso nicht viele Leute draußen essen und niemandem würde es auffallen, wenn der Gartenbereich ein bisschen kahler aussah.

Im Moment liefen die Geschäfte im Diners ausgezeichnet. Der Indian Summer ließ jede Menge Leute auflaufen und brachte sogar ein paar Hartgesottene dazu, noch ein letztes Mal ihre Caprihosen und Flip-Flops rauszukramen, allerdings waren darunter nicht die Vorstadtmütter, die nur selten von ihren jahreszeitlichen Uniformen abwichen. Ich konnte Caroline Sturgis in keiner der beiden Frauengruppen an den Picknicktischen entdecken, ging aber davon aus, dass ich sie ohnehin bald zu unserem lang geplanten Business-Meeting treffen würde. Außerdem war ich tatsächlich einigermaßen neugierig, ob der Gentest des kleinen Brandon ergeben hatte, dass er im Schwimmunterricht mithalten können würde.

Vor dem Diner, nicht weit von den Pflanzkübeln, in die ich gerade Mutterboden füllte, saß ein Mann mit sandfarbenem Haar, heller Haut, etwa fünfzig oder fünfundfünfzig Jahre alt – ich fand das immer schwer zu schätzen. Er war extrem durchtrainiert und attraktiv, obwohl seine Nase offenbar irgendwann gebrochen und nie ordentlich gerichtet worden war.

Wäre er eine Frau, hätten die Franzosen ihn *jolie laide* genannt. Ich bemerkte amüsiert das Interesse an den Tischen der Vorstadtmütter und achtete darauf, den Mann selbst nicht auch noch anzustarren – er bekam auch so schon genug weibliche Aufmerksamkeit.

Ein Haufen Maklerprospekte lag ausgebreitet vor ihm auf dem Tisch. Er brütete mit deutlich mehr als dem beiläufigen Interesse von Gästen darüber, die darin blätterten, während sie auf das Essen warteten. Er machte sich sogar Notizen. Ich konnte geradezu vor mir sehen, wie Gretchen Kennedy und ihre Kolleginnen, deren Flyer in den Regalen steckten, über einen derart motivierten möglichen Käufer zu streiten anfingen.

Aus irgendeinem Grund ging ich davon aus, dass er Single war, und offenbar ging es den anderen Frauen genauso, die sich bewusst oder unbewusst ein wenig aufrechter hinsetzten und den Kopf in einem möglichst schmeichelhaften Winkel neigten, während sie sich unterhielten. Er trug keinen Ehering, obwohl das nichts heißen musste. Aber ob hetero oder schwul, wie viele Leute kauften ohne Frau oder Partner Immobilien?

Ich musste drei- oder viermal mit großen Säcken Mulch an ihm vorbeimarschieren, mit dem ich die kleinen Töpfchen in den Pflanzkübeln verdecken wollte.

»Kann ich Ihnen helfen?«, fragte er schließlich und erhob sich.

»Nein, danke«, erklärte ich keuchend. »Schon okay.« Und das war es auch, weitgehend. Ich war außer Atem, versuchte aber, es nicht zu zeigen.

»Sie sind ganz schön kräftig.«

Begutachtete er meine Muskeln, so wie ich ihn begutachtete? Ich arbeitete weiter und sagte nichts.

Er machte Eselsohren in die Broschüren, erhob sich schließlich und ging zu einem der Tische mit den versammelten Müttern. Trotz seiner gebrochenen Nase verfügte er über eine elegante, katzenhafte Grazie, fast wie ein Balletttänzer.

»Entschuldigen Sie, die Damen. Ich weiß, es klingt lächerlich, aber ich würde Ihnen gerne einige Fragen über Springfield stellen.« Er hielt seine Maklerprospekte hoch, als wollte er ihnen demonstrieren, dass er es ernst meinte.

Das Frauenmeer teilte sich für ihn und nach kurzer Zeit hatten die Frauen von dem zweiten Tisch ihre Stühle herübergeschoben, um dem gutaussehenden, höflichen Mann behilflich zu sein.

Ich konnte beinah die Rädchen in ihren Köpfen arbeiten hören, während sie den Mann, von dem sie schnell herausgefunden hatten, dass er tatsächlich Single war, im Geiste bereits bei zukünftigen Abendessen neben ihren geschiedenen Freundinnen platzierten.

Damit war ich abgeschrieben – ich hätte mir doch von ihm helfen lassen sollen, die Mulchsäcke zu tragen. Ich hätte mir einen Vorteil bei einem der begehrenswertesten Männer in Springfield erarbeiten können! Plötzlich begannen die Frauen allesamt zu kichern, als wären sie aufgrund des unerwarteten Neuzugangs in ihrer Mitte wieder Teenagerinnen – also wirklich, und das auch noch mitten am Tag. Flirten. Es war wie Fahrrad fahren.

Ich beendete meine Arbeit, verstaute meine Werkzeuge im Jeep und ging nach drinnen. Durch das Fenster hatte Babe alles mitbekommen.

»Ich habe das Gefühl, wenn der wirklich irgendwas kauft, dann werden diese Mädels ihn herzlich willkommen heißen, aber statt Keksen und Küchenzubehör wird er Gummi und Latex in seinem Körbchen haben.« Ich ging mir die Hände waschen und setzte mich zu Babe an den Tresen, wo bereits eine Tasse Kaffee auf mich wartete.

»Er ist eine Stunde vor dir gekommen«, sagte sie. »Hat hier drin gefrühstückt und sich fünfmal Kaffee nachschenken lassen. Wenn er nicht bald pinkeln geht, dann wird er Medizingeschichte schreiben.«

Als der Fremde hereinkam, hatte er Babe so oft gefragt, ob das der einzige Diner in der Gegend wäre, dass sie kurz davorgestanden hatte, ihn wieder rauszuwerfen, aber er hatte sich entschuldigt und erklärt, dass er den Weg von einem Freund beschrieben bekommen hatte und nur sicher sein wollte, dass es das richtige Lokal war. Dann hatte er begonnen, die Maklerbroschüren durchzusehen. Als die Mütter kamen, hatte er sich nach draußen gesetzt. Eine von ihnen, Becka Reynolds, war besonders hilfreich.

»Sieh sie dir an«, sagte ich. »Sie verkuppeln ihn schon, dabei könnte er ein Massenmörder sein. Und er hat noch nicht einmal ein einziges Haus besichtigt, ganz zu schweigen davon. ein Gebot abgegeben zu haben. Warte nur, bis die Maklerinnen ihre Fänge in ihn geschlagen haben. Dann ist er geliefert.«

Einer der Stammgäste, ein Mann namens Carl, bezahlte und hatte mich gehört. »Ihr könnt es einfach nicht ertragen, wenn Singles glücklich sind«, sagte er.

»Klappe, Carl, bevor ich deiner süßen jungen Frau erzähle, was du vom Heiraten hältst.« Babe gab ihm sein Wechselgeld und kam zu mir ans Ende des Tresens zurück.

»Du hast mir überhaupt noch gar nicht von der Hochzeit erzählt, auf der du mit Lucy warst«, sagte sie dann. »Hast du deinen Seelenfreund gefunden?«

»So etwas gibt es nicht im wirklichen Leben. Im wirklichen Leben sieht eine der Brautjungfern toll aus, weil sie sich stark gemacht hat für das Kleid, in dem sie am besten aussieht, und die anderen sehen bescheuert darin aus und werden es nie wieder anziehen, egal wie viel man daran ändern lässt. Sie kann als Einzige vielleicht auch einen Treffer landen. Mit den anderen ist nichts anzufangen. Sie fragen sich, welche von ihren Freunden als Nächstes heiraten, und ob sie die letzten einsamen Mitglieder der Gruppe sein werden – dann watscheln sie mit ihrer Gehhilfe in die Mitte des Bankettsaals, um den Brautstrauß mit ihren knotigen, altersfleckigen Händen zu fangen.«

»Wow. Was für ein deprimierendes Bild«, sagte Babe. »Hast du das wirklich gedacht?«

»Nur ein- oder zweimal.«

Babe war schon seit vielen Jahren Single – seit ihr Mann Pete bei einem Motorradunfall ums Leben gekommen war. Sie waren vor Jahren mit ihren Zwillingen nach Springfield gezogen und hatten das Restaurant eröffnet. Wenig später fuhr Pete mit einem Kumpel auf eine Tour und hatte auf der Route 7 einen Unfall. Über die Jahre danach sprach sie nur selten. Es musste hart gewesen sein, als alleinerziehende Mutter und Alleinverdienerin mit einer jungen Familie und einem Geschäft, das sie am Leben halten sollte. Wenn sie Erinnerungen teilte, dann von den glücklicheren Tagen mit der Jimmy Collins Band.

Ich hatte damals von der Gruppe noch nie gehört und musste sie nachschlagen. Sie hatten ein paar Hits gehabt, als Babe noch eine Chorsängerin namens Wanda Sugarman gewesen war – bevor die Band sie Babe taufte und Pete ihr seinen eigenen Nachnamen gab.

»Sieh ihn dir an«, sagte ich und deutete mit meiner Tasse in seine Richtung. »Er musste bloß lächeln und sagen: *Oh, 'tschuldigung, Leute, ich bin neu in der Stadt*. Wenn eine Frau das mit einer Gruppe Männer täte, würde man ihr gleich einen scharlachroten Buchstaben samt Nadel und Faden überreichen.«

»Die Welt ist eben ungerecht.«

An dem Tag, an dem ich mit Caroline verabredet war, fuhr ich zuvor ins Paradise, um mich satt zu essen. Ich neigte mittlerweile dazu, mich tatsächlich mit Caroline zusammenzutun, und wollte etwas im Magen haben, falls sie sich entschied, unsere Partnerschaft gleich mit ein paar Gläschen zu besiegeln.

Babe hatte Caroline schon seit Tagen nicht zu Gesicht bekommen. Ich versuchte noch einmal, sie vom Handy aus anzurufen, und hörte dieselbe Nachricht wie in der Woche zuvor – Anschluss nicht erreichbar.

»Was ist?«, fragte Babe.

»Ihr Privatanschluss ist nicht mehr erreichbar. Findest du das nicht eigenartig?«

»Eine Menge Leute kommen ohne Festnetz klar und haben nur noch Handys«, sagte Babe. »Alle müssen sparen. Hast du ihre Handynummer nicht?«

»Doch, aber ihr Haus hat keinen Empfang. Sie benutzt es zu Hause nie. Außerdem kann ich mir kaum vorstellen, dass Caroline und Grant derart den Gürtel enger schnallen müssen. Mal sehen, was es damit auf sich hat.« Immerhin hatten wir einen Termin und Caroline war so erpicht darauf gewesen, mit mir zu reden, dass sie unser Treffen sicher nicht gecancelt hätte, ohne mir eine Nachricht zu hinterlassen. Ich frühstückte und fuhr dann zum Haus der Familie Sturgis. Auf halbem Wege überlegte ich, ob ich vielleicht die Tage durcheinanderwarf. War heute etwa der Tag, an dem sie eine ihrer Freundinnen zum Arzt begleiten musste um zu erfahren, ob deren dreijähriger Sohn genetisch zum nächsten Roger Federer vorgesehen war? Ach, egal. Ich würde trotzdem hinfahren. Wenn ich mich vertan hatte, würde ich ihr einen Zettel schreiben. Und wenn sie nach Hause käme, würde sie sich freuen, dass ich interessierter an ihrem Vorschlag war, als beim letzten Mal, als wir miteinander gesprochen hatten. Und das war ich wirklich. Nachdem ich meine Maklleraufträge verloren hatte und mit Lucys abgelegten Klamotten nach Hause geschickt worden war, hatte ich durchaus Interesse, ihr Angebot wahrzunehmen. Noch kannte ich ihren Businessplan nicht, aber sie war eine kluge Frau. Und ich auch.

Carolines silberner Landrover stand vor dem Haus. Die Fahrertür war weit geöffnet. Ich parkte direkt dahinter. Langsam ging ich die Vordertreppe hoch, dann klingelte ich und erwartete, Caroline perfekt frisiert und perfekt gekleidet und trotz der frühen Stunde vermutlich mit einer perfekten Bloody Mary in einem Bleikristallglas in der Hand anzutreffen. Niemand öffnete, also klingelte ich noch einmal. Diesmal bemerkte ich den kleinen Spalt zwischen Tür und Rahmen. Die Tür war nicht geschlossen. Ich stupste dagegen und sie öffnete sich mit einem leisen Quietschen.

»Caroline? Caroline, bist zu da?« Die Halle war leer. Ungebeten das Haus zu betreten widersprach der Vorstadtetikette und ich war nicht sicher, ob ich es wirklich tun sollte. Dann aber hörte ich ein Geräusch aus dem Wohnzimmer – ein Keuchen oder Stöhnen.

»Hier ist Paula. Hallo? Geht es dir gut? Kann ich reinkommen?« Ich wartete auf eine Antwort, dann ging ich auf Zehenspitzen in den kathedralenhohen Raum, denn ich wusste nicht, was ich zu Gesicht bekäme.

Caroline jedenfalls nicht, wohl aber ihren Mann Grant. Er saß auf dem Sofa, drückte sich ein großes Kissen vor Brust und Mund und wippte vor und zurück. Tränen liefen ihm über das Gesicht, und seine Brille war beschlagen und saß schief auf seiner Nase.

»Wo ist Caroline?«, fragte ich. Ich fürchtete, die Antwort schon zu kennen. »Geht es ihr nicht gut?« Er schien sich nicht zu wundern, mich zu sehen. Er nahm eine Ecke des Kissens aus dem Mund.

»Caroline ist nicht hier. Sie haben sie verhaftet. Sie sagen, sie ist … sie sei nicht Caroline Beecham Sturgis. Ich weiß nicht, wer sie ist, aber sie ist nicht Caroline Sturgis. Meine Frau ist eine Fremde.«

8

Wenn man in mein Alter kommt, kann man zurückblickend leicht sagen, was man lieber hätte tun oder lassen sollen. Es ist wie die Luftaufnahme eines Labyrinths. Von oben sieht es ganz einfach aus. Die Wege sind eindeutig und es ist ganz offensichtlich, in welche Richtung man gehen muss. Aber wenn man sich am Boden befindet, kann man doch ganz schnell eine falsche Abzweigung nehmen.

Wenn ich diesen wunderbaren Überblick bereits mit neunzehn gehabt hätte, würde ich jetzt nicht mit zwei Bundespolizisten durch den Flughafen O'Hare marschieren, mit dieser weiten Jacke, die meine mit Handschellen gefesselten Handgelenke verdecken soll; wir müssen uns beeilen, um einen Flug nach Detroit zu erwischen, zurück in die Stadt und den Staat, über den ich mich noch nicht einmal zu fliegen getraut hatte, solange ich mich zurückerinnern kann.

Ich habe mir diesen Moment die letzten – wie lange? – zwanzig, fünfundzwanzig Jahre vorgestellt. Anfangs bin ich jedes Mal zusammengezuckt, wenn ich eine Sirene hörte oder die Haustür sich unerwartet öffnete.

Langsam ließ dieses Gefühl nach. Wie eine alte Narbe, die man vergisst, bis man danach suchen muss, und sie ist immer noch da, genau dort, wo sie immer gewesen war, wie dumm von einem, zu glauben, sie würde gänzlich verschwinden. Jetzt ist es vorbei. Sie wissen Bescheid. Ich muss mich nicht mehr verstecken.

Die Zeit »v.C.« – vor Caroline – erscheint mir wie ein Roman, eine Geschichte, die ich gelesen habe, ein Film, den ich gesehen habe, bevor mein wahres Leben begann. Wenn es doch nur so wäre!

Meine Freundinnen und meine Familie waren entsetzt, als ich damals beim Cheerleader-Training verhaftet wurde, mitten auf dem Footballfeld, der Rest der Truppe und der Trainer um mich herum, er sah mich entgeistert an. Ich schlafwandelte durch das Verfahren und die Urteilsverkündung, bis ich die Worte hörte: zwanzig Jahre. Erst da wurde es ernst für mich. Zwanzig Jahre war länger, als ich bis zu diesem Zeitpunkt auf der Welt gewesen war. Ich würde fast vierzig sein, wenn ich rauskäme, älter als mein Vater. Weit älter als meine Mutter war, als sie starb. Die Leute sagten immer wieder, dass ich Gott danken könnte, dass sie es nicht miterleben musste, aber ich dankte ihm nicht. Ich wünschte mir so, sie wäre bei mir. Um mir zu sagen, was ich tun sollte. Vielleicht wäre das alles nicht passiert, wenn sie da gewesen wäre.

Im Gefängnis weinte ich mich monatelang jeden Abend in den Schlaf – tagsüber hatte ich Angst, und noch mehr Angst hatte ich, nachts meinen Schutzpanzer abzulegen und einzuschlafen. So blieb es achtzehn Monate lang, bis eines Tages ein Dutzend von uns ausgesucht wurde, um an einem zweiwöchigen Arbeitsprogramm teilzunehmen. Nach ein paar Tagen bemerkte ich die Lücken in der Bewachung, mir fiel auf, wann einer der Aufseher abgelenkt werden konnte – und es oft auch war. Zwölf Tage lang benahm ich mich so gut wie möglich. Am Morgen des dreizehnten Tages stieg ich einfach nicht wieder in den Bus, der die anderen zurück ins Gefängnis fuhr. Nur eine der anderen Insassinnen sah, wie ich mich hinten in einen Lieferwagen drückte, und sie schloss bloß die Augen und grinste spöttisch. Vielleicht lachte sie vor sich hin, als der Lieferwagen davonfuhr, mit mir hintendrin. Als der Fahrer anhielt, um zu tanken und pinkeln zu gehen, kroch ich aus meinem Versteck.

Ich ging meilenweit, ich riss mir meine Arbeitskleidung vom Leib und schlang sie mir um die Hüfte. Ich krempelte mein Gefängnis-T-Shirt von innen nach außen, damals ging dieser Look als Grunge durch. Dann erreichte ich eine Baustelle, von der ich wusste, dass mein Bruder Luke dort um halb sieben Uhr abends auftauchen würde. Er hatte einen Sommerjob als Wachmann bekommen, seine Aufgabe bestand darin, dafür zu sorgen, dass niemand über Nacht mit dem Baumaterial abzog. Als ich sicher war, dass alle Arbeiter weg waren, huschte ich hinüber zu der Hütte, hinter deren Fenstern sich das blaue Flackern eines billigen tragbaren Fernsehers abzeichnete. Ich klopfte gegen das Glas. Mein Bruder erschrak und riss das Fenster auf.

»Meine Güte! Was zum – wie bist du hergekommen?« Er ließ mich rein, schloss die Tür, umarmte mich. Wir sackten beide in uns zusammen und begannen zu weinen.

Ich versteckte mich bei ihm bis halb fünf Uhr morgens. Ich hoffte, dass ich mich danach in einem Motel verkriechen konnte, um den Bauarbeitern zu entgehen, die bald kommen würden. Luke hatte dreißig Dollar in der Tasche. Er gab mir fünfundzwanzig und ich nahm mir ein Zimmer in einem billigen Hotel in der Nähe der Interstate, bis mein Bruder mit einer Tasche Klamotten und allem Geld, das er zusammenkratzen konnte, ohne Verdacht zu erregen, zurückkam.

»Sie suchen überall nach dir«, sagte er. »Ich bin nicht mit dem Auto gekommen, sondern mit dem Fahrrad, weil ich fürchtete, dass sie mir sonst folgen. Du kannst hier nicht bleiben.«

Als hätte ich das vorgehabt – darauf zu warten, dass die Bullen an meine Tür hämmerten und mich zurück in den Knast schleppten. Früh am nächsten Morgen, nachdem ich mich von Luke verabschiedet hatte, saß ich voll angezogen auf meiner Bettkante und überlegte, was zum Teufel ich machen sollte. Dann hörte ich, wie einer der Lasterfahrer auscheckte. Er gehörte zu der lauteren Sorte, er und sein Fahrzeug rülpsten und knarzten. Ich rannte nach draußen und sprang auf sein Trittbrett, bevor er den langgezogenen schmalen Parkplatz verließ und auf den Highway bog.

»Warten Sie auf mich?«

Fünf Minuten später war ich aus der Tür, ich nahm nur einen Motel-Waschlappen und ein bisschen Seife und die Tasche mit, die mein Bruder mir gebracht hatte.

»Du hast nicht viel«, bemerkte der Trucker und musterte meine armselige Ausstattung.

Ich stopfte die geklauten Sachen in meine Tasche. Die Typen, die mich von Ann Arbor nach Dayton und von Dayton nach Pittsburgh mitnahmen, wollten nicht wirklich meinen Namen wissen. Der erste dachte, ich würde vielleicht mit ihm rummachen – abgehauene Teenager waren vermutlich leichte Beute und endeten sicherlich öfter in Situationen, wo es einfacher war, es schlicht hinter sich zu bringen, als sich eine reinhauen zu lassen und dann aus dem fahrenden Laster geschmissen zu werden. Aber nach ein paar mühseligen Versuchen, erotische Anspielungen zu machen, ließ er es und erwies sich einfach nur als dankbar, auf seiner langen Fahrt nach Süden mit einem Menschen reden zu können, statt bloß die Oldies aus dem Radio mitzusingen.

Der nächste Fahrer wollte seine eigenen Tramper-Erfahrungen wieder aufleben lassen oder sich an meinen ergötzen. Er sah aus wie ein alter Hippie, mehr als zehn Jahre nach Woodstock, und er sagte immer wieder, es sei echt irre, ich wusste von einem älteren Freund, dass das »gut« bedeuten sollte. Meine eigenen Reisegeschichten bis dahin (die Obere Halbinsel Michigans, wo wir meine Großeltern besuchten, und eine Klassenreise nach Chicago) waren nicht abenteuerlich genug, um ihn zu interessieren, also breitete sich bald jenes Schweigen aus, das auf langen Fahrten oft entsteht, wenn das Schaukeln des Fahrzeugs oder der Rhythmus der Scheibenwischer die einzigen Geräusche sind, die man hört, und still zu sein einem normaler erscheint, als zu sprechen. Ich kurbelte das Fenster herunter, um die Nachtluft im Gesicht zu spüren und nicht einzuschlafen, sicherheitshalber.

In Pittsburgh nahm mich eine Frau in einem VW-Bus mit. Sie sagte, ich sähe aus wie eine Abigail und ich erwiderte, das sei ja wirklich erstaunlich, sie hätte meinen Namen erraten – also war ich ein paar Tage lang Abigail. Ich bekam kürzere Mitfahrgelegenheiten quer durch den endlosen Staat Pennsylvania, und die ganze Zeit probierte ich verschiedene erfundene Autobiografien und Namen aus, bis ich eine Handvoll Geschichten gefunden hatte, die ich gut und gern erzählte. Meine Eltern waren verstorben. Ich war bei meiner

Großmutter aufgewachsen, die daheim in Oregon lebte. Oregon war gut. Ich hatte noch nie jemanden getroffen, der dort gewesen war.

Ich besaß eine leichte Nylontasche, in der sich alles befand, wovon mein zwanzigjähriger Bruder geglaubt hatte, dass ich es brauchen könnte: ein paar Klamotten, eine Sonnenbrille, eine der Perücken, die unsere Mutter während der Chemotherapie getragen hatte – ich war nicht sicher, ob ich es über mich bringen würde, die aufzusetzen –, ein Hut, mein Pass und das gesamte Collegegeld meines Bruders. Sechshundertvierzig Dollar, um ein neues Leben zu beginnen.

9

Die Fremde, die wir alle als Caroline Sturgis gekannt hatten, hieß in Wahrheit Monica Jane Weithorn. Warum haben alle Kriminellen immer drei Namen? Und sie war auch nicht aus Oregon, wie wir geglaubt hatten, sondern aus Michigan. Caroline/Monica war mit achtzehn wegen einer Drogensache zu zwanzig Jahren Gefängnis verurteilt worden – eine überraschend drakonische Strafe angesichts ihres Alters und der Tatsache, dass es ihr erstes Vergehen gewesen war.

Am Abend berichteten die Regionalsender bereits über Carolines Geschichte. Am folgenden Tag war das Internet voll davon. Springfield, Connecticut, war plötzlich voll mit Nachrichtenreportern aus allen Ecken des Landes, die unbedingt alles über die Frau erfahren wollten, die sie die »flüchtende Vorstadtmutter« nannten.

Übertragungswagen standen in den Straßen um das Haus der Sturgis' herum. Reporter saßen im Paradise Diner. Es war unmöglich, auch nur einen Liter Milch zu kaufen, ohne dass irgendein übereifriger Reporter einem ein Mikro vor das Gesicht hielt. Und meine beste Freundin Lucy Cavanaugh wäre beinahe eine von ihnen gewesen. Kaum hatte sie von der Geschichte erfahren, rief sie mich an.

»Paula, das wäre eine tolle Geschichte für die Quotenwoche. Wenn du uns die Story besorgst, dann bietet Danielle dir vielleicht einen Job an.«

»Du hast gerade ein ganzes Wochenende damit verbracht, mir zu erzählen, wie bescheuert deine Chefin ist – warum sollte ich jetzt für sie arbeiten wollen? Außerdem weißt du alles«, sagte ich. »Jeder weiß inzwischen alles. Sie ist bei einem Arbeitseinsatz abgehauen, aus der Stadt getrampt, hat einen neuen Namen angenommen und ein neues Leben angefangen.«

»Das soll wohl ein Scherz sein?«, sagte sie. »Dann könnte man ja auch sagen, bei *Moby Dick* geht es um einen engagierten Angler. Es ist eine Riesengeschichte und *du kennst die Frau.* Ich selbst habe sie *getroffen.* Das könnte ein Riesending werden. Vielleicht schreibe ich das Drehbuch, das ich immer schon schreiben wollte. Meryl Streep – die ist aus Connecticut, oder? Oder Maine? Irgendeinem dieser Staaten da oben. Vielleicht wäre sie interessiert. Sie könnte Caroline spielen. Nein, sie ist zu alt. Nein, sie kann alles.«

Ich konnte beinahe hören, wie die Rädchen in ihrem Kopf sich drehten. In einer Minute würde sie ihre Oscar-Rede zu schreiben beginnen. »Du bist jetzt offiziell durchgeknallt und ich lege jetzt auf.« Und das tat ich. Das letzte bisschen Privatsphäre, das Caroline und ihrer Familie vielleicht noch geblieben war, würde ich ihnen ganz sicher nicht nehmen. Hoffentlich schützte irgendwer die Kinder vor den Geiern, die die Familie umkreisten.

Außerdem, und obwohl es anders aussah, kannte ich sie *nicht.* Keiner von uns kannte sie. Nicht einmal ihr Mann und ihre Kinder hatten gewusst, dass sie nicht Caroline Sturgis war.

Ich hatte Lucy alles gesagt, was ich wusste. Es war unklar, ob jemand ihr geholfen hatte, zu entkommen, aber es war wahrscheinlich. Mehr wusste keiner von uns, denn nach ihrer Verhaftung hatte Caroline mit keinem von uns gesprochen.

Wie fühlt man sich, wenn so etwas zwanzig Jahre lang über einem hängt? Wenn man sich immer umdrehen und Angst haben muss, dass man einen Fehler macht. Jetzt war es schon weit nachvollziehbarer, warum eine kluge, kreative Frau wie Caroline nicht arbeitete, sondern zu Hause blieb, sich ihren Hobbys widmete und sich still mit Alkohol betäubte. Sie versteckte sich, sie blieb unsichtbar.

Die Geschichte war wie ein überfahrenes Tier auf der Straße: unmöglich, nicht hinzuglotzen. Bürger Springfields, die Caroline kaum kannten, gaben Interviews, und die Einwohner ihrer Heimatstadt in Michigan erinnerten sich zwei Jahrzehnte zurück, um auch nur das kleinste bisschen Erzählenswerte zu finden. Eine ihrer Mitschülerinnen aus der zweiten Klasse kolportierte die erstaunliche Tatsache, dass Caroline/Monica immer schon gern Geschichten erfunden hatte. Was natürlich überhaupt nichts zu sagen hatte, den Moderatorenköpfen aber etwas zum Erzählen gab, wobei sie gewichtig nickten. Jeder hatte eine Meinung. Jeden Tag verbreiteten sich weitere Details der Geschichte und wurden gnadenlos in der Stadt durchgekaut, auch im Paradise Diner.

Babe stand nicht hinter dem Tresen, als ich kam, also nahm ich mir eine Zeitung, setzte mich in meine Lieblingsnische ganz hinten und bedeutete einer der singenden Kellnerinnen mit Hilfe der weltweit gültigen Trink-Geste, dass ich einen Kaffee brauchte. Das Augenbrauenpiercing-Mädchen brachte mir einen Becher und ein Stückchen Kuchen.

»Was ist das?«, fragte ich.

»Olivenölkuchen«, sagte sie gelangweilt. »Pete will, dass Sie ihn versuchen.« Sie ließ den Teller mit einem lauten Scheppern auf den Tisch knallen. »'tschuldigung.«

Aber gerne.

Olivenöl und Kuchen sind zwei Dinge, die ich normalerweise nicht miteinander assoziiere, aber für umsonst, warum nicht? Es war lecker, mit einem leicht nussigen Geschmack, und ich zog gerade einen weiteren Streifen des dicken Teigs mit meinem Löffel ab, als Babe sich auf die Bank mir gegenüber schob. Sie sah müde aus, aber ich war ihre Freundin, also sagte ich nichts.

»Wo warst du?«, fragte ich. »Ist Neil wieder da?«

»Das wäre schön. Ich habe ein neues Schloss in die Hintertür einbauen lassen. Ich sollte eine neue Tür einsetzen, aber ich warte, bis Neil zurück ist. Ist das der Olivenölkuchen?«, fragte sie. Ich nickte und hielt ihr den Löffel hin. »Unglaublich, oder? Ein Rezept von Giada. Nicht, dass das Mädchen aussähe, als hätte sie in ihrem ganzen Leben je ein Stückchen Kuchen gegessen.«

Babes Auftauchen lockte die schmollende Kellnerin mit einem Becher für die Chefin zu uns zurück, und bei der Gelegenheit schenkte sie mir nach.

»Danke, Terry. Also, was denkst du?«, fragte Babe mich, als das Mädchen wieder weg war.

»Ich denke, du hast Recht: Sie hat wahrscheinlich in ihrem ganzen Leben noch nie ein ganzes Stück Kuchen gegessen«, sagte ich.

»Nicht Giada. Caroline ... Monica ... wie auch immer sie heißt. Ist das nicht irre, dass die Bundespolizei kommt und sie einfach so mitnimmt? Unglaublich! Die Vorstadtmuttchen müssen ganz aus dem Häuschen sein. Die werden darauf ein Jahr rumkauen. Ich schätze, jetzt wissen wir, warum Caroline das Geschäft unbedingt unter deinem Namen laufen lassen wollte. Sie ist so lange unsichtbar gewesen, dass es ihr wahrscheinlich in Fleisch und Blut übergegangen ist, bloß nichts in ihrem Namen anzumelden.«

Bei all der Aufregung war ich darauf noch gar nicht gekommen. Hatte Caroline irgendetwas in Bezug auf unser mögliches Geschäft unternommen, das ihre wahre Identität enthüllt hatte?

»Oh je, ich frage mich, ob sie deswegen aufgeflogen ist, weil ich sie nicht als stille Teilhaberin akzeptieren wollte?«

»Fang jetzt nicht an, dir Vorwürfe zu machen – es ist nicht *deine* Schuld. Außerdem hat sie nichts gekauft oder unterschrieben.« Babe schüttelte den Kopf über meine Ignoranz. »Wo warst du in den letzten Jahren? Die Leute kriegen heute E-Mail-Benachrichtigungen und Twitter-Meldungen, Infos fliegen schneller durch den Diner als Fliegen im April. Vielleicht sollte ich einfach die neuesten Neuigkeiten auf die Leuchttafel draußen pappen. Ich wünschte beinahe, ich hätte einen Fernseher hier, damit die Leute aufhören, mich zu fragen, was ich weiß. Nein, das nehme ich zurück.«

Ich wusste, dass sie es nicht ernst gemeint hatte; das Letzte, was sie im Fernsehen gesehen hatte, war *Hill Street Blues* gewesen, und das auch nur, weil sie mit einem der Schauspieler ausgegangen war. Außerdem mochte sie Caroline, genau wie ich – keiner von uns hätte je die Situation ausschlachten wollen. Aber vielleicht hatten wir beide tief im Innersten noch etwas anderes hinter den eleganten, aber doch praktischen Schuhen und den Designerklamotten gespürt. Einen Hauch Lebenserfahrung oder Trauer. Wir waren einfach nur nicht darauf gekommen, dass ein Jahr im Knast der Grund dafür gewesen war.

Babe pustete in ihren Kaffee, dann nahm sie einen Schluck. »Es war nicht deine Schuld«, wiederholte sie leise. »Es war ein anonymer Tipp. Jemand hat sie absichtlich verraten.«

»Aber wer? Und warum?«

»*Quién sabe*, meine Liebe.«

In diesem Moment kam Sergeant Mike O'Malley herein. Babe winkte ihn heran und er leistete uns Gesellschaft und schob sich auf den Platz neben sie.

»Meine Güte«, sagte er, »keine besonders gute Woche für so etwas. Wir haben einen neuen Polizeisprecher – frisch aus der Schule. Der ist am Hyperventilieren, seit diese Geschichte losgegangen ist. Und wir haben einen neuen Kollegen, der sich gestern beinahe in den Oberschenkel geschossen hätte, wie dieser blöde Footballspieler.« Mike drehte sich um und rief dem Mädchen hinter dem Tresen zu: »Süße, kann ich einen entkoffeinierten Kaffee haben? Mit fettarmer Milch?«

Wieso um Gottes willen fettarme Milch, wenn er so gierig den Rest des Kuchens auf meinem Teller anstarrte?

»Wie schrecklich für dich. Und ich bin sicher, es war auch keine tolle Woche für die Familie Sturgis«, entgegnete ich.

»Das stimmt«, sagte er. »Ich frage jetzt bloß als Freund, nicht als Gesetzeshüter – ihr beide wusstet doch nichts davon, oder?«

»Ich bin raus«, sagte Babe. »Ich lasse mich doch nicht in meinem eigenen Restaurant verhören.« Sie sagte es in einem amüsierten Tonfall, aber ich hatte das Gefühl, dass sie es ernst meinte. Und tatsächlich antwortete sie auch nicht. Babe schubste O'Malley von der Bank und erhob sich. »Sag ja nichts ohne deinen Anwalt!« Sie verabreichte Mike einen spielerischen Stups und ging.

Natürlich hatten wir nichts davon gewusst – zumindest ich nicht. Keine Ahnung, ob ich es zugegeben hätte, wenn es anders gewesen wäre. Das war ein moralisches Problem, mit dem ich noch nie zuvor konfrontiert gewesen war.

»Weswegen war sie eigentlich im Gefängnis? Wegen ein paar Joints?« Ich dachte an die Horrorgeschichten von amerikanischen Jugendlichen im Urlaub, die versuchten, ein bisschen Hasch über die Grenze zu schmuggeln, und dann jahrelang im Ausland im Knast saßen. Aber Caroline war in Michigan verhaftet worden, nicht in Thailand.

»Nicht ganz«, sagte Mike.

Er berichtete mir, dass laut Angaben der Polizei in Michigan Caroline/Monica eine richtige Dealerin gewesen war. Und sie meinten damit nicht ein paar kleine Tütchen für den persönlichen Gebrauch. Sie hatte alles abgestritten, aber der Staatsanwalt behauptete, dass eine Reihe Leute für sie arbeiteten, vor allem junge Mädchen. Ich hatte Carolines Schwierigkeiten mit ihrem eigenen Scheckbuch gesehen, und Anna musste fast jeden Monat die Zahlung anmahnen. Ausgerechnet sie sollte eine große Drogenhändlerin gewesen sein?

Aber vielleicht war das alles nur Show. Vielleicht hatte sie so lange schon die dumme Blondine gespielt, dass sie nicht mehr wusste, wie es anders ging.

Mike berichtete, Caroline sei ursprünglich mit einem Mann und einer älteren Studentin zusammen verhaftet worden, die zwei Jahre ihre Strafe abgesessen hatte, bevor sie begnadigt wurde. Vermutlich hatte sie ihr Leben in Frieden fortführen können, wohingegen Caroline sich jahrzehntelang versteckte. Meine Güte!

»Wie geht es Caroline?«, fragte ich.

»Soweit ganz gut.« Mike starrte den Olivenölkuchen an, der unberührt geblieben war, seit er sich gesetzt hatte. »Aber sie will niemanden sehen. Nicht mal ihren Mann. Der arme Kerl! Er kommt trotzdem immer wieder auf die Wache. Er bringt ihr Essen und Kleidung. Waschsachen. Gestern hat er ihr einen ganzen Koffer mit Cremes und Lotionen angeschleppt. Wir mussten jede einzelne dieser kleinen Flaschen überprüfen. Ist dein Badezimmer etwa auch voll mit diesem Zeug?«

Natürlich. Und ich wusste, was Caroline benutzte. Ich bezweifelte stark, dass Grant Sturgis eine Feile oder eine Giftpille in einer Flachdose YvesSaintLaurent-Augencreme ins Gefängnis schmuggeln würde. »Wie geht es nun weiter?«, fragte ich. Ich nahm einen kleinen Bissen Kuchen und spülte ihn mit kaltem Kaffee herunter.

O'Malley erklärte, Caroline würde nach Michigan überstellt werden, dort musste ein Richter über ihr Schicksal entscheiden. Der konnte sie entweder zurück ins Gefängnis schicken, damit sie ihre Strafe zu Ende absaß – vermutlich noch mit ein paar Extrajahren, weil sie abgehauen war –, oder die Strafe aufheben und sie nach Hause schicken. Vermutlich würde man berücksichtigen, dass sie ihr Leben geändert hatte, aber man konnte bei so was nie sicher sein. Sie konnte wahnsinniges Pech haben und an einen Richter geraten, der stolz darauf war, knallhart zu sein, oder der gerade wiedergewählt werden wollte und auf keinen Fall als »lasch« rüberkommen durfte. Ich wusste nicht, was ich davon halten sollte, es war alles noch zu frisch. O'Malley schwieg und starrte sehnsüchtig das halbe Stückchen Kuchen auf meinem Teller an.

»Bitte schön«, sagte ich. »Du weißt doch, dass du es willst.«

»Wieso glaubst du, mein hungriger Blick gelte deinem verbliebenen Kuchen?«

Wow! Näher an eine Anmache war O'Malley noch nicht gekommen, seit ich nach Springfield gezogen war. Mich störte es nicht. Es hatte mich nie gestört, aber das behielt ich für mich. Vermutlich hätte ich mit einem Mann wie Mike Wein vor dem Kamin trinken können, über unseren Tag reden, über den ganzen Mist lachen, der passiert war – ich hatte es einfach nur ewig lang nicht mehr getan. Und ich war mir nicht sicher, ob ich noch wusste, wie ich mit Mike O'Malley umgehen sollte, wenn ich nicht sarkastisch und distanziert war.

Gerade als es also anfing, interessant zu werden, wurden wir unterbrochen, weil sein Kaffee kam und mein Handy klingelte. Ich fischte es ganz unten aus meinem Rucksack heraus und erstarrte, als ich den Namen im Display sah: *Caroline*. Ich schaltete das Gerät hektisch frei und drückte auf den Rufannahmeknopf, bevor der Anrufbeantworter ansprang. Würde Caroline *mich* aus dem Gefängnis in Springfield anrufen? Warum? Ich wartete eine kleine Ewigkeit. »Wer ist da?«, flüsterte ich schließlich.

»Hier ist Grant. Grant Sturgis. Ich muss mit jemandem reden. Jemandem, dem ich vertrauen kann.«

Natürlich. Er musste seine Festnetznummer wieder angemeldet haben, und ich hatte sie als *Caroline* abgespeichert.

»Können wir uns treffen?«

»Klar«, sagte ich. »Wo?«

»Bei dir?«

»Geht nicht. Bei dir?«

»Vergiss es. Hier ist die Hölle los. Ich kann sie aber sicher abschütteln. Wie wäre es bei Guido's?«

»Ja. Ja. Wiederhören.« Ich schaltete das Handy aus und stopfte es zurück in meinen Rucksack.

Dann schob ich O'Malley den Rest des Kuchens hin. »Bitte sehr. Ich muss los. Das könnte ein neuer Kunde sein.«

10

Guido Chiaramontes alte Gärtnerei war nach seinem Tod verlassen geblieben. Die Behörden hatten keine Verwandten in Sizilien ausfindig machen können, die sie geerbt hätten, also wartete das Gebäude nun auf einen Käufer, der die blutige Geschichte entweder nicht kannte, oder den sie nicht kümmerte. In der Stadt selbst gab es nicht viele potentielle Kunden für das Stück Land direkt an der Straße, nicht weit von der Autobahnausfahrt. Die Leute hier konnten sich weit zurückerinnern, und die Sache mit Guido war ihnen noch frisch im Gedächtnis.

Anfangs hatten sich die direkten Anwohner gesorgt, die Gärtnerei würde an einen Landentwickler verschachert werden, der sie abreißen und eine ganze Siedlung hinklatschen würde, aber Abwasserprobleme und bauliche Restriktionen stoppten alle derartigen Pläne. In den letzten zwei Jahren war nicht viel geschehen, außer dass ein paar Fenster eingeschlagen worden waren, ein paar Graffiti auftauchten, und Guidos verbliebene Pflanzen entweder verreckten, geklaut wurden oder, wie Pflanzen das manchmal tun, aus ihren Jutesäcken und dünnen Plastiktöpfchen herauswuchsen und genau dort Wurzeln schlugen, wo sie einst zum Verkauf angeboten worden waren.

Vor etwa einem Jahr hatte die Bank ein *Zu verkaufen*-Schild aufgestellt, was die Gerüchte anheizte, dass das Finanzamt Guidos Besitztümer verscherbelte, um seine ausstehenden Steuern zu kassieren – keine große Überraschung –, aber es gab nur wenig Interessenten. Außer Caroline Sturgis.

Auf dem Preisschild standen zwei Millionen Dollar für ein Haus, das Gewächshaus und einen Laden, alles auf knapp einem Hektar. Hier hatte Caroline unsere neue Partnerschaft Wurzeln schlagen lassen wollen. Und hier wollte sich Grant Sturgis mit mir treffen, da sein Haus immer noch von den Journalisten belagert war.

In Springfield gab es eine ausgesprochen gerissene, kaltschnäuzige Maklerin namens Roxy Rhodes. Sie war nicht groß, schoss aber am Steuer ihres beigefarbenen Bentley mit personalisiertem Kennzeichen durch die Stadt, trug enge Kostüme und jede Menge Schmuck, darunter einen Ring mit den Initialen RR in Diamanten, der bei jeder anderen Frau ihrer Größe wie ein Schlagring ausgesehen hätte, aber irgendwie stand es ihr.

Im Gegensatz zu Gretchen Kennedy brauchte Roxy für ihre Angebote nie meine schnelle grüne Hilfe. Ihre Häuser lagen alle weit über einer Million Dollar und waren so sorgsam ausgestattet wie Filmkulissen. Und Roxy konnte Interesse an einer Immobilie wittern wie ein Hund ein Stück Wurst. Caroline hatte nach starkem Interesse gerochen, also hatte Roxy ihr die Kombination zu dem kleinen Schlüsselsafe an der Tür von Guidos Haupthaus verraten. Caroline konnte nun so oft hingehen, wie sie wollte, um alles auszumessen und von ihrem eigenen Geschäft zu träumen, bis Roxy sicher sein konnte, dass ihre Kundin irgendwann derart an dem Laden hing, dass sie glaubte, ohne ihn nicht mehr leben zu können. Ich war ein paar Mal vorbeigefahren und hatte Carolines Wagen oft auf dem kleinen Parkplatz neben dem Hauptgebäude stehen sehen.

Caroline hatte die Kombination auf das große Whiteboard in ihrer Küche geschrieben, und das musste ihren Mann auf die Idee gebracht habe, dass wir uns dort unbemerkt treffen könnten.

Ich hatte mich damit einverstanden erklärt, ihn abends zu treffen – weniger Verkehr als tagsüber, und es bestand auch nicht die Gefahr, dass irgendwelche Kinder aus der Nachbarschaft auf dem Weg von der Bushaltestelle nach Hause in der

Gärtnerei herumschnüffelten, so wie sie es manchmal taten. Doch vorher fuhr ich zu mir nach Hause, um etwas zu essen, mich umzuziehen und mir zu überlegen, was man einem Mann sagen konnte, dem gerade verkündet worden war, dass seine Frau nicht diejenige war, für die er sie all die Jahre gehalten hatte.

Mein Haus war kein Roxy-Rhodes-Haus. Es war ein kleiner Bungalow, der weit unter ihrem Durchschnittspreis lag, und das Häuschen wäre vermutlich völlig uninteressant gewesen für jemanden, der Geld oder eine Familie hatte, weil es ziemlich klein und merkwürdig geschnitten war. Aber einer alleinstehenden Gärtnerin leistete es gute Dienste, vor allem einer, die kaum Möbel und wenig Freunde in der Gegend hatte. Außerdem gehörte zum Haus ein wunderbarer Garten, der auf der einen Seite an ein Vogelschutzgebiet grenzte und auf der anderen an ein sumpfiges Naturschutzgebiet.

Gegen halb neun angelte ich mir also eine alte Leder-Bomberjacke aus dem Schrank und zog los. Ich wohnte nur fünfzehn Minuten von Guido Chiaramontes alter Gärtnerei entfernt, parkte aber ein paar Straßen weiter weg und ging den Rest des Wegs zu Fuß, um niemandem aufzufallen. Auf dem Parkplatz des Deli schräg dem Gewächshaus gegenüber stand ein einzelner Wagen. Wahrscheinlich der des Lebensmittelladens. Jetzt, wo ich dazugehörte, war mir noch viel unklarer, wie diese Kleinunternehmer es schafften, am Leben zu bleiben.

Das letzte Mal, als ich in der Gärtnerei gewesen war, hatte ich den Betreiber derselben mit einer Gartensichel im Rücken aufgefunden. Das war nicht schön gewesen. Ich holte tief Luft und versuchte die Tür zu öffnen. Es quietschte, das kleine Schloss der Maklerin hing geöffnet an einem rostigen Scharnier.

Vorne im Laden, der etwa fünf mal fünf Meter groß war, standen ein abgeschalteter Kühlschrank und ein kleiner Kassier- und Einwickeltresen, an den ich mich noch gut erinnern konnte. Ich dachte daran zurück, wie alles ausgesehen hatte, als Guido Chiaramonte noch am Leben war, mit diesen ganzen scheußlichen Styroporkreuzen und Friedhofskränzen, die von der Decke hingen.

Ein paar Flechtkörbe und Friedhofstöpfe aus Metall, die mittlerweile von Spinnweben überzogen waren, hingen noch an den Verkaufswänden. Im Laden war es dunkel und roch nach etwas, das ich kannte, im Moment aber nicht benennen konnte. Etwa zwanzig Meter entfernt am anderen Ende des barackenartigen Gebäudes sah ich ein zitterndes blaues Licht.

Mein Handy klingelte und ich fischte es aus meinem Rucksack, ich kannte die Nummer nicht.

»Hallo?«

»Ich hoffe, das bist du da vorne.«

Genau meine Rede. Grant Sturgis rief mich vom hinteren Ende des Gewächshauses an. Ich stieg vorsichtig über zerbrochene Töpfe, Unkraut, das sich durch den Kies gebohrt hatte, und ein paar Buckel, die sich anfühlten wie zertretene Tannenzapfen, vielleicht aber auch tote Mäuse waren. Meine Stiefel knirschten auf irgendwelchem Grünzeug, das den Boden bedeckte. Dann erkannte ich den Geruch. Es war Oregano, der den Boden wie ein dichter Teppich bedeckte, und dessen Duft jedes Mal aufstieg, wenn ich darauftrat. Hinten im Gewächshaus saß Grant Sturgis an einem alten Pflanztisch und hielt sich an seinem Handy fest. Er schaltete eine Coleman-Laterne ein, die er von zu Hause mitgebracht haben musste. Die Schatten, die sie auf sein Gesicht warf, ließen ihn noch verhärmter aussehen.

»Danke, dass du gekommen bist«, sagte er und deutete auf einen Stuhl.

»Ich möchte auch nicht länger bleiben als nötig. Ich bin echt nicht der nervöse Typ, aber die Bude hier ist mir unheimlich.« Ich zog einen Stuhl hervor und fegte mit einem alten Saat-Katalog, der auf dem Tisch lag, den Staub hinunter, so gut ich konnte. Dann setzte ich mich.

Sturgis sah aus, als hätte er seit dem letzten Mal, als ich ihn verzweifelt auf dem Sofa in seinem Wohnzimmer vor- und zurückwippen sah, nicht geschlafen. Ich stand kurz davor, ihn zu fragen, wie es ihm ging, aber selbst im Halbdunkel konnte ich erkennen, dass er völlig fertig aussah, also konnte ich mir die Frage schenken.

»Also – warum bin ich hier?«

Grant stieß den Atem aus, als wollte er seine Lunge von Luft befreien. Dann räusperte er sich und begann zu sprechen.

»Bis vor zwei Wochen hatte ich ein wundervolles Leben«, sagte er und schüttelte den Kopf. »Alle haben gesagt, ich hätte mir beruflich und privat das Beste ausgesucht. Ich weiß nicht, wie oft ich das über die Jahre gehört habe.«

Da hatte er wohl Recht. Er hatte seine eigene erfolgreiche Beratungsfirma, der die Wirtschaftskrise offenbar nichts anhaben konnte, er reiste, so viel er wollte, wann immer er wollte, und hatte eine wundervolle Familie, die zu Hause auf ihn wartete. Vor etwa einem Jahr hatte Caroline mal vermutet, dass ihr Mann eine Affäre hätte, aber glücklicherweise erwies sich alles als Missverständnis. Ihre Ehe schien gut zu laufen. Bis jetzt.

Grant schüttelte den Kopf und nahm sich zusammen. »Und dann geschieht etwas, was man in einer Million Jahren nicht hätte kommen sehen. Man denkt doch immer, wenn etwas passiert, dann stößt es den Kindern zu – meine Güte, ein Unfall, Drogen, irgendeine blöde Internet-Sache. Man würde nie denken, dass es so etwas …« Er sackte in sich zusammen, dann schüttelte er sich kurz.

Er tat mir leid, wirklich. Darüber hinaus tat es mir auch leid, dass der Staub sich wie ein Film auf mein Gesicht und meine Augen legte. Ich war nicht gern hier und wollte so schnell wie möglich weg, aber ich konnte auch nicht einfach wieder abhauen, während dieser arme Kerl mir sein Herz ausschüttete. Und auf eine perverse Art, wie die der Autofahrer, die dann doch nicht anders können, als auf die bereits erwähnten überfahrenen Tieren zu starren, interessierte es mich auch, was er zu sagen hatte. Was wollte er von mir?

»Weißt du, wie Caroline und ich uns kennengelernt haben?«, fragte er. »Es war in South Beach. Sie war eines von diesen braungebrannten Mädchen in Bikini und Shorts, die in einem angesagten Café am Ocean Drive Kaffee tranken und die Zeitung lasen.«

Er berichtete mir, dass sie allein in Florida gewesen war, ebenso wie Grant. Nach drei Tagen scheuen Lächelns und vorsichtigen Andeutungen nahm er seinen Mut zusammen und sprach sie an, und er schwebte im Himmel, als sie ihn nicht sofort abblitzen ließ. Sie erzählte ihm, dass sie gerade ihr Grundstudium an der Bloedell University in Oregon abgelegt hatte und dass sie ein Waisenkind sei, aufgewachsen bei ihrer Großmutter mütterlicherseits, die vor kurzem verstorben wäre. Diese Großmutter hatte ihr ein wenig Geld hinterlassen und hier in Florida überlegte sie nun, was sie als Nächstes tun sollte – weiterstudieren oder reisen.

Ganz schön clever, rückblickend. Oregon war so weit wie nur möglich weg von Florida, und Caroline gab vor, an einer kleinen Uni gewesen zu sein, bei der die wenigsten gleich fragen würden: »Oh, dann kennst du doch bestimmt den und den.«

Und sie hatte ihr eigenes Geld.

»Sie erzählte mir sogar irgendetwas über die Oregon Beavers, und ich habe ihr geglaubt. Es war alles gelogen. Sie ist kein Waisenkind. Ihre Mutter ist tot, aber ihr Vater und ihr Bruder leben immer noch in Michigan. In einer Stadt namens Okemos.«

Grant war aufgebracht und gleichzeitig am Boden zerstört. Wie musste es sein, zu erfahren, dass alles, was man über seinen Ehefrau zu wissen glaubte, gelogen war? Dass man sie überhaupt nicht kannte? Wenn der Rest Springfields schon entsetzt war, wie musste sich dann erst Grant Sturgis fühlen?

»Ihr Vater ist Alkoholiker. Gott allein weiß, was der Bruder treibt, aber welcher Mann von Mitte vierzig lebt schon noch bei seinem Vater?«

»Vielleicht ist der Vater krank und der Bruder kümmert sich um ihn.« Es war weit hergeholt, aber ich wollte noch nicht in den Chor der Caroline-Ankläger einstimmen. »Ich weiß nicht, Grant, das sind doch alles sehr persönliche Sachen. Die solltest du mir vielleicht nicht unbedingt erzählen.«

»Persönlich? Ich werde vielleicht nie wieder etwas Persönliches erleben. Mein Leben steht in jeder Zeitung. Verdammt noch mal, völlig Fremde bloggen über mich. Irgendwelche Idioten auf AOL geben ihre Kommentare zu meinem Leben ab. Weißt du, als was sie die Mutter meiner Kinder bezeichnen?«

Ich wusste es nicht, konnte es mir aber denken. Die paar Male, die ich dumm genug gewesen war, die Kommentare von irgendjemandem auf AOL zu lesen, reichten, um mich zu der Annahme zu verleiten, dass es in jedem Gefängnis und in jeder Psychiatrie des Landes Internet-Cafés geben musste – die Kommentare waren irrational, gedankenlos und häufig grausam und hasserfüllt. Ich versuchte Grant zu beruhigen. Ich hängte meine Tasche an die Rückenlehne, beugte mich vor und nahm seine Hände in meine.

»Die Caroline, die wir kennen, ist eine gute Frau«, sagte ich mit eindringlicher Stimme. »Sie hat zwei wundervolle Kinder großgezogen und war dir eine gute Gattin. Was auch immer sie in der Vergangenheit getan hat, damals war sie jung und naiv. Das wird ein Richter sicher berücksichtigen.«

»Das hoffen wir«, sagte er. »Ich versuche gerade Mickey Camerons Kanzlei dazu zu bringen, sie zu vertreten. Uns.«

Ich wusste wenig über Anwälte. Ich hatte meine Firma mit einem Formular aus dem Internet gestartet, aber ich kannte den Namen der Kanzlei durch Camerons Gastauftritte auf Justice TV und sein großes, weißes Bürohaus an der Ecke Peachtree/

Cummings. Nach der Qualität der Gartenarbeiten in den Beeten vor dem Gebäude zu urteilen, war er nicht gerade billig.

»Sie ist also in guten Händen«, sagte ich. »Ich weiß, es ist blöd von mir, das zu sagen, aber du solltest versuchen, dir keine Sorgen zu machen. Denk an deine Kinder. Wo sind sie überhaupt? Hier in Springfield?«

Er schüttelte den Kopf. »Bei meiner Mutter in Tucson. Ich habe sie heute Nachmittag dort hingeschickt.«

»Ausgezeichnet«, sagte ich und tätschelte seine Hände, dann zog ich meine zurück, um eine Spinne beiseitezuschnipsen, die sich direkt vor meinem Gesicht heruntergelassen hatte.

»Gut, kommen wir zur Sache«, sagte er. »Ich will, dass du herausfindest, wer uns das angetan hat. Wer unser Leben zerstört hat.«

»Ich? Kann die Polizei dir das denn nicht sagen?«

Er schüttelte den Kopf. »Die wissen nichts und haben auch nichts zu sagen. Sie können mir bloß verraten, dass es ein anonymer Hinweis war. Und ich weiß nicht, ob sie es mir sagen würden, wenn sie es wüssten.«

Mein erster Gedanke war: *Wen schert's? Solltest du dich nicht lieber um deine Frau kümmern?* Aber dann wurde mir klar, *dass* er sich um sie kümmerte. Und er wollte denjenigen zu Staub zertreten, der ihr das angetan hatte.

»Ich würde wirklich gerne helfen, echt, aber ich glaube nicht, dass ich das kann. Ich wüsste überhaupt nicht, wo ich anfangen soll.«

»Du hast doch auch dieses tote Mädchen gefunden, oder?«

Schon wieder das Mädchen. Sie wollte einfach nicht begraben bleiben. Vielleicht lag es daran, dass ihr Schicksal so lange ungeklärt gewesen war, dass die Leute sich immer noch an Yoly Rivera erinnerten, jenes Mädchen, das durch meine Aufklärungsarbeit schließlich in Frieden hatte ruhen können. Damit beendete ich ein Mysterium, das die Mitarbeiter der Polizei in Springfield über dreißig Jahre lang beschäftigt hatte. Zwei Mysterien genau genommen. Ein verschwundenes Mädchen und eine mumifizierte Babyleiche. Es hatte alles in der Zeitung gestanden, bis hinauf nach Boston und hinunter nach New York, und mir eine gewisse Berühmtheit in Springfield eingetragen. Vielleicht hatte es sogar meinem Geschäft ein wenig geholfen. Aber das war nicht mein Beruf. Dieser Mann brauchte einen Profi. Und das sagte ich ihm auch.

Grant lachte auf und schüttelte den Kopf. »Was glaubst du, wo wir sind, in L.A.? Es ist hier nicht gerade so, als stünden Privatdetektive an jeder Ecke dieser Stadt herum. Außerdem – du bist clever. Und du magst Caroline, sonst hättest du nicht gesagt, was du gerade gesagt hast. Du bist die einzige Freundin, die sie seit langem hatte, und … und Caroline vertraut dir.«

Sie *hatte* ihm also erzählt, dass sie mir von seiner angeblichen Affäre berichtet hatte. Er lag nicht falsch, ich mochte Caroline wirklich, aber das hier war ernst, das war nichts für einen Dilettanten. Wenn Grant Sturgis wirklich herausfinden wollte, wer den anonymen Hinweis gegeben hatte – und ich war mir nicht sicher, ob das wirklich so eine gute Idee war –, dann benötigte er einen erfahrenen Privatdetektiv, keine Gärtnerin, die ein bisschen im Internet recherchieren konnte. Grant sprach, bevor ich etwas sagen konnte.

»Und ich bezahle dich gut. *Sehr* gut.«

Da es ihm nicht gelungen war, meine emotionale oder altruistische Seite zu überzeugen, kam Grant nun auf diese Tour, die ihm bei geschäftlichen Verhandlungen sicher oft geholfen hatte: Er hielt mir sein Geld unter die Nase – jedenfalls mit Worten. Schnöder Mammon war immer eine großartige Motivation. Ein Hauch von Interesse musste über meine Züge gehuscht sein. *Wie gut?*, dachte ich, und Grant verriet es mir.

»Ich kaufe diesen Laden, investiere fünfhunderttausend in Renovierungen nach deinen Wünschen – mit Handwerkern meiner Wahl – und vermiete es dir für einen Dollar pro Monat, so lange du willst. Aber wir müssen uns schnell entscheiden.

Ich habe mir sagen lassen, es seien auch noch ein paar andere Leute an dem Grundstück interessiert.«

Es war ein wahnsinnig großzügiges Angebot, wobei die Betonung auf dem Wort *wahnsinnig* lag.

»Du bist offensichtlich von Sinnen, Grant. Ich würde nicht einmal im Traum daran denken, dich auszunutzen, indem ich einem Vorschlag zustimme, den du nur unter diesen furchtbaren Umständen machst. Außerdem ist ein Gewächshaus ein Moloch wie ein Bauernhof – das Wetter, das Ungeziefer …« Ich versuchte es mit einem Scherz. »Hast du jemals *Die gute Erde* gelesen? Vielleicht kriegen wir eine Heuschreckenplage.«

Er lächelte und dann dämmerte es mir: Es war Grant egal, ob wir geschäftlich jemals Erfolg haben würden. Er wollte Caroline etwas in Aussicht stellen, auf das sie sich freuen konnte. Es war mir fast peinlich, eine solche Liebe mit ansehen zu müssen.

Was für ein herzensguter Mann. Und was für ein Optimist. Man hatte Caroline bereits aus Springfield in das nächstgrößere Gefängnis verlegt, bald würde sie nach Michigan überstellt werden. Ihr Schicksal lag in den Händen eines Richters, den wir nicht kannten. Soweit wir wussten, würde Caroline hinter Gittern bleiben, bis sie ihre ursprüngliche Strafe abgesessen hatte. Die Behörden in Michigan wurden derzeit ziemlich angegriffen, weil damals eine so harte Strafe verhängt worden war, also würden sie alles daransetzen, die neunzehnjährige Caroline wie Pablo Escobar dastehen zu lassen. Warum darüber nachdenken, wer den Hinweis gegeben hatte, wenn die Frau für Jahrzehnte in den Knast wandern konnte? Ich verfügte über genug Verstand, das nicht zu sagen, aber ich musste es auch nicht: Es hing in der Luft wie die Spinnweben um uns herum.

»Ich weiß, dass ich Caroline gegenüber bezüglich ihrer Geschäftsidee mal ja und mal nein gesagt habe«, erklärte ich. »Das hängt mit meiner eigenen finanziellen Situation zusammen. Es tut mir leid, wenn ich sie in die Irre geführt habe, und ich freue mich, dass ihr beide ein solches Vertrauen in mich habt, aber ich glaube nicht, dass es der richtige Zeitpunkt für mich ist. Ich kann kein weiteres Geschäft gründen, vor allem kein so riskantes, wenn das, was ich bereits betreibe, auf so wackligen Füßen steht.«

Grant schüttelte resigniert den Kopf, als hätte er meine Antwort geahnt, bevor er mich überhaupt gefragt hatte. Ich wollte gerade aufstehen, da hörte ich Reifen auf dem Kies draußen knirschen und erstarrte in der Bewegung. Dann vernahmen wir eine gedämpfte Stimme.

»Licht aus«, flüsterte ich.

11

Ich betete, dass es kein weiterer Sensationsreporter war, der ein unvorteilhaftes Foto des untreuen Ehemannes der Vorstadtmutter auf der Flucht schießen wollte. Denn dann wäre ich womöglich seine Geliebte und die elende Verräterin, die ihre Freundin betrog!

Wir verharrten auf unseren Stühlen und taten gefühlte zwanzig Minuten lang kaum einen Atemzug, obwohl es wahrscheinlich nur fünf waren. Eine Spinne krabbelte über meinen Unterarm, und da ich kein Geräusch verursachen wollte, ließ ich sie, obwohl ich am liebsten geschrien hätte. Vorsichtig versuchte ich sie wegzupusten.

Der schräge Lichtkegel einer Taschenlampe bewegte sich langsam und methodisch über die Außenseite des Gebäudes. Grant und ich duckten uns tiefer, um für jeden, der durch die dreckigen Scheiben spähte, kleiner und nicht so menschlich zu erscheinen. Ein weiteres Fahrzeug fuhr eilig vor und stoppte abrupt, so dass Kies gegen die Glastür des Gewächshauses spritzte. Na toll, der Kameramann war eingetroffen – wenn der Reporter zu den Schnellen gehörte, würden wir es noch in die Elf-Uhr-Nachrichten schaffen.

Die Eingangstür öffnete sich quietschend, so wie bei meiner Ankunft. Jemand trat auf denselben Schmodder, auf den ich getreten war, eine Feldmaus huschte davon, die Luft füllte sich mit dem Geruch von Oregano, und die Schritte kamen immer näher. Dann rief eine junge, nervöse Stimme in unsere Richtung: »Springfield Police! Springfield Police! Wer ist da?«

Die Spannung löste sich wie an einem dieser drückenden, schwülen Tage, wenn es endlich zu regnen beginnt. Grant und ich atmeten durch. Er lachte sogar auf, dann versuchte er ungeschickt, seine Laterne wieder einzuschalten, wobei er sie jedoch umwarf. Der Lichtkegel blieb stehen.

»Hier sind Paula Holliday und Grant Sturgis«, rief ich. »Wir sind nicht eingebrochen. Grant hat die Kombination zum Schloss.« All das brachte ich in unter fünf Sekunden heraus, weil ich nicht von Springfields neuestem Bullen versehentlich abgeknallt werden wollte.

Der Jungspund, der Caroline Sturgis' todtraurigen Ehemann und mich entdeckt hatte, schaffte es immerhin, keinen von uns zu erschießen, obwohl wir ziemlich erschraken, als ihm plötzlich einer von Guidos alten Flechtkörben auf den Kopf fiel und er angriffslustig herumwirbelte, als wäre er von hinten attackiert worden.

Nach sechs Monaten Unterricht und derselben Zeit Ausbildung im Einsatz hatte der Neuling klugerweise Verstärkung gerufen, bevor er das Gebäude betrat. Das war der zweite Wagen, der in der Nähe Streife gefahren war. Die beiden Polizisten riefen noch mehr Kollegen, nachdem wir vier erst mal brav vor Guidos Gewächshaus standen. Jetzt, außerhalb von Guido Chiaramontes verlassenem Häuschen, konnte ich den Namen auf dem Schild des jungen Polizisten lesen: Officer J. Berry. Es war derselbe junge Mann, den ich im Paradise Diner gesehen hatte.

»Der Sergeant sagt, in der Gegend hätten sich in letzter Zeit einige Einbrüche ereignet, und wir sollen Sie *vorsichtshalber* mit auf die Wache nehmen.«

»Aus *Vorsicht* vor was, Officer Berry«, fragte ich. »Dass Guido ein paar Blumenzwiebeln fehlen?«

»Sie sollten die Ruhe bewahren, Ma'am.«

Oh, du meine Güte. *Die Ruhe bewahren?* Wirklich – *das* stand in seinem Lehrbuch? Humor brachte gar nichts, Sarkasmus war wirkungslos: Wir hatten es mit RoboCop zu tun. Gab es irgendetwas Schrecklicheres und Überflüssigeres als einen Neuling – egal auf welchem Gebiet –, der alle Regeln und Vorschriften noch frisch im Kopf hatte, aber weder über logisches Denkvermögen, noch über Erfahrung oder gesunden Menschenverstand verfügte?

Berry und seine Kollegin namens Carson steckten uns hinten in ihre zwei Streifenwagen. Das sollte wohl ein Witz sein. Es wäre komisch gewesen, hätte es nicht so genervt.

Carson fuhr Grant. Ich saß schweigend da, während Officer Berry, den ich mittlerweile insgeheim *Juniper Berry* – Wachholderbeere – nannte, mich quer durch die Stadt zur Polizeiwache fuhr, die hinter dem städtischen Krankenhaus lag. Die Bullen hielten auf zwei für sie reservierten Parkplätzen neben dem Revier und führten uns dann durch die Eingangstür, stolz, als hätten sie gerade Bonnie und Clyde festgenommen.

Sie parkten Grant und mich auf einer Bank neben einem überdimensionalen Getränkeautomaten, der jede Menge kalte Luft ausstieß. Berry und Carson meldeten uns kurz und knackig beim diensthabenden Polizisten, dann verschwanden sie durch eine Hintertür. Wir saßen über eine Stunde da und froren. Schließlich ging ich auf und ab und las jeden Zettel an der Pinnwand. Ich erfuhr etwas über die Wichtigkeit, seine Medikamente in einem verschlossenen Arzneimittelschränkchen aufzubewahren, und welche Zutaten Leute kauften, wenn sie vorhatten, Meth herzustellen, wobei mir das wie eine Mini-Anleitung vorkam, die man vielleicht nicht unbedingt an einem öffentlichen Ort aushängen sollte, wo mit einem steten Strom Krimineller zu rechnen war – aber wer fragte mich schon?

Eine kleine, unzufrieden dreinschauende Frau kam herein und bat leise um den Polizeibericht ihrer dreizehnjährigen Tochter. Meine Güte, Dreizehnjährige mit Polizeiakten? Was war aus der guten alten Zeit geworden, in der kleine Mädchen bloß mal eine Tüte Gummibärchen klauten?

Hinter der Plexiglasscheibe fragte eine andere Frau, die keine Polizistin zu sein schien, aber ein T-Shirt des Springfield Police Departments trug, was das Kind angestellt hatte.

»Sie hat mein Haus verwüstet.«

Strenge Erziehung, oder war diese Mom einfach durchgeknallt? Wer konnte das wissen? Ich bedankte mich jedenfalls im Stillen bei meiner eigenen Mutter, dass sie mich nie hatte verhaften lassen.

Dann kam ein junger Typ durch die schwere Eingangstür. Sein schmutzig-blondes Haar hing über einem Auge, so wie bei den Sängern von jugendlichen Bands, die ich nie hörte und nur kannte, weil ich auf YouTube herumklickte. Er trug eine braune Kapuzenjacke mit jeder Menge Taschen, und auf seiner übergroßen Aktentasche befand sich das Logo des *Springfield Bulletin*. Grant schaute instinktiv zu Boden und ich tat so, als wäre ich fasziniert von den altersgemäß aufbereiteten Fotos irgendwelcher Kinder, die seit 1994 verschwunden waren.

»Hey, Sarge. Haben Sie was für mich?«, fragte der Typ. Er warf uns einen Blick zu und buchte uns wohl sofort als »Ehestreit« aus. Nicht weiter interessant, es sei denn, eine der beiden Parteien war tot oder schwer verletzt, am besten möglichst farbenfroh. Er ignorierte uns.

Hinter der durchgeknallten Mom schüttelte ein Mann, den ich für den diensthabenden Polizisten hielt, den Kopf, und der junge Reporter drehte sich auf dem Absatz um und war verschwunden, bevor die Türen auch nur zugefallen waren. Immerhin.

Innerhalb von dreißig Minuten hatte ich mir ein ziemlich abgehangenes Päckchen mit Erdnussbutter-Käse-Crackern einverleibt und drei Flaschen Wasser aus dem Getränkeautomaten neben uns in mich hineingeschüttet. Wenn sie sich nicht bald mit uns beschäftigten, würde ich mich über die Tortilla-Chips hermachen. Allmählich reichte es mir. Ich wandte mich an den diensthabenden Polizisten.

»Entschuldigen Sie, Officer.«

Mindestens zwei Minuten lang tat er so, als wäre ich gar nicht da, etwas, was ich von hochnäsigen Kellnerinnen in Restaurants kannte, die manchmal Unhöflichkeit für Exklusivität hielten. Aber die Polizeiwache Springfield war kein Edelschuppen. Hier setzte man diese Taktik vermutlich gezielt ein, damit die Leute sich machtlos fühlten. Und es funktionierte.

Ich war nicht unbedingt berühmt für meine Geduld, also wippte ich auf den Zehen, klimperte mit den Schlüsseln in meiner Tasche, seufzte laut, drehte mich um und warf Grant Sturgis einen Blick zu, dann begann ich, Grimassen zu schneiden. Schließlich wandte der Polizist sich mir zu.

»Ich bin Sergeant«, sagte er und tippte mit seinem Stift auf das Namensschild auf seinem Tisch. »Sergeant Frank Stamos.«

»In Ordnung. Sergeant Stamos. Wir sind schon ganz schön lange hier. Wirft man uns irgendetwas vor? Denn wenn nicht, würde ich gerne nach Hause gehen. Und ich bin sicher, meinem Freund hier geht es genauso.«

Ich wartete darauf, dass Grant mich unterstützte, aber der saß bloß da, die Unterarme auf den Knien, und starrte seine Schuhe an.

Stamos schaute mich an, als würde ich das sagen, was jeder sagte, wenn er hier saß: Ich will nach Hause. Und er antwortete auch jedem dasselbe. »Haben Sie Geduld, Ma'am. Setzen Sie sich, der Kollege, der die Ermittlungen führt, müsste gleich da sein.«

»Welche Ermittlung? Weil zwei Leute reden? Ein Geschäft machen?« Ich begann mich aufzuregen. Unter den gegebenen Umständen nicht sonderlich clever. Ich hatte schon bei dem ersten Bullen nicht *die Ruhe bewahrt*.

Grant rettete mich. Er kam zum Tisch und packte mich, ohne ein Wort zu sagen, am Ellenbogen, dann führte er mich zurück zu der Holzbank wie ein Kind, das auf dem Spielplatz zu weit weggelaufen ist. Das Einzige, was noch fehlte, war eines dieser Kinder-Geschirre, die wieder in Mode gekommen waren. Stamos verließ den Tresen und sortierte wieder Zettel auf seinem Schreibtisch.

»Ein guter Rat«, sagte Grant leise. »Kein Widerspruch auf der Polizeiwache oder am Flughafen. Du hättest mich letzte Woche hier sehen sollen. Wie Howard Dean. Alles, was ich gesagt habe, stimmte, aber ich sah aus und klang wie ein Verrückter.«

»Ach was«, flüsterte ich. »Wir sind in Connecticut, nicht im Irak.« Dann fiel mir ein, dass es sich für Grant wahrscheinlich wie der Irak anfühlte. *Oder wie die Hölle*. Seine Frau war verhaftet worden, er hatte seine Kinder zu ihrem eigenen Besten weggeschickt, und niemand half ihm. Selbst ich, die angeblich doch mit seiner Frau befreundet war.

Im hinteren Bereich der Wache schwang eine Doppeltür wie im Krankenhaus auf und *Juniper Berry* kam zusammen mit Mike O'Malley in den Wartebereich.

»Das war ja klar«, sagte ich und sprang auf. »Was ist hier eigentlich los? Habt ihr bei euch im Büro zu tun, oder ist das nur ein netter regionaler Brauch, um sich mit mir zu verabreden?«

O'Malley schaute überrascht und amüsiert zugleich.

»Wenn ich mich mit Ihnen je verabreden möchte, Ms. Holliday, dann werde ich wohl keinen Streifenwagen schicken. Ich habe ein eigenes Auto.«

Meine Güte, hatte ich das eben wirklich laut gesagt? Ich kam mir vor wie eine Vollidiotin.

»Mr. Sturgis, Sie können gehen, wir entschuldigen uns«, sagte O'Malley jetzt. »Officer Berry hat korrekt und absolut rechtskonform gehandelt, als er Sie beide auf die Wache bat, bis jemand vom Maklerbüro Rhodes bestätigen konnte, dass Sie sich tatsächlich auf dem Chiaramonte-Gelände aufhalten durften. Was soeben geschehen ist.«

Sturgis nickte, hielt sich aber klug an seinen Plan und sagte nichts. Er legte seinen Mantel über den Arm und fragte, ob jemand ihn zurück zu seinem Wagen fahren könne, der immer noch vor der Gärtnerei stand. O'Malley sagte: »Selbstverständlich«, und deutete mit dem Kinn auf Berry.

»Wir treffen uns vorne«, sagte Berry und ging hinten raus, wo er seinen Wagen geparkt hatte.

Grant warf mir aus seinen rot unterlaufenen Augen einen Blick zu, der sich in meinen Schädel bohrte. »Ich fahre jetzt rüber zu Caroline. Sie überstellen sie morgen nach Michigan. Kann ich ihr sagen, dass du diesen … Winterjob für uns übernimmst?« Seine Hand lag auf dem Türknauf, aber er stand da wie angewurzelt und wartete auf meine Antwort. »Wenigstens, bis sie wieder nach Hause kommt?«

Ich wandte mich an O'Malley. »Kann ich auch nach Hause, oder muss ich noch zu irgendeiner Gegenüberstellung?«

»Hat jemand gesagt, dass du verhaftet wurdest? Musstest du pusten? Haben sie dir Handschellen angelegt? Haben wir dich hinter die Wache gezerrt und mit einem Gummischlauch verprügelt? Ich dachte, du willst vielleicht bleiben, eine Tasse Kaffee trinken und mir deine Version der Geschichte erzählen«, sagte O'Malley. »Warum bist du so zickig? Man könnte geradezu auf die Idee kommen, du bist zu lange allein gewesen …« Er führte es nicht weiter aus. Musste er auch nicht. Jeder, der zuhörte, wusste, worauf er anspielte. Stamos hüstelte, um sein Lachen zu verbergen.

»Ich bin zickig, *Officer*, weil ich hungrig bin – einen anderen Grund gibt es *nicht*. Ich hatte ein halbes Stück Kuchen und etwas vertrockneten Käse und Cracker zum Abendessen. Und es gibt keine *Version*, weder von meiner Seite noch von einer anderen. Mr. Sturgis hatte bloß die Idee, Caroline zu überraschen, wenn sie nach Hause zurückkehrt, und hat mich gebeten, für sie einen Auftrag im Garten zu übernehmen. Etwas *auszugraben*.«

»Ich bin *Sergeant*, aber ich glaube, das ist dir bekannt«, sagte O'Malley. »Ich dachte, Gärtner pflanzen zu dieser Jahreszeit nicht mehr.«

»Tja, da hast du falsch gedacht. Man kann im Herbst jede Menge machen – Zwiebeln, Sträucher.« Ich fing an zu faseln und mein Blick huschte von einem der Männer zum anderen – der eine amüsierte sich offenbar prächtig, der andere erlebte gerade die schlimmste Woche seines Lebens.

Aus dem Augenwinkel sah ich Berry mit dem Streifenwagen vorfahren. Er ließ die Scheinwerfer aufblinken, um Grant wissen zu lassen, dass er bereit war. Grant starrte mich an und bettelte stumm, dass ich ihm half.

»Es gibt sogar jede Menge auszugraben«, sagte ich da. »Und ich habe mich gerade entschieden, genau das zu tun.«

12

Jetzt, wo wir nicht mehr länger als Bedrohung der Gesellschaft angesehen wurden, fuhr Officer Berry uns in einem Streifenwagen zurück zum Gewächshaus. Wir saßen hinten, Grant hing seinen Gedanken nach, ich meinen.

Ich hatte gesagt, ich würde »etwas ausgraben«, um Mike zu ärgern – um anzudeuten, dass ich wieder einmal seinen Job besser erledigen würde, als er es konnte, aber jetzt wünschte ich, die Worte wären mir nie über die Lippen gekommen. Grant Sturgis schien erleichtert, dass ich mich bereit erklärt hatte, ihm zu helfen, aber er brauchte nicht mich, er brauchte einen Anwalt und einen richtigen Detektiv. Zum Teufel, selbst ein *Hellseher* wäre nützlicher als eine hypertrophe Gärtnerin.

Als Berry uns abgesetzt hatte, konnten wir endlich wieder miteinander reden.

»Grant, ich werde tun, was mir möglich ist, aber ich kann Ihnen nichts versprechen. Das ist wirklich eine Nummer zu groß für mich. Ich werde darüber nachdenken und mich melden. Was ist besser, E-Mail oder Telefon?«

»Telefon.«

Ich speicherte seine Handynummer in mein Telefon und er bedankte sich überschwänglich bei mir. Ich hatte noch gar nichts getan, außer mich zu seiner Verbündeten zu erklären und ihm etwas Hoffnung zu machen, aber vielleicht war das alles, was er brauchte.

Mittlerweile hatte ich einen Bärenhunger. Ich fuhr zum Paradise und verlangsamte das Tempo, um erst mal den Parkplatz zu überprüfen. Kein Übertragungswagen war für mich eine gute Nachricht, also bog ich ein. Babe saß allein hinter dem Tresen und las den *Bulletin*. Ein paar bekannte Gesichter hockten im Diner, aber niemand schaute auch nur auf, als ich hereinkam.

»Wo warst *du* denn?«, fragte Babe.

»Die letzten zwei Stunden … auf der Polizeiwache Springfield in der Innenstadt.«

»Lass mich raten. Du bist gar nicht wirklich Paula Holliday. Du bist Prinzessin Diana und hast dich all die Jahre nur versteckt.«

»Sehr witzig«, sagte ich und vollführte das königliche Winken. »Wann kriegst du deine eigene HBO-Sondersendung?« Ich setzte mich auf einen der Barhocker und räkelte mich wie eine Katze. Dann streckte ich die Ellenbogen vor, um mich noch weiter zu dehnen.

»Das ist gut so. Neil stretcht mich auch so.« Babe bot mir einen Kaffee an, aber es war zu spät für Koffein.

»Hast du Kräutertee?«

»Klar, wir haben hier alles, Süße, selbst Toiletten mit Wasserspülung.« Sie schob die Zeitung beiseite und deckte für mich – Tischset, eine um das Besteck gefaltete Papierserviette, ein Teebecher.

»Und ist noch was von dem Kuchen da?«, fragte ich, denn ich war hungrig, wollte mir aber auch etwas gönnen.

»Träum weiter.«

Es war bereits kurz nach elf, aber ich bestellte mir einen Truthahn-Wrap und überflog die Überschriften im *Springfield Bulletin*, während ich darauf wartete, dass Pete ein neues kulinarisches Meisterstück erschuf, Instant-Thanksgiving: Truthahn, Cranberry-Sauce und eine Spalte Süßkartoffel, eingewickelt in einen dünnen Tortillafladen. Ein Bissen davon, und man hörte beinahe das Footballspiel und die sich streitende Verwandten im Hintergrund.

Die letzte Woche hatte der *Bulletin* nur aus Caroline Sturgis bestanden. Jeder Hauch von ernsthaftem Journalismus, den der Herausgeber der Zeitung je gepflegt hatte, war verschwunden, als Jon Chappell zur *Denver Post* gewechselt war, und sein Boss, der den Job angetreten hatte, als Zeitungen noch einen Nickel kosteten, in Rente ging. Wobei … so viel ernsthaften Journalismus hatte ich auch von diesen beiden nicht zu lesen bekommen.

Jon und ich hatten uns vor ein paar Jahren angefreundet und ich hätte mir gern eingebildet, dass ich ihm geholfen hatte, den Weg der journalistischen Integrität zu gehen, aber ehrlich gesagt war die Caroline-Story einfach zu gut, um sie zu ignorieren. Eine blonde Vorstadthausfrau, die verhaftet wurde, weil sie ihrer Drogen-Gefängnisstrafe entkommen war – das war so lecker, dass Jon in Denver wahrscheinlich als Insider, der die Flüchtige persönlich kannte, darüber berichtete. Und seine Nachfolger hier molken wirklich alles aus der Sache heraus. Ich legte die Zeitung beiseite.

»Ich habe vielleicht etwas ziemlich Dummes gemacht«, sagte ich.

»Willkommen im Club. Die meisten der Leute, die um diese Zeit herkommen, haben etwas Dummes getan.«

»Wie meinst du das, es ist doch noch gar nicht *so* spät?«

»Egal. Die meisten Leute sind jetzt zu Hause bei ihren Familien oder putzen sich die Zähne. Auf jeden Fall setzen sie sich nicht jetzt erst zum Essen hin. Es sei denn, in Barcelona.«

»Besten Dank.«

»Traurig, aber wahr.« Babe beugte sich vor. »Siehst du den Typen da drüben? Der hat sich heute bei einem Geschäftsessen betrunken und seine Chefin angegraben – die ganz begeistert mitgemacht hat. Jetzt fürchtet er sich, nach Hause zu gehen, *und* hat Angst, morgen zur Arbeit zu erscheinen. Er war schon fünf Mal auf dem Klo – wahrscheinlich versucht er, den Duft der Frau aus seinem Haar und seinen Klamotten rauszukriegen.

Und wenn sie Shalimar oder sonst was Schweres aufgelegt hatte, muss er vielleicht die ganze Nacht hierbleiben.«

Ich warf dem Mann einen Blick zu. Er war nicht viel älter als ich, hatte aber vermutlich eine Frau, eine Hypothek, zwei Kinder und einen Hund. Und er hatte all das aufgrund eines Drinks zu viel gerade aufs Spiel gesetzt. Er erinnerte mich ein wenig an Grant Sturgis, sandfarbenes Haar, gepflegtes, aber langweiliges Aussehen – wie der Star einer Soap, hübsch, aber nicht erinnernswert. Es gab Millionen dieser Typen, deren nettes Aussehen ihnen die Türen öffnete und die dann meist vollkommen verwirrt waren, wenn sie durchmarschiert waren und nicht wussten, was sie nun tun sollten.

So hatte ich auch über Caroline gedacht, mit ihren zurückhaltenden Farbtönen, den kunstfertig um den Hals geknoteten leichten Strickpullis und den flachen Audrey-Hepburn-Todds. Ich weiß, dass ich immer gedacht hatte, dass irgendetwas an Caroline anders war. Ich wusste nur nicht, dass es ihre dunkle Vergangenheit war. Augenblicklich hasste ich mich für diesen Gedanken und stöhnte auf.

»Und was hast du nun Dummes getan?«, fragte Babe. »Schließlich hast *du* keinen Chef.«

»Ich habe mich breitschlagen lassen.«

»Immer schlecht«, sagte sie und schlug mit der flachen Hand auf den Tresen. »Schick einen Scheck, wenn es sein muss, aber mach nicht mit, und lass dich nie in irgendwelche Komitees wählen. Es ist ein Wunder, dass es nicht mehr Blutvergießen bei Versammlungen und Konferenzen gibt.«

Babe begann einen ihrer bemerkenswerten Monologe über Babes Regeln, und ich ließ sie gewähren. In ihren Ansprachen steckte immer etwas Brauchbares, ein Korn der Weisheit. Und es war ganz erfrischend, mal etwas anderes zu hören als nur Gerede über Springfields neuste Kriminelle. Außerdem hatte ich auf diese Weise etwas Zeit zum Nachdenken. Es war zu spät, um einen Rückzieher zu machen. Ich hatte Grant versprochen, dass ich versuchen würde herausauszufinden, wer Caroline verraten hatte. Jetzt musste ich mir überlegen, wie.

Es war nicht schwer, jemanden zu finden, wenn man wusste, nach wem man suchte, aber wenn nicht? Ich starrte auf den Tresen und wartete auf einen Geistesblitz oder wenigstens eine kleine Marienerscheinung, die mir sagen würde, was ich als Nächstes zu tun hätte. Und so kam es schließlich auch, aber weder aus meinem Kopf noch vom Himmel. Wie in Trance nahm ich Babes Stimme wahr, erst leise, dann lauter.

»Hallo, hörst du mir überhaupt zu?«, fragte sie. »In diesem Becher findest du keine Antworten!«

Nein, dort fand ich sie nicht, aber vielleicht darunter. Auf dem Papier-Tischset, neben einer Sechs-Zentimeter-Anzeige für Selbstbau-Möbel, Fotos von Haustieren auf T-Shirts und goldfarbene Pokale für Bowling-Wettbewerbe, befand sich eine Kleinanzeige mit folgendem Text: »Glauben Sie, die Ratte geht fremd? Fragen Sie Nina Mazzo – vernünftige Preise, Diskretion garantiert. Erstberatung kostenlos.«

13

Mit genug Geld und Zeit kann man fast jeden finden. Man kann inzwischen auch jeden Anruf, jede E-Mail und jeden Webseiten-Aufruf zurückverfolgen, aber ich musste es Nina Mazzo ja nicht noch extra einfach machen, meine Identität zu ermitteln und darauf zu kommen, was ich vorhatte. Wenn der Verräter anonym bleiben konnte, dann konnte ich das schon lange. Ich musste meine Reputation als Hobby-Detektivin nicht breitwalzen. Am nächsten Morgen war ich zur Stadtbibliothek in Springfield gefahren und hatte mich an einem der öffentlichen Terminals angemeldet, um Ninas Website anzuschauen, ohne eine Spur zu meinem eigenen Computer zu legen. Ninas Homepage war eine einfache Angelegenheit, türkis und gold, nicht sonderlich viel Aufwand. Geschmackvoller als ich erwartet hatte, wenn man ihren Schnüffel-Job in Rechnung zog. Aber sie passte zu ihrem Lebenslauf als nicht mehr praktizierende Anwältin und ehemalige Sozialarbeiterin für Kinder.

Ninas Fachgebiet bestand darin, ruchlose Väter aufzuspüren und Ehegatten zu überführen, die sich davongestohlen hatten, was auch immer sie an anderer Stelle trieben. Ich vermutete, dass sie oder einer ihrer Angestellten es war, die in den Büschen hockte und Fotos eines Paares in flagranti schoss, während irgendwelche Typen in Designeranzügen bei der folgenden Scheidungsschlacht wirklich Geld kassierten. Wie fast überall gab es auch im Geschäft mit der ehelichen Untreue eine Hackordnung.

Zwei oder drei bekannte Anwälte, darunter auch Arthur Horowitz, den man in bestimmten Kreisen auch als den besten

Freund der ersten Frau bezeichnete, hatten begeisterte Zitate abgesondert, die Nina großflächig als Werbesprüche in ihre Website aufgenommen hatte.

Warum also warb sie auf einem Tischset?

»Aus dem gleichen Grund, aus dem wir hier sind«, sagte sie mit rauchiger Stimme und breitete die Arme aus. Sie saß mir in einem überheizten, barackenartigen Gebäude gegenüber, das nicht weit vom Bahnhof entfernt lag. Ich hatte einige Schwierigkeiten gehabt, herzufinden, das Büro befand sich zwischen einem Keramikfliesen-Ausstellungsraum und einem Vertriebsbüro für Schönheitscremes. Es gab zwei Plastik-Halbschalenstühle, einen übergroßen türkisfarbenen Schreibtisch, der ganz offensichtlich für ein größeres Büro angeschafft worden war, und dieselbe Standard-Wanduhr, die man in jedem Krankenhaus oder Gefängnis vorfand.

»Das Geschäft läuft schlecht«, sagte sie. »Entweder sind die Leute treuer geworden, oder die wenigen immer noch reichen Knacker sind besser darin geworden, ihre Affären zu vertuschen. Alarmierende Aussichten für jemanden wie mich.«

In letzter Zeit verbrachte Nina – aus welchem Grund auch immer – jedenfalls viel zu viel Zeit damit, die versteckten Bankkonten und Safes irgendwelcher verstorbenen Großeltern ausfindig zu machen.

»Das halbe Land scheint davon überzeugt zu sein, dass die alten Helden irgendwas beiseitegeschafft und es dann vergessen haben, wie die Frau, die ihre ganzen Ersparnisse in die Matratze gestopft hat und dann Alzheimer bekam und sie an Goodwill spendete. Verstehen Sie mich nicht falsch – ein Kunde ist ein Kunde.«

Sie unterbrach ihren Redeschwall, endlich kam ihre berühmte Diskretion zum Tragen.

Ich öffnete meine Jacke und wickelte den Schal ab, den ich zwei- oder dreimal um meinen Hals geschlungen hatte, dann wischte ich mir mit dem Handrücken über die Stirn.

»Ich weiß. Es ist warm hier drin. Ich hasse die Kälte. Also, was kann ich für Sie tun? Bei Ihnen sind es nicht Großmutters Juwelen, oder? Nein, Sie haben nicht diesen verzweifelten Blick des Hoffens auf Gold.« Sie sah mich nachdenklich an. »Sie machen sich vielleicht wirklich Sorgen wegen etwas, Miss …« Sie schaute auf den Online-Anmeldebogen, den ich in der Bibliothek ausgefüllt und abgeschickt hatte.

»Miss Turner, Miss T. Turner?«

Ja, ja, ich hatte einen musikalischen Augenblick gehabt und nicht meinen eigenen Namen in das Online-Formular schreiben wollen. Ich lächelte bemüht. Sie sah mich an, als fürchtete sie, dass ich gleich sagen würde, dass ich nach dem Backup-Trio der Ikettes suchte.

»Genau«, sagte ich und arrangierte meinen Schal und meine Gedanken neu. »Thelma Turner.« Es war der einzige Name mit T, der mir so schnell einfiel, außer Tina oder Trixie – und ich glaube nicht, dass ich damit durchgekommen wäre, ohne zu behaupten, dass ich einen Mann namens Ed hätte und wir neben den Kramdens wohnten. »Meine Mutter war sehr altmodisch.« Ich plapperte weiter irgendeinen Unsinn wegen des Namens.

Nina Mazzo nahm ihre schlichte, panzerdicke Armbanduhr ab und legte sie vor sich auf den Schreibtisch. Ich verstand.

»Ich möchte jemanden finden«, sagte ich schließlich.

»Jetzt kommen wir weiter. Wen?«, fragte sie, setzte sich auf und machte sich bereit, auf ihrem gelben Notizblock alles mitzuschreiben. »Den Vater, der Sie im Stich gelassen hat? Ein Kind, das Sie zur Adoption freigegeben haben? Bei solchen Fällen haben wir eine sehr hohe Erfolgsrate.«

»Nein«, sagte ich.

»Müssen Sie jemandem gerichtliche Unterlagen zustellen? Ich habe einen extrem zuverlässigen Mitarbeiter, der so etwas übernimmt. Auch da haben wir eine hohe Erfolgsrate.«

Ich war erfreut, dass sie über so viel Erfahrung verfügte.

»Ich weiß nicht. Ich meine, ich weiß seinen Namen nicht, oder wie er aussieht, oder auch nur, ob es ein Er ist.«

Sie legte ihren Stift hin. Der Rest des Treffens lief wie eine Variation des alten Abbott-und-Costello-Sketches »Who's on First«. Ich war bewusst unklar und sie wollte keine ihrer Arbeitstechniken verraten. Warum sollte sie auch, bis ich zur zahlenden Kundin geworden war? Sie war gerade dabei, zu entscheiden, wie viel Zeit sie noch mit mir verschwenden wollte, als ein junger Mann, der so wenig bemerkenswert aussah wie ein Geheimagent, den Vorraum betrat.

Sie sagte nichts, er nickte, und sie ließ ihn mit dem Türsummer herein. »Einer meiner Mitarbeiter«, erklärte sie. Es war alles sehr James Bond. Ich bekam das Gefühl, dass ich unser beider Zeit verschwendet hatte. »Jetzt zurück zu Ihnen.«

Nach fünfzehn Minuten Im-Kreis-Reden beschloss ich, den Rest meiner kostenlosen (man kriegt eben, was man bezahlt) Beratung in den Wind zu schießen und Nina Mazzo wieder nach Großmutters verborgenen Millionen forschen zu lassen. Es tat ihr nicht leid, mich gehen zu sehen, aber ich spürte ihren Blick im Rücken bis hinaus zum Parkplatz, wo ich, bevor ich fahren konnte, eine Weile warten musste, bis ein Gabelstapler voll italienischer Fliesen vorbeigekrochen war.

Alles, was ich herausbekommen hatte, war, dass es ohne einen Namen, eine Führerscheinnummer oder eine Beschreibung sehr schwierig war, nach jemandem zu suchen. Die meisten von Nina Mazzos Klienten waren auf Geld aus. *Quelle surprise!* Worauf war ich aus?

Genau genommen, was tat ich eigentlich hier? Ich stieg in meinen Wagen und war fest entschlossen, Grant anzurufen und die ganze Sache abzublasen, aber dann erinnerte ich mich daran, wie er mir erzählt hatte, wie sehr Caroline mir vertraute und mich brauchte. Mich. Seit langem hatte niemand mich für etwas anderes als ein Staudenbeet gebraucht. Und ob ich es nun gerne zugab oder nicht, selbst die Stauden kamen manchmal gut ohne mich aus.

Ohne Caroline hingegen wäre Dirty Business wahrscheinlich bereits gescheitert. Unsere Freundschaft war gewachsen, während ich nicht wirklich aufgepasst hatte, wie diese fünf Pfund, die ich mit mir herumschleppte, oder eine schlechte Eigenschaft, von der man gar nicht wusste, dass man sie sich angewöhnt hatte, bis man sich im Spiegel oder auf einem Foto sieht. Es war nicht leicht gewesen, es allein zu schaffen. Wenn ich ehrlich war, wäre es in Springfield ohne sie und Babe ziemlich einsam gewesen.

Ich verließ das Deko-Viertel der Springfielder Innenstadt und fuhr durch kleine Straßen zurück zu mir nach Hause, vorbei an meiner Lieblingsgärtnerei, dem See und der Schule, in der ich wählen ging. Nicht weit von der Schule entfernt blieb ich hinter einem Schulbus hängen, der sein hydraulisches Stoppschild ausgefahren hatte. Ein scheinbar endloser Strom Kinder quoll aus dem Bus, und der Fahrer wartete, bis sie allesamt in ihren bunten, aufgeplusterten Jäckchen davongehüpft und in ihren Häusern verschwunden waren.

Ich nahm den Gang heraus und dachte nach, während ich wartete. Wenn ich nicht nach dem *Wer* suchen konnte, dann konnte ich vielleicht nach einem *Warum* suchen, das mich zu einem *Wer* führen würde. Und vielleicht war es nicht so sehr *cherchez la femme* als vielmehr *cherchez l'argent*. Vielleicht hatte ich doch etwas von Nina Mazzo gelernt. Ich rief bei den Sturgis' zu Hause an. Grant meldete sich nach dem ersten Klingeln.

»Ich bin's. Hör mal, war eine Belohnung auf Caroline ausgesetzt?«

Ich hörte nichts, dann ein leises: »Nicht, dass ich wüsste.«

Mist. Das bedeutete, dass es keinen finanziellen Anreiz für einen Fremden oder einen Kopfgeldjäger gegeben hatte, Caroline ausfindig zu machen und anzuzeigen. Andererseits bedeutete das auch, dass es jemand gewesen sein musste, den sie *kannte*, entweder hier oder zu Hause in Michigan. Grant hörte schweigend zu, während ich meine Überlegungen vortrug.

Die Schulkinder waren verschwunden, der Bus fuhr an.

»Grant, bist du noch da?«

»Ja, bin ich.«

»Sind in der letzten Zeit irgendwelche neuen Leute in Carolines Leben aufgetaucht? Irgendjemand, dem sie ihr Geheimnis vielleicht anvertraut haben könnte?«

Am anderen Ende der Leitung herrschte eine unheilvolles Schweigen, dann antwortete er monoton: »Mickey Cameron hat mir vor ein paar Stunden genau dieselbe Frage gestellt.«

»Und?«

»*Du* bist die Einzige, der sie es erzählt haben würde. Nur du! Wie konntest du das nur tun?«

Das Scheppern, mit dem Grant Sturgis den Hörer aufknallte, hallte in meinen Ohren wider, bis es vom Hupen der Autos hinter mir übertönt wurde.

14

Ich konnte es ihm nicht verdenken. Ich hatte mich mit Caroline angefreundet, ich hatte mehr als nur ein paar Mal mit ihr angestoßen, ich war eine ehemalige TV-Produzentin (mit anderen Worten: eine ehrgeizige, skrupellose Zicke) und ich war in Springfield als Amateur-Schnüfflerin, die sich überall einmischte, bekannt. Außerdem war es kein Geheimnis, dass ich nicht vor Geld stank. Kein Wunder, dass Grant Sturgis glaubte, dass ich seine Frau verraten hatte. Er ging wahrscheinlich auch davon aus, dass ich ihre Geschichte für teures Geld verkauft und schon die Hauptrolle für den kommenden Film der Woche in der Tasche hatte.

Aber ich hatte keine Chance bekommen, es zu erklären. Weder ihm noch sonst jemandem. Grant nahm meine Anrufe nicht mehr entgegen, wahrscheinlich auf Anraten seines Anwaltes, und ich bemerkte eine deutliche Abkühlung der Atmosphäre im Paradise Diner, wann immer ich dort hinkam. Seit Caroline verhaftet worden war, wusste man, dass schlechte Nachrichten und Gerüchte sich in einer kleinen Stadt schnell verbreiten. Mein Telefon hatte aufgehört zu klingeln. Die Laubräumarbeiten erledigten andere. Niemand hatte irgendetwas gesagt – das war auch nicht nötig. Der Verdacht, dass ich diejenige gewesen war, die Caroline Sturgis angeschwärzt hatte, hatte sich in Springfield herumgesprochen. Das und das Herbstwetter reichten, um mich zur Aussätzigen zu machen.

Ein paar Hardliner mussten dennoch insgeheim dem Hinweisgeber zugetan sein, ein- oder zweimal glaubte ich, ein kleines Lächeln von Leuten wahrzunehmen, gerade *weil* sie mich für die Informantin hielten. Eine Frau, Althea Tripplehorn, der selbsternannte moralische Kompass Springfields, hatte sogar eine Petition ins Leben gerufen, dass alle Neuzugezogenen von den Maklern überprüft werden sollten, die ihnen ihre Häuser verkauften. So eine Kleinigkeit wie die Verfassung kümmerte Althea doch nicht. Ich wusste, dass Sexualverbrecher sich in einigen Städten Amerikas anmelden mussten, aber ehemalige Medienschaffende? Ex-New-Yorker?

Es wurde besonders still, wenn ich das Restaurant betrat und die Vorstadtmütter dort saßen. Caroline gehörte vielleicht nicht mehr zu ihnen, aber ich bezweifelte, dass sie es toll fanden, dass eine Fremde gekommen war und ihre hübsche kleine Welt zertrümmert hatte.

Nach drei Jahren harter Arbeit war ich wieder die Außenseiterin, abgesehen von Babe, die zu mir hielt. Ich begann, außerhalb der Hauptgeschäftszeiten ins Diner zu gehen, um niemandem begegnen zu müssen, den ich kannte.

»Ich bin am Ende. Nicht nur hasst mich jetzt Grant Sturgis, sondern die Hälfte meiner Kunden glaubt, dass ich eine der nettesten Frauen in Springfield angezeigt habe. Sie engagiert sich, sie fährt die ungezogenen Kröten irgendwelcher anderen Leute umher, sie bastelt was für jede noch so blöde Wohltätigkeitsveranstaltung. Wenn die Gartensaison wieder losgeht, werde ich arbeitslos, pleite und verfemt sein. Ich werde einen Gemüsegarten anlegen müssen, bloß um was zu essen zu haben.«

Babe zeigte Mitgefühl. Sie stammte von hier, war aber erst nach langer Abwesenheit in die Stadt zurückgekehrt, und selbst sie hatte ein paar Jahre gebraucht, um wieder in den Kreis aufgenommen zu werden.

»Sie hassen dich nicht. Sie sind bloß nervös«, sagte sie. »Und diese Althea hatte seit den Siebzigern nichts mehr, worüber sie sich ordentlich aufregen konnte. Wenn es nach ihr ginge, würden wir Stadttore errichten. Was ist mit O'Malley? Kann der nichts machen?«

»Ach – der Mann weiß gar nicht, wie kurz er neulich davor stand, von mir erwürgt zu werden. Aber wir waren auf der Polizeiwache und ein bisschen zu dicht dran am Zellentrakt.«

Außerdem konnte die Polizei Springfields nichts für mich tun. Sie hatten den Hinweis nicht entgegengenommen, das war die Polizei in Michigan gewesen. Die Kollegen hier hatten in Carolines Fall nichts zu sagen und waren nur aus Höflichkeit weniger als eine Stunde, bevor die Bundesagenten kamen, um Caroline zu verhaften, informiert worden. Der Hinweisgeber hatte das Gesetz nicht gebrochen. Das war Caroline gewesen.

»Du *bist* tatsächlich am Ende«, sagte Babe. »Es sei denn, du kannst rausbekommen, wer wirklich dahintersteckt und warum.«

»Ich? Wieso ist das meine Aufgabe?«

»Du kannst ja auch weiter die Leute meiden und um neun Uhr abends zum Frühstück herkommen. Mich stört es nicht.«

Ja, mehr musste ich nicht tun – und es gab auch keine Tischsets mehr, die mir weiterhalfen. Genau wie die Bullen in Michigan brauchte auch *ich* einen Hinweis.

Draußen kroch ein Fahrzeug am Diner vorbei, verschwand dann am hinteren Ende des Parkplatzes, erschien ein zweites Mal, wendete und parkte. Ich dachte, es wäre vielleicht einer der letzten gnadenlosen Reporter, aber die meisten von ihnen waren nach Bridgeport weitergezogen, wohin Caroline, in einem orangenen Overall, in eine größere Anlage verlegt worden war. Doch es war kein Reporter.

Becka Reynolds, eine der Vorstadtmütter, schaute durch die Glastür. Sie musterte die anderen Gäste im Diner, bevor sie hereinkam, und Babe und ich warteten ab, ob sie Freund oder Feind war.

Ich hatte nie auf ihrem Grundstück gearbeitet, kannte sie aber als eine von Carolines Nachbarinnen. Sie kam zu uns und setzte sich auf den Hocker neben mich, obwohl es reichlich leere Plätze in sicherer Entfernung von Springfields aktuell am wenigsten beliebter Einwohnerin gab.

»Es ist ungewöhnlich spät für Sie, Ms. Reynolds«, sagte Babe. »Was darf ich Ihnen bringen?«

»Nichts. Doch, einen koffeinfreien Kaffee, bitte.«

»Muss ich neu aufsetzen.«

»Kein Problem, ich kann warten. Und nennen Sie mich Becka.« Sie zog ein paar butterweiche Lederhandschuhe aus und strich sie sorgsam, völlig überflüssigerweise, auf ihren Oberschenkeln glatt, sagte aber nichts. Das Schweigen war eigenartig. Schließlich begannen wir beide genau im selben Augenblick zu sprechen.

»Sie zuerst«, sagte ich.

»Nein, Sie.«

Sie war dermaßen nervös, dass sie sich bestimmt nicht nur erkundigen wollte, wie tief man eigentlich Blumenzwiebeln eingraben musste. Was wollte sie mich fragen? Oder mir sagen?

Babe, die ein gutes Gespür für diese Dinge hatte, bot uns an, ihr kürzlich verwüstetes Büro zu nutzen, um in Ruhe zu reden, ein Heiligtum, in dem ich zuvor nur einmal gewesen war, als ich ihr online Gartenseiten zeigte. Wieder antworteten Becka und ich gemeinsam: »Ja, gerne.« Becka lachte nervös. Babe übertrug einer der Kellnerinnen die Aufsicht im Diner, und wir drei gingen nach draußen und hinten um das Gebäude herum. Der neue Schlüssel klemmte, funktionierte dann aber doch.

Vor Jahren hatte der Vorbesitzer des Diners ein kleines Zimmerchen hinten angebaut. Von dort aus hatte man einen Blick auf den See und die Müllcontainer, je nachdem, wo man saß, aber zu dieser abendlichen Stunde war keines von beiden sichtbar. Ein kleiner Holzofen war die einzige Heizmöglichkeit. Zwei kleine Sofas standen einander gegenüber, darauf lagen Überwürfe und indianische Kissen, es war ein gemütlicher Ort, um eine Pause zu machen oder nach einem langen Tag hinter dem Tresen die Füße hochzulegen. Die dreckige Luftmatratze lag schlaff in einer Ecke, offenbar hatte Babe sich noch nicht entschieden, ob sie mit ihr noch leben konnte. Sie zog die Vorhänge zu und bat uns, Platz zu nehmen.

»Ich bringe den Kaffee, wenn er fertig ist.« Dann ging sie.

Becka sprach zuerst. »Ich weiß nicht, wem ich es sonst erzählen soll. Mein Mann hat gesagt, ich soll mich aus der Sache heraushalten, und damit hat er natürlich Recht.«

Becka Reynolds sah zu jung aus, um derart unterwürfig zu sein, aber ich hatte mich, wie es aussah, ja schon öfter in meinen Nachbarn getäuscht. Sie spielte wieder mit ihren teuren Handschuhen herum und legte sie am Saum aufeinander. Wenn sie sich nicht vorsah, würde sie sie mit dem Hautfett ihrer langen, schlanken Finger beflecken. Sie hatte etwas Schmerzhaftes kundzutun, und aus irgendeinem Grund hatte sie mich als Zuhörerin erwählt.

»Einige der anderen Frauen fühlen sich in Ihrer Anwesenheit ein wenig unwohl. Vor allem jetzt …«

»Ich? Ich bin doch harmlos. Was habe ich denn getan?«

Ging es darum? Sollte mich eine der Damen aus der Stadt jagen? War das hier das Vorstadtäquivalent von Teeren und Federn?

Becka erklärte es mir: Ich hatte gar nichts getan, genau das war's. Kein Mann, keine Kinder, kaum Make-up, keine Perlen, keine Föhnfrisur Marke »jede Strähne an ihrem Platz«. Die Hälfte der Ladies glaubte, ich würde versuchen, ihnen die Männer auszuspannen, die andere Hälfte hielt mich für lesbisch. Beides war wenig vertrauenerweckend.

»Und jetzt glauben sie, ich sei auch noch die Person, die Caroline die Bullen auf den Hals gehetzt hat, was?«, fragte ich.

Becka lächelte beinahe entschuldigend.

»Warum sollte ich das tun?«, fragte ich. »Weil ich wahnsinnig in Grant Sturgis verliebt bin und Caroline aus dem Weg schaffen wollte?«

»Das sind Sie nicht, oder?«

»Das war ein *Scherz*. Wie können Sie so etwas denken?«

Und dann dämmerte es mir. Vielleicht war ich nicht die Einzige, der Caroline gesteckt hatte, dass sie glaubte, dass Grant eine Affäre hatte. Ich war oft bei ihr zu Hause gewesen, und bis vor kurzem waren Grant und ich gut miteinander klargekommen – zwei von Springfields Gesetzeshütern hatten uns sogar zusammen in einem dunklen Gewächshaus erwischt. Zumindest war das vielleicht über die Buschtrommeln so weitergegeben worden. Grant glaubte also, ich sei eine Verräterin, und alle anderen hielten mich für ein Flittchen. Na wunderbar! Frühstück am Abend würde nicht reichen. Ich würde mein Haus verkaufen, die Stadt verlassen und mir einen neuen Job suchen müssen. Und was konnte *ich* dafür? Langsam wurde ich echt sauer.

»Vergessen Sie's einfach, ja?«, sagte ich unwirsch. »Ich will niemandes Mann, und zwar nicht, weil ich lesbisch wäre. Grant war es, der mich angeheuert hat, um herauszufinden, wer den Bullen den Tipp mit Caroline gegeben hat. Deswegen haben wir uns getroffen.«

Becka wirkte erleichtert. Vielleicht hatte sie nicht tatsächlich geglaubt, dass ich schuldig war, aber sie hatte sichergehen müssen.

»Wussten *Sie* denn von der Sache mit Caroline, bevor all das hier passiert ist?«, fragte ich.

»Absolut überhaupt nicht. Ich wusste, dass es Dinge gab, über die sie nicht gern sprach, aber das geht uns doch allen so. Wenn … wenn ich Ihnen jetzt etwas erzähle, dürfen Sie auf keinen Fall sagen, dass Sie es von mir erfahren haben, ja?« Ich wollte am liebsten schreien: »Nun spuck's schon aus!«, aber Becka musste das auf ihre eigene, entsetzlich schneckenlangsame Weise tun.

»Nur zu.« Ich nickte und tätschelte ihren Unteram ermutigend, dann zog ich meine Hand zurück, damit sie nicht dachte, ich sei doch lesbisch.

»Es war letzte Woche – nein, vor zwei Wochen –, als wir zum letzten Mal morgens zusammen ausgeritten sind …«

Becka berichtete mir, dass Caroline den ganzen Morgen über auf einer emotionalen Achterbahnfahrt gewesen war. Sie hatte einen Strafzettel bekommen, weil sie auf dem Weg zum Stall an einem Stoppschild nicht gehalten hatte. Becka hatte sich darüber amüsiert, dass ihr das so unverhältnismäßig große Sorgen machte, aber Caroline wiederholte immer nur, dass sie noch nie einen Strafzettel bekommen hätte, als wäre es das Schlimmste, was ihr je zugestoßen sei.

»Ich habe ihr gesagt, es wäre wie eine Art Mutprobe. Jeder kriegt mal einen Strafzettel an der Chesterfield Road, vor allem Ende des Monats, wenn die Polizei ihre Quote noch nicht voll hat. Es ist, als hätten sie ein Rouletterad, um zu entscheiden, wer diesmal dran ist.«

Ich nahm mir vor, ab jetzt an der Chesterfield immer super aufmerksam zu sein.

Und dann war etwas Merkwürdiges im Stall geschehen. Becka sah mich aus ihren großen Augen an.

Jetzt wurde es interessant. »Was denn?«, fragte ich.

»Irgendetwas hat sie sehr beunruhigt. In dem kleinen Aufenthaltsraum vor der Damenumkleide.«

»Ein anderer Reiter?«, fragte ich.

»Ich weiß es nicht, möglicherweise.«

»Haben Sie den Betreffenden erkannt?«

Becka schüttelte den Kopf. Sie hatte nicht gesehen, wer es gewesen war, glaubte aber, es sei möglicherweise ein neuer Reiter gewesen, der jeden Morgen kam. Es war ungewöhnlich für einen Mann, zu dieser Zeit allein zu reiten, aber sie hatten den Neuen aus der Ferne schon zweimal gesehen und waren so weit weg, dass sie einander nur höflich zuwinkten.

»Irgendetwas, was er an diesem Morgen sagte, beunruhigte sie. Sie wollte mir nicht sagen, was es war. Dann kam sie her ins Restaurant, traf die anderen Frauen und freute sich so, Sie zu sehen, dass ich davon ausging, alles sei wieder in Ordnung. Doch als sie auf die Terrasse herauskam, war sie weiß wie ein Gespenst. Sie gab uns eine lächerliche Entschuldigung und fuhr dann sofort weg.«

Und das musste dazu beigetragen haben, zumindest unter den Vorstadtmüttern, zu glauben, dass ich mit Carolines Verhaftung zu tun hatte – vielleicht hatte ich etwas gesagt oder getan, was sie *beunruhigte*.

Irgendwer oder -was kratzte an der Tür. Schließlich stieß Babe sie mit ihrem Hinterteil auf, sie trug ein Tablett mit zwei Kaffee und einer kleinen Schale Biscotti.

»Pete überschlägt sich ja«, sagte ich, sprang auf und hielt ihr die Tür auf. »Sind die zweimal gebacken?«

»Ja, er wird immer besser.« Babe stellte das Tablett auf den Couchtisch, wobei sie damenhaft in die Knie ging, statt sich vorzubeugen. »Wie geht's euch?«, fragte sie. »Spielt ihr schön?«

Ich wollte Becka nicht bereuen lassen, sich mir anvertraut zu haben, also blieb ich stumm. Sie ebenfalls.

»In Ordnung. Lasst keine Speisereste hier drin, okay? Die Waschbären machen mich fertig. Ich bin kurz davor, mir ein Schrotgewehr zu holen. Ich habe nur einen Schlüssel für das neue Schloss. Drückt einfach auf den Knopf, um abzuschließen, wenn ihr geht.«

Babe ließ uns wieder allein und Becka und ich aßen Biscotti und wärmten uns an den Kaffeebechern die Hände. Sie hatte mir zwar nicht viel sagen können, womit ich etwas hätte anfangen können, von ein oder zwei Kleinigkeiten über die Gewohnheiten und den Zeitplan des neuen Reiters mal abgesehen, aber ich nahm mir vor, O'Malley darüber auszufragen, welche Informationen man Carolines Führerschein entnehmen konnte. Und dann würde ich beim Stall vorbeischauen und Hank Mossdale nach dem neuen Mann im Reitstall fragen.

Während der Gartensaison war ich regelmäßig bei Mossdale, um mir kostenlos Pferdeäpfel abzuholen. Hank würde vielleicht mit mir reden – und möglicherweise würde ich sogar den Mann treffen, der mit Caroline gesprochen hatte.

»Gab es irgendjemand oder irgendetwas Neues in Carolines Leben, von dem Sie wissen?«, fragte ich. »Hatte sie sich vielleicht zu einem neuen Kurs angemeldet?« Ich erinnerte mich, dass Caroline mir von all ihren Hobbys erzählt hatte, die sie begann und deren Überreste dann in den Regalen ihrer Garage endeten.

Aber es gab nichts. Abgesehen von dem Strafzettel und der kurzen Begegnung mit dem Mann im Stall war Carolines Leben stinklangweilig gewesen, durchgeplant und farbcodiert mit abwaschbarem Marker auf einem großen Whiteboard in ihrer makellosen Küche. Fußball, Zahnarzt, wann dieses Kind abzuholen war, wann jenes abzusetzen war. Soweit ich wusste, hatte es keine neuen Einträge gegeben, seit sie verhaftet worden war.

Als wir fertig waren, schlossen wir Babes Büro ab und brachten das Tablett nach drinnen. Dann begleitete ich Becka zu ihrem Wagen.

»Schade, dass wir noch nie zuvor geplaudert haben«, sagte sie und schüttelte mir die Hand. »Aber das werden wir nachholen, versprochen. Ich kann nächste Saison etwas Hilfe in meinem Garten gebrauchen, wenn Sie Zeit haben. Ich weiß, wie zufrieden Caroline mit Ihrer Arbeit ist. Sie war so begeistert von dem Geschäft, das Sie beide aufziehen wollten. Ich muss zugeben, ich war ein wenig eifersüchtig. Sie hätte jede von uns fragen können, bei ihr einzusteigen, aber sie hat Sie gefragt. Und Chiaramonte's ist der perfekte Ort für einen Geschenkeladen und ein kleines Gartenbaucenter. Aber dazu wird es jetzt ja wohl nicht mehr kommen.«

»Grant hat mir gesagt, jemand anderes sei ebenfalls an dem Grundstück interessiert«, sagte ich. »Aber vielleicht wollte Roxy ihn auch einfach nur dazu drängen, ein Angebot zu machen. Das würde ich ihr zutrauen.«

»Oh nein, das stimmt vermutlich mit dem Interessenten«, sagte Becka. »Ich glaube, Sie haben ihn gesehen. Ein attraktiver Mann, um die fünfzig, erinnern Sie sich? Er hat an dem Tag, an dem Sie an den Pflanzkübeln gearbeitet haben, viel Zeit im Paradise Diner verbracht. Er hat gefragt, ob wir von einem Gewächshaus wüssten, das zum Verkauf stünde. So ein Zufall, was? Sicher ist er der andere Interessent.«

Jetzt hatte ich bereits zwei mysteriöse Fremde auf der Liste meiner Verdächtigen. Kein schlechter Anfang für meine Suche nach dem Verräter.

15

Es war Zeit, den Fön hervorzuholen.

Es ist unerfreulich, aber wahr, dass, je besser man aussieht und sich fühlt, je mehr Leute einem geben, was man will. Normalerweise wehrte ich mich gegen diese unfaire Tatsache und hätte bitter protestiert, wenn jemand auch nur angedeutet hätte, dass ich jemals eine Situation mit Einmal-durchs-Haar-Kämmen oder einem gut getimten Lachen beeinflussen würde. Aber dies waren außergewöhnliche Zeiten.

Ich hatte mich mit Mike O'Malley zum Mittagessen verabredet. Ich wühlte durch die Tüte mit Lucys abgelegten Einkäufen und wählte meine Kleidung sorgfältiger aus als für die Hochzeit, auf die wir gegangen waren. Mein Make-up war eingetrocknet, aber ich hatte noch genug Zauberkram in vernachlässigten Körbchen, Röhrchen und Töpfchen, um mit glattem Teint, dunklen Lidern und roten Lippen daherzukommen.

Zunächst aber hielt ich bei Mossdale Stables, einem Reitstall, der sich an einem von Springfields zahlreichen Feldwegen befand. Der kurvige Weg hinter einem kleinen Flüsschen und einer Steinburg führte mich zu Mossdale's, wo privilegierte Kinder an ihrer Haltung arbeiteten und ich dann und wann Pferdeäpfel einsammelte, um sie in Blumenbeeten zu verteilen.

Wenn Gärtner damit fertig sind, die besten Tipps darüber auszutauschen, wie man die Rehe im Zaun hält (Menschenhaar, Coyotenurin, Irish-Spring-Seife), beginnen sie gerne über die Vorteile unterschiedlicher Düngemittel zu fachsimpeln, wobei die Exkremente der Fledermaus das beliebteste und teuerste war – kein Wunder, wenn man sich vorstellte, wie lange es dauern musste, eine Schubkarre davon zusammenzukriegen. Gärtner, die über Dünger diskutierten, waren so engagiert bei der Sache wie hartgesottene Baseballfans vor einem wichtigen Spiel. Man konnte sie kaum stoppen.

Natürlich waren Kuhfladen auch nicht schlecht, aber in Connecticut gab es nicht mehr allzu viele Bauernhöfe. Die meisten Milchprodukte waren importiert und wurden sonstwo eingetütet. Andererseits gab es in Connecticut keinen Mangel an kleinen Mädchen, die in diesen hübschen kleinen Reiteroutfits auf und ab wackelten – die schwarzen Samtkappen bereiteten sie auf ihre Samthaarbänder vor. Es gab über sieben Millionen Pferde in den Vereinigten Staaten, und ich hätte wetten mögen, dass ein Großteil von ihnen sich hier im Muskatnuss-Staat befand.

Ich hatte *Flicka* als junges Mädchen verschlungen, war aber selbst nie eine große Reiterin gewesen. Wie bei allem, was ich ein- oder zweimal im Jahr tat – Ski fahren, Fahrrad fahren, Brot backen – war ich eine permanente Anfängerin, ich war nie lange genug dabei, um besser zu werden. Wenn ich ritt, hatte das Pferd keinen Zweifel daran, wer das Sagen hatte, und das war sicher nicht ich. Für mich ging es vor allem um die Pferdeäpfel, schwarzes Gold, in Mengen und kostenlos.

Hank Mossdale war ein ruhiger, bodenständiger Kerl in den Vierzigern, den ich nie in etwas anderem als Jeans und einem Chambray-Shirt sah. Er hatte dichtes braunes Haar, war das ganze Jahr über gebräunt, und sein Körper wirkte knallhart und muskulös vom Reiten und der körperlichen Arbeit.

Hank war spät in das Geschäft eingestiegen, und auf einem ungewöhnlichen Weg. Er war nicht im Sattel geboren worden, sondern hatte als Buchhalter gearbeitet. Irgendwann Ende der Neunziger empfahl die Firma, für die er arbeitete, aus Steuergründen Investitionen in Tierzucht. Damals konnte man die Tiere die ersten paar Jahre hoch abschreiben und so sein Einkommen minimieren. Das lief prima, bis das Finanzamt die Regeln änderte.

Eines Tages, beim Besuch auf einer Pferdefarm im Staat New York, wo er den Besitzern die schlechte Nachricht überbrachte, dass ihre stillen Teilhaber bald noch viel stiller wären, hatte Hank eine Eingebung. Ihm wurde klar, dass Tiere *lebendig* waren. Pferde waren nicht bloß Einträge auf einer Abrechnung, sie waren wunderbare Wesen, und er war auf einmal wie besessen von der Vorstellung, selbst einen Stall zu betreiben.

Die meisten Leute – wenn sie überhaupt von Pferden träumen – sehen sich Mint Juleps beim Kentucky Derby schlürfen, sie tragen absurde Hüte, die sie im richtigen Leben nie aufsetzen würden, und zahlen Fachleuten ein Vermögen, um ihre Pferde zu trainieren.

Hanks Plan – immerhin war er Buchhalter – sah konservativer aus. Er würde ein Pferd kaufen und es selbst für die deutlich weniger elitäre Welt der Trabrennen trainieren. Keine Juleps. Weniger Schickimicki, aber der Einstieg war leichter. Mit dem Geld, das sie verdienen würden, könnte er sich dann einen Stall kaufen.

Wenn er sich die Mühe gemacht hätte, Profis zu fragen, was sie von seiner Idee hielten, hätten sie ihm gesagt, dass er verrückt sei. Es würde hunderttausend Dollar Pflege und Training kosten, ein Achttausend-Dollar-Rennen zu gewinnen. Aber Hank fragte nicht – er legte einfach los.

Seine erste Frau, die den Pferdedung roch, nicht aber die möglichen Rosen, verließ ihn für einen zuverlässigeren Geldverdiener, einen Kardiologen; aber sie hätte mehr Vertrauen haben sollen, denn am Ende schaffte Hank es.

Er und seine Partnerin Karen, eine hauptberufliche Pferdetrainerin, kauften ein Pferd, das zwei der angesehensten Trabrennen gewann, und insgesamt über eine Million Dollar. Währenddessen war seine Frau unglücklich nach St. Louis umgezogen und im Begriff, sich erneut scheiden zu lassen. Mit Hilfe der Renngewinne und der Samenspenden des Rosses, fünfhundert Dollar pro … ähäm … Schuss konnten sie eine verlassene Reitschule auf drei Hektar zwischen dem Highway und einem staatlichen Gelände kaufen, welches die Reiter nutzen durften. Hank und Karen steckten für die absehbare Zukunft bis zu den Ellenbogen in Pferdemist.

Ich fuhr die lange Auffahrt hoch und parkte neben einem schwarzen Audi. Hank lehnte am Weidegatter und sah zu, wie ein Minibus einen Haufen Kinder und ihre Lehrer ausspuckte. Letztere versuchten, die kleinen Biester daran zu hindern, überall gleichzeitig hinzulaufen. Er winkte und kam auf mich zu.

»Karen wird mit denen alle Hände voll zu tun haben. Sie wollen immer wissen, wie schnell die Pferde rennen können, als wäre das alles. Der Drang nach Tempo. Na ja, in dem Alter ist das Leben eben noch ein Super-Mario-Cart-Rennen.«

Hank Mossdale war immer freundlich, aber heute erschien er freundlicher als sonst. Und lächelte weit mehr. »Du bist nicht gerade zum Mistschaufeln angezogen.«

Das war es also. Ich hatte zwar einen Bottich und eine Mistgabel hinten in meinen Jeep geschmissen, täuschte aber niemanden.

»Ich wollte nur mal vorbeischauen. Hast du ein paar Minuten?«

»Für die Frau, die mich von den Pferdeäpfeln erlöst? Aber sicher.« Wir überließen die Pferdetrainer ihrer Pflicht.

Besitzer, die ihre Pferde bei Mossdale's unterstellten, wurden als Mitglieder betrachtet. Ich hatte mir sagen lassen, dass dieses Geschäftsmodell für Mossdale's funktionierte – nicht viel anders als die Mitgliedschaft in einem Golfclub. Das war eben der Buchhalter in ihm. Er hatte auch Pferde, die man mieten konnte, aber die Mitglieder waren es, die sein Geschäft am Laufen hielten. Becka Reynolds hatte mir berichtet, der Mann, der mit Caroline gesprochen hatte, würde normalerweise gegen acht Uhr morgens reiten.

Auf dem Boden lag ein winziges bisschen Frost, das unter unseren Schuhen knirschte, während Hank und ich hinüber zur Scheune gingen, wo sich sein Büro befand. Ich wartete, bis eine seiner Mitarbeiterinnen das Pferd, das sie gerade striegelte, beiseitegeführt hatte, bevor ich ihm erzählte, warum ich gekommen war.

»Wir haben nur einen neuen Reiter hier, der einigermaßen regelmäßig kommt«, sagte Hank. »Er ist im Moment in der Umkleide. Er hat gesagt, er hätte heute Morgen eine Immobiliensache gehabt, deswegen reitet er später als sonst. Er heißt Ellis Damon.«

Laut Hank war Damon neu in der Gegend. Er hatte kein eigenes Pferd. Die Mähre, die er austritt, gehörte einer älteren Frau, die seit zwölf Jahren ihre Pferde hier unterstellte, sogar schon bevor Mossdale den Laden übernommen hatte. Sie ließ Hank oft ihr Pferd an verantwortungsbewusste, langjährige Reiter verleihen, damit das Tier mehr Bewegung bekam, als sie ihm selbst zuteilwerden lassen konnte.

»Damon hat gesagt, er sei vor ein paar Wochen aus beruflichen Gründen hergezogen, war aber erst drei- oder viermal hier. Er scheint noch nicht zu tief in das Vorstadtleben eingetaucht zu sein. Kleiner Mann. Ziemlich guter Reiter.«

»Glaubst du, ich kann mit ihm reden?«

»Ich wüsste nicht, warum nicht. Er scheint ganz nett zu sein. Soll ich ihm sagen, dass du ihn sprechen möchtest?«

»Das wäre toll.«

Hank nickte und ging in die Männerumkleide. Er steckte sein Hemd in die Jeans, als wüsste er, dass ich nur zu gern sah, wie sich der Stoff über das V seines Rückens spannte. Fünf Minuten später kam er mit dem kleinen, sehr ordentlich aussehenden Ellis Damon heraus. Letzterer fuhr sich mit den Händen durch sein immer noch feuchtes Haar und rückte sein Kollar zurecht.

»Sie wirkte besorgt. Ich habe ihr erzählt, dass ich der neue Pastor in der Kirche Fallsview Road bin, und wenn sie mit jemandem reden wollte, könnte sie gerne zu mir kommen.« Er klang schuldbewusst. »Vielleicht war ich zu aufdringlich, zu anbiedernd. Vielleicht habe ich ihr Angst gemacht. Soll vorkommen.«

Vielleicht hatte aber auch der Strafzettel sie erschüttert und Caroline Sturgis hatte sich verwundbar gefühlt, ihr Schutzwall brach zusammen. Einer meiner rätselhaften Fremden war jedenfalls schon mal aus dem Rennen. Was auch immer Caroline Sorgen gemacht hatte, es war vermutlich kein Vorstadtpriester, egal wie ungeschickt und aufdringlich er sich angestellt haben mochte. Vielleicht hatte sie beichten wollen, weil sie genau in diesem Moment einen Priester zu Gesicht bekommen hatte. Wer weiß?

Ich bedankte mich bei Pater Damon und begleitete ihn zu seinem Auto, einem weißen Geländewagen voll mit seinen Habseligkeiten.

»Momentan bin ich immer noch eine Art Nomade«, erklärte er, »ich finde Unterschlupf bei einem Freund, und dann einem anderen, bis ich ein eigenes Haus gefunden habe.«

»Wonach suchen Sie?«, fragte ich. »Ich habe einige Freunde im Immobiliengeschäft.«

»Etwas zwischen zwei und vier Hektar, das wir als Ort der Ruhe nutzen können. Nichts Aufwendiges, wohlgemerkt. Aber möglichst etwas mit viel Grün. Wohin Menschen kommen können, um zu reflektieren.«

»Wie ein ehemaliges Gewächshaus?«

»Ja, wissen Sie von einem?«

16

Warum interessierten sich plötzlich alle für Guido Chiaramontes altes Gewächshaus? Jahrelang hatte sich keiner darum geschert. Und jetzt gab es gleich zwei potentielle Käufer? Unmittelbar nachdem Caroline Sturgis in einem vollbesetzten Restaurant verkündet hatte, dass sie es erwerben wollte? War die Rezession zu Ende und Gretchen Kennedy und ich hatten bloß die E-Mail nicht bekommen? Oder steckte hinter dem Interesse zweier Männer an dem Grundstück mehr als die Liebe zur Gärtnerei und zu Orten der Ruhe?

»Maklerbüro Rhodes.«

»Hier ist Paula Holliday. Kann ich heute vielleicht vorbeikommen und Roxy ein paar Minuten sprechen?«

Ein paar Minuten war alles, was Roxy Rhodes erübrigen würde, es sei denn, sie witterte das Blut eines Klienten mit tiefen Taschen. Vielleicht hatte sie dem Treffen zugestimmt aufgrund meiner Beziehung zu den Sturgis'. Ganz sicher nicht, weil ich so viel Kohle hatte.

Das Maklerbüro von Roxy Rhodes befand sich in einem gemauerten, mit Schindeln verkleideten Haus mit einer umlaufenden Veranda in einer gehobenen Gegend von Springfield und hätte selbst ordentlich was gebracht, hätte es zum Verkauf gestanden.

In der Stadt hieß es, dass Roxy bei ihrer ersten Scheidung vor Jahrzehnten das Haus als Teil der Abfindung erhalten hatte und damit ihre Liebe zu den Immobilien begann. Drei Ehemänner später gehörten ihre einige schöne Grundstücke in Springfield und noch weitere in benachbarten Städten, ebenso wie in Boca Raton und San Diego.

In Roxys Wartezimmer standen postmoderne Möbel, die ihre Kunden beeindrucken sollten, aber nicht besonders bequem waren. An den Wänden hingen Plaketten, die sie für alle möglichen Immobilien-Erfolge auszeichneten, ebenso wie für ihre Dienste in der Gemeinde. Ihre Assistentin ließ mich zehn Minuten warten, vermutlich, damit ich alle Plaketten lesen konnte, dann führte sie mich in einen Raum, der viermal so groß war wie der erste. Auch in diesem befand sich eine Sammlung moderner dänischer Möbel, gemischt mit Chrom und schwarzem Leder. Roxy hatte es sich auf einem roten Samt-Zweisitzer hinter einem eleganten Glastisch gemütlich gemacht, an dem man zu zwölft gut hätte zu Abend essen können. Sie hatte ihre flachen Schuhe mit Leopardenmuster untergeschlagen.

»Paula, was kann ich für Sie tun?« Sie streckte ihre Finger schlaff in meine Richtung, erhob sich aber nicht und beugte sich noch nicht mal vor, so dass ich meinen Oberkörper über ihren Tisch recken musste, um ihre pudrige Hand zu schütteln. »Schickt Grant Sturgis Sie endlich, um ein Angebot auf das Chiaramonte-Grundstück abzugeben?«

Ich konnte es nicht ausstehen, wenn Leute mir Sachen in den Mund legten.

»Nicht wirklich. Aber ich will tatsächlich über die Gärtnerei sprechen.« Ich beschloss, dass ich mich setzen durfte, und parkte meinen Hintern auf einem der ausgesprochen unkomfortablen Spaghetti-Stühle. »Ich habe gehört, dass es noch ein weiteres Angebot gegeben hätte.«

»Sie sind ja wirklich gut informiert.«

»Ich habe mich nur im Auftrag einer Freundin umgehört. Stimmt das denn?«

Roxy liebte Wettbewerb – dann blühte sie erst richtig auf. Ja, sie hatte das Grundstück einem weiteren Interessenten gezeigt, einem Käufer von außerhalb, der gezielt gefragt hatte, ob es eine Gärtnerei zu kaufen gäbe.

»War das möglicherweise ein Pfarrer?«

»Wenn dieser Mann Pfarrer ist, wäre das eine absolute Tragödie. Es ist eine Woche oder so her. Vielleicht zwei, mein Kalender ist so voll, dass ich mich nicht genau erinnern kann. Er war auf der Suche nach einem Geschäft. Er war ganz sicher kein Kirchenmann, aber ich hätte ihn auch nicht für einen Gärtner gehalten. Aber man weiß bei den Leuten eben nie.«

Irgendwo in diesen Sätzen steckte eine Beleidigung, aber ich entschied mich, nicht genauer danach zu suchen.

»Wie hat er ausgesehen?«

Roxy zählte die Eigenschaften des Mannes an den Fingern ab, als hätte sie sie in ihrem Tagebuch notiert. »Elegant, wortgewandt, gut gekleidet, aber mit der gebrochenen Nase sah er aus wie ein ehemaliger Footballspieler oder einer dieser französischen Boxer aus den Vierzigern.«

Das klang wie der Mann aus dem Restaurant, der sich an die Vorstadtmütter rangschleimt hatte, nicht wie Ellis Damon.

»Er hat gesagt, er hätte schon mal im Verkauf gearbeitet, aber eine Gärtnerei wäre etwas Neues für ihn. Er war nicht besonders präzise darin, was er vorhatte. Ich dachte, es wäre vielleicht eine Konferenzsache, etwas für Meetings, keine Gärtnerei.«

»Haben Sie erwähnt, dass auch andere Parteien daran interessiert sind, das Grundstück zu erwerben?«, fragte ich.

»Halten Sie mich für dumm, Ms. Holliday? Selbstverständlich habe ich das getan. Ich habe vielleicht sogar Carolines und Ihren Namen fallengelassen – zumindest den Ihrer Firma, Dirty Business. Sehr provokativ übrigens. Er war auf jeden Fall an dem Grundstück interessiert«, sagte sie und spielte mit einem kristallenen Briefbeschwerer herum. »Ich konnte sehen, wie er sich etwas überlegte … *irgendetwas*. Ich habe einen sechsten Sinn für ernsthaft interessierte Käufer. Das ist mein berühmtes *Immobiliengefühl*, müssen Sie wissen.«

Auf jeden Fall passte es zu ihrem berühmten Ego. Ich verlagerte mein Gewicht.

»Er hat nicht einmal nach Finanzierungsmöglichkeiten gefragt. Bloß gesagt, dass er sich wieder melden würde. Und das wird er auch.« Sie betonte diesen Satz mit einem gut manikürten Finger.

»Können Sie mir seinen Namen nennen?«, fragte ich.

»Sicher, warum nicht. Er hieß Brookfield, Kevin Brookfield. Leicht zu merken wegen der Brookfield Road.«

»War er der einzige Mann, dem Sie das Grundstück gezeigt haben? Oder könnte jemand anderes einen anderen Interessenten dort hingebracht haben? Einen Priester?«

»Niemand sonst. Wir haben es exklusiv, und nur ich betreue die AAA-Angebote. Warum sind Sie so besessen von Priestern? Läuft auf Oxygen wieder *Die Dornenvögel*?«

Ich war nicht besessen von Priestern, und an Meggie Clearys Stelle hätte ich versucht, bei dem gutaussehenden Schafscherer weiterzukommen. Aber wie groß waren die Chancen, dass die beiden Neuankömmlinge in Springfield beide Interesse daran bekundeten, eine Gärtnerei zu kaufen? Es sei denn, sie glaubten, dies vorzugeben, würde sie irgendwie zu Caroline führen.

Ich erhob mich und bedankte mich bei Roxy für ihre Hilfe.

»Ich vermute, Grant ist im Moment nicht in der Position, sich festzulegen. Aber ich kann das Grundstück nicht zwanzig Jahre im Angebot behalten.«

Autsch! Hatte sie das wirklich gerade gesagt? Krass, sehr krass.

»Moment, bleiben Sie. Wer ist denn der andere Interessent?«

Sie murmelte immer noch vor sich hin, als ich das Vorzimmer verließ und zu meinem nächsten Ziel aufbrach.

17

Die zentrale Polizeiwache Springfields befand sich an einer vielbefahrenen Kreuzung in der Innenstadt und hatte die Form eines Ypsilons. Auf der einen Seite stand die Flotte der silberblauen Streifenwagen, auf der anderen war der Besucherparkplatz. Ich hatte keine Ahnung, was auf der Rückseite abging.

Ich war nie darauf gekommen, dass sie so etwas Normales wie Besucherparkplätze hätten. Wahrscheinlich hatte ich gedacht, dass alle Besuche auf der Wache durch Leute erfolgten, die mit knirschenden Zähnen hineingeführt wurden, so wie es Grant und mir widerfahren war.

Ich parkte vorn und überprüfte gerade mein Aussehen im Rückspiegel, als es auf der Fahrerseite an meine Scheibe klopfte. Ich ließ das Fenster herunter.

»Du siehst gut aus«, sagte er. »Und du bist früh dran.«

»In dem Fall bist du auch früh dran.«

Sabatini's, das Restaurant, in dem Mike O'Malley und ich zu Mittag essen wollten, befand sich drei Blocks entfernt.

»Soll ich den Wagen hierlassen, oder wollen wir fahren?«

»Fahren.« Er ging zur Beifahrerseite und ich öffnete die Verriegelung, um ihn einsteigen zu lassen. »Gute Sicherheitsmaßnahme.«

»Alte Gewohnheit, aus meiner Zeit in New York.«

Als ich Mike zum Lunch eingeladen hatte, war das aus gutem Grund geschehen. Ich wollte ihn aushorchen, und ich wollte das auf neutralem Boden tun, weder auf der Polizeiwache noch im Paradise Diner. Babes Nähe machte mich nicht automatisch sarkastischer, aber aus irgendeinem Grund war ich es trotzdem immer. Vielleicht lag es am Kaffee, aber die meisten unserer Wortwechsel im Restaurant begannen witzig und spritzig und eskalierten dann oder sackten ab, je nachdem wie man es betrachtete. Ich wollte ein zivilisiertes Gespräch mit Mike führen, das sich über die Dauer eines gesamten Essens erstreckte, und ruhig und sachlich ein paar Antworten bekommen.

Sabatini's war ein guter Ort dafür. Prima Location, man konnte umsonst parken, und nichts würde uns dazu bringen, in unsere alten Verhaltensmuster zu verfallen. Und das Essen war großartig. Pete Nummer zwei war eine Klasse für sich, was Frühstück und Desserts anging, aber er hatte noch einen weiten Weg vor sich, bevor er es mit Sabatini's *bucatini con sarde* oder ihren *orrechiette con broccoli* aufnehmen konnte. Der Kellner brachte uns die Speisekarten und nach wenigen Minuten unsere Getränke: einen Eistee für O'Malley und einen Pinot Grigio für mich.

»Ich war überrascht, als du mich zum Mittagessen eingeladen hast«, sagte O'Malley und faltete seine Serviette auseinander. »Und dann auch noch hierher.«

Es hatte auch mich überrascht. Aber Babe hatte darauf gedrungen, dass ich die Polizei darüber ausfragen sollte, wer Caroline verraten hatte. O'Malley würde vielleicht in einem angenehmen, stressfreien Umfeld Informationen preisgeben. Er bestellte Linguine mit Muscheln und ich nahm die Orrechiette. Zeitgleich bedeuteten wir dem Kellner, den Brotkorb abzutragen.

»Du achtest also *wirklich* auf dein Gewicht«, begann ich mit einem ungefährlichen Thema. Mike sah tatsächlich ein wenig schlanker aus als bei unserer ersten Begegnung, aber ich war mir nicht sicher, ob er Gewicht verloren hatte, oder ob es an meiner veränderten Vorstellung daran lag, wie ein normaler Körper aussah, seit ich aus der Stadt weggezogen war.

»Nur ein wenig. Es ist vor allem mehr Sport. Meinem Vater geht es besser, also gehen wir regelmäßig nach der Arbeit spazieren, wenn ich nach Hause komme.«

»Das freut mich zu hören.«

Wir plauderten das ganze Essen über so freundlich, dass mir erst, als der Kellner unsere Teller davontrug, klar wurde, dass ich noch keine einzige der Fragen geschickt untergemischt hatte, die ich hatte stellen wollen.

Ich ließ Mike eine nicht besonders lustige Anekdote über die neuen Kollegen zu Ende erzählen, vor allem von dem einen, der sich beinahe mit seiner eigenen Waffe verletzt hatte. Es lief gut. Ich war noch nicht zu meinen Themen gekommen, aber wir näherten uns. Ich überredete ihn zu einem Espresso.

»In Springfield läuft es im Moment wohl nicht so gut für dich«, sagte er und verdrehte seinen Zitronenschalenstreifen über dem Tässchen.

Eine merkwürdige Aussage. »Wie meinst du das?«

»Wenn du mit mir mittagessen gehst, dann müssen dir die restlichen Anwohner wohl die kalte Schulter zeigen.«

»Da unterschätzt du dich. Mir geht es gut. Und Becka Reynolds und ich sind uns sogar seit dieser unglücklichen Sache mit Caroline nähergekommen. Vielleicht arbeite ich nächste Saison bei ihr im Garten. Sie hat Bambus – eine Herausforderung, aber schön. Sie hat mich auch davor gewarnt, auf der Chesterfield zu schnell zu fahren.« Jetzt quatschte *ich* daher, aber immerhin steuerte ich das Gespräch einigermaßen in die Richtung, in die ich wollte.

»Sie hat gesagt, ihr schickt immer die Neuzugänge dorthin, um die ersten Strafzettel zu schreiben – damit sie nicht mehr länger *Jungfrauen* wären. Stimmt das?« Innerlich strahlte ich, weil ich so stolz war auf die elegante Überleitung zu der ersten Frage auf meiner Liste. »Ich habe mal einen Strafzettel wegen einer Geschwindigkeitsüberschreitung in Virginia bekommen. Ich bin an meinem Geburtstag mit einer Freundin nach Florida gefahren. Die Straße war breit und leer, mir war gar nicht klar, wie schnell ich fuhr. Ich war sicher, der Polizist würde mich davonkommen lassen, wenn er meinen Führerschein sähe und welcher Tag es war. Hat er aber nicht. Was macht ihr eigentlich mit all den Informationen, wenn ihr einen Führerschein überprüft?« Der Strafzettel war das Erste, was für Caroline schiefgelaufen war. Vielleicht würde Mike mir Informationen geben, die ich brauchen konnte. Ich kam mir total gerissen vor, wie ich das so geschickt eingeflochten hatte. Mike war weniger beeindruckt von meiner Subtilität. Er kippte seinen Espresso, und sein Lächeln verschwand mit dem ersten Schluck.

»Du hättest ehrlich sein sollen und mich einfach fragen können. Dann hättest du auch keine achtzig Dollar fürs Mittagessen hinblättern müssen – denn ich *werde* dich zahlen lassen.« Offenbar war ich nicht ganz so subtil vorgegangen, wie ich gedacht hatte. O'Malley war sauer. Er hatte gedacht, wir würden unsere Essen-als-Vorspiel-Gespräche aus dem Diner wieder aufnehmen, aber stattdessen geierte ich wie die Reporter, die wir alle gemieden hatten, nach Informationen.

Er stieß sich vom Tisch ab und stand auf, wischte sich den Mund mit der Stoffserviette und warf sie auf den Tisch. Der Kellner kam angelaufen, um herauszufinden, was los war.

»Sie zahlt. Geben Sie uns bitte eine Minute?« Der Kellner zog sich zurück. Er hatte solche Szenen schon öfter miterlebt.

»Wenn wir einen Verdacht haben, dann lassen wir das Kennzeichen durchs System laufen, um festzustellen, ob der Fahrer vorbestraft ist – zahlreiche Verstöße, Verhaftungen, ob sie gesucht werden, Verurteilungen. Wir können sogar sehen, ob jemand irgendwo im Gefängnis war. In Carolines Fall hätte sie bloß einen Strafzettel bekommen. Denn offiziell gibt es vor der Hochzeit keine Informationen über eine Caroline Sturgis. Hätten wir nachgeschaut, dann hätten wir also nichts gefunden. Was an sich schon wieder misstrauenserweckend gewesen wäre. Aber wir haben sie nicht überprüft. Noch irgendwelche Fragen, oder habe ich mir mein Mittagessen verdient?«

Damit verabschiedete er sich mit missmutiger Miene beim Kellner, nicht bei mir. Der Kellner brachte mir das Kunstledermäppchen mit der Rechnung. O'Malley hatte Recht gehabt. Achtundsiebzigfünfzig, ohne Trinkgeld. Ich steckte die Quittung ein und schüttelte den Kopf, verdutzt darüber, wie mein Plan für einen freundlichen Wortwechsel mit O'Malley so schrecklich hatte schiefgehen können. Anders als bei Immobilien hatte die Location offenbar nichts damit zu tun.

Die Sache sah jetzt so aus: Wenn ich nicht mit Caroline selbst reden konnte – falls sie sich damit überhaupt einverstanden erklärten –, wäre mein Plan, den Sturgis' zu helfen und meinen Namen reinzuwaschen, vorerst gescheitert. Die Informationsfetzen, die ich zusammentrug, schienen ins Nichts zu führen. Vielleicht hatten die Neuankömmlinge damit zu tun, vielleicht nicht. Vermutlich schnüffelte ich einem Kirchenmann und einem Pfadfinder nach, von denen keiner von beiden etwas mit Caroline Sturgis zu tun hatte. Aber Caroline würde irgendwann heute nach Michigan überstellt werden, vielleicht war sie sogar schon weg. Ich hatte die Internetverbindung meines Handys gekündigt, um ein paar Dollar zu sparen, also brauchte ich so schnell wie möglich einen Computer und die neuesten Nachrichten über Caroline, um zu entscheiden, ob ich nach Bridgeport oder nach Hause fahren sollte, wo ich mich dann mit einem großen Glas billigen Wein fröhlich betrinken würde.

Der nächste Ort mit einem Computer war das Paradise, zwanzig Minuten näher als mein Zuhause, und wenn ich mich entschied, nach Bridgeport zu fahren, auch dichter am Highway. Zwei lange Laster blockierten den Großteil des Parkplatzes, aber ich konnte mich zwischen sie quetschen, und ich hoffte, dass die Trucker im Rangieren erfahren genug waren, um nicht meinen Jeep plattzumachen, wenn sie davonfuhren.

Babe war nicht da. Das Augenbrauenpiercing-Mädchen sagte mir, dass sie gerade Pause machte, und deutete auf Babes Büro hinter dem Diner. Ich lief nach hinten und klopfte.

»Babe, bist du da?«, rief ich.

»Hier drüben.«

Sie stand mit verschränkten Armen, die Hände in ellenbogenlangen Gummihandschuhen, hinter dem Rankgitter neben den Müllcontainern knietief in Müll und Papieren. »Das war hoffentlich nicht wieder der Küchentresen-Mann. Sonst werde ich ihn, wenn ich ihn finde, mit altem Frittenfett übergießen, fesseln und den Waschbären überlassen.« Babe konnte rachsüchtig sein – oder zumindest fantasievoll.

Ich bot ihr an, beim Aufräumen zu helfen, sagte aber, dass ich vorher ihren Computer benutzen müsste.

»Bist du Onlineshopping-süchtig?«, fragte sie, schloss die Tür auf, zog ihre Handschuhe aus und ließ sich auf eines der Sofas fallen. »Denn dafür gibt es Selbsthilfegruppen.«

Ich versicherte Babe, dass ich nicht shoppingsüchtig wäre.

Dann loggte ich mich ein und suchte nach Caroline Sturgis und Monica Weithorn. Seiten mit den unvermeidlichen Vorher-Nachher-Bildern wurden geladen – Caroline auf einer Wohltätigkeitsgala, Monicas Jahrbuchfoto. Caroline bei einem Fest der Historical Society, Monicas Haftfoto. Da war sie, Seite an Seite mit ihrer Doppelgängerin. Fröhlich, ja, vielleicht sogar ein bisschen ausgeflippt für eine Teenagerin, aber eine Drogenhändlerin?

Caroline/Monica hatte sogar schon eine Wikipedia-Seite. Erstaunlich. Wer hatte die Zeit, so was zu schreiben? Es gab auch eine Freiheit-für-Caroline-Seite, die ein Cannabis-Club gestartet hatte, der darauf hinwies, dass er weder mit ihr noch ihrer Familie etwas zu tun hatte – sie war schnell für die Leute auf beiden Seiten der Drogenthematik zu einer Symbolfigur geworden. Ich scrollte durch den Rest des Unsinns, bis ich einen Artikel fand, der vor ein paar Stunden auf WTIC veröffentlicht worden war, der Website unseres Lokalradiosenders: *Flüchtende Vorstadtmutter nach Michigan überstellt*. Caroline war weg.

18

Wie ich verschwand. Die letzte Fahrerin hielt mich für eine Ausreißerin, die einem missbrauchenden Stiefvater entkommen war. Sie musterte mich von oben bis unten und war überzeugt, meine Geschichte zu kennen, so wie Menschen das eben tun. Wie ich es vorher auch getan hatte. Sie ging davon aus, dass mein hohlwangiges Gesicht die Folge der Misshandlungen daheim war, nicht die des schlechten Gefängnisessens, und sie dachte, meine schwieligen Hände wären die Folge unmenschlicher Haushaltspflichten und nicht die der ätzenden Chemikalien in der Gefängniswäscherei. Ich ließ sie in ihrem Glauben. Die vergangenen zwei Tage war nichts von dem, was ich gesagt hatte, wahr gewesen, und ich wurde immer besser im Lügen. Sie gab mir eine Tüte Studentenfutter, ein paar Wollhandschuhe und den besten Rat, den ich in meinem jungen Leben je bekommen hatte, ganz sicher besser als alles, was mir der beschissene Anwalt gesagt hatte.

Sie sagte, es wäre nicht genug, einfach nur zu hoffen, dass einem niemand folgen würde, man müsste aktiv Falschinformationen in jedes System einspeisen, von dem man glaubte, dass es genutzt werden würde, um einen aufzufinden. Ich sollte mich von allen und jedem fernhalten, was ich je gekannt oder geliebt hatte. Sie klang, als wüsste sie, wovon sie sprach. Vielleicht hatte sie selbst eine unglückliche Ehe oder eine schwierige Vergangenheit hinter sich gelassen. Wer weiß? Aber sie brachte mich dazu, darüber nachzudenken, was ich als Nächstes tun oder nicht tun würde.

Ich konnte nicht spätabends weinend meinen Bruder anrufen, ich konnte nicht auf der Türschwelle alter Freunde erscheinen. Ich konnte mich nicht an einer Uni einschreiben oder irgendetwas tun, wofür ich meine Sozialversicherungsnummer angeben musste. Das war damals in den Achtzigern einfacher. Ich weiß nicht, wie jemand das heute hinbekommen würde.

Ich hatte Angst, meinen Führerschein und meinen Pass wegzuwerfen, weil ich fürchtete, eine Spur zu hinterlassen, also behielt ich beides. Außerdem konnte ich beides vielleicht noch brauchen. Ich war bereits abgehärtet und hatte viel gelernt, aber ich benötigte einen Plan. Zuerst einmal musste ich mich waschen. Ich war seit jener ersten Nacht im Motel in Michigan unterwegs – und ich stank.

Das Damenklo in der Port Authority war nicht so ekelhaft, wie ich befürchtet hatte. Als ich mein Spiegelbild in dem beschlagenen Spiegel entdeckte, traten mir Tränen in die Augen, aber ich weigerte mich, zu weinen. Die Toilettenfrau schien nicht allzu überrascht, als ich mit meinem gestohlenen Waschlappen und Seifensplitter, der vielleicht so viel wog wie ein Streichholzbriefchen, ein Armenbad am Waschbecken vollführte. Ich trocknete mich mit dem Handtrockner ab. Sie riet mir, meine Tasche stets bei mir zu behalten und den Schulterriemen quer über meiner Brust zu führen, damit sie mir nicht so leicht weggerissen werden konnte. Ich musste ausgesehen haben wie Alice im Wunderland, das Einzige, was fehlte, war das Schürzchen.

Ich ließ mir Zeit auf dem Klo, weil ich keine Ahnung hatte, wohin ich danach gehen sollte. In der Nähe des Wickeltisches lagen einige Flugblätter – Sozialhilfestellen, Selbstmord-Hotlines, Stellenangebote von Eskort-Dienstleistern und ein Flyer von St. Ann's Suppenküche. Ich nahm jeweils einen und stopfte sie in meine Tasche.

»St. Ann's ist vier Block südlich von hier. Links, wenn Sie rauskommen«, sagte die Frau. »Sie sollten nicht zu der anderen gehen. Gehen Sie zu St. Ann's. Am Freitag gibt's da Hühnchenragout.« Als wüsste ich, welcher Tag es war.

Das Schild in St. Ann's verkündete, die Küche sei von 7 bis 10 Uhr vormittags, 12 bis 14 Uhr mittags und 17 bis 20 Uhr abends geöffnet. Es war drei Uhr nachmittags. Ich hörte den Regen, bevor *ich ihn spürte, er peitschte auf die billige Nylontasche meines Bruders, in der sich alles befand, was ich besaß, und die bereits erste Ermüdungserscheinungen zeigte, weil ich sie über Highways gezerrt und hinten in Laster geworfen hatte. Auch ich zeigte durchaus Ermüdungserscheinungen. Dann begann es richtig zu schütten und ich dachte mir, dass es niemanden stören würde, wenn ich mich in die Kirche verzog, um dort abzuwarten. Waren Kirchen nicht dafür da? Als Zufluchtsstätten?*

Ein Priester sortierte irgendwelche Sachen auf dem Altar, er stellte Kerzenhalter auf oder so. Ich wollte nicht, dass er sah, dass ich zwei Stunden hier verbrachte, als er also hinter den Altar trat, schlich ich mich in einen Beichtstuhl und zog die geschnitzte Tür hinter mir zu. Dann schlief ich ein.

In der Stimme des Priesters lag weder Ärger noch Verurteilung, als er mich zwei Stunden später weckte.

»Sie sehen aus, als hätten Sie Sorgen. Möchten Sie reden?« Es waren dieselben Worte, die der Priester in dem Reitstall in Connecticut zu mir gesagt hatte.

Der Priester in St. Ann's führte mich in den Keller der Kirche, wo es Abendessen gab. Ich nahm mir ein Tablett und wartete in einer Schlange, die mich an die Schul-Kantine erinnerte, wenn auch mit ziemlich heruntergekommenen Schülern. Ich war wie verhungert, lud mir den Teller mit Beilagen voll, aber hielt mich beim Fleisch zurück, das sowieso nicht so appetitlich aussah. Dann saß ich an einem langen Tisch einem Mädchen etwa in meinem Alter gegenüber. Ihr Haar war unregelmäßig geschnitten und sie trug reichlich

Make-up, und ich konnte ein Päckchen Marlboro aus der Tasche ihrer Jeansjacke ragen sehen. Wieder kam ich mir wie ein Kind vor. Wir schaufelten uns schweigend das Essen rein. Sie steckte sich eine Zigarette in den Mund, kannte die Regeln aber gut genug, um sie nicht anzustecken. Schließlich sprach sie mich an. »Suchst du was zum Pennen?«

19

Vermutlich waren nur die reinherzigsten Optimisten in Springfield überrascht. Ich hatte *Les Misérables* gesehen. Sein Leben neu anfangen? So ein Quatsch. Da sollte man vielleicht offener sein. Ich hatte noch nie wirklich darüber nachgedacht. Ich kannte einfach bloß Carolines Sturgis und konnte nicht erkennen, welchen Sinn es haben würde, sie die nächsten fünfzehn Jahre im Knast Nummernschilder stanzen zu lassen.

Ich schaltete Babes Computer aus. Es war höchste Zeit für einen Drink und Babe Chinnery war gern zu Diensten, sie zog eine Flasche Jack Daniel's aus einem kleinen Holzschränkchen unter dem Fenster ihres Büros. Ich hatte vor ein paar Jahren mal eine Jack-Nacht. Ich kann mich nur noch daran erinnern, dass ich nicht mehr wusste, wo ich meinen Wagen abgestellt hatte, und das war verdammt gut so, denn Fahren wäre Selbstmord gewesen.

»Hast du auch was für Fliegengewichte?«, fragte ich.

»Wie wär's mit einem Dark 'n' Stormy – Rum mit Ingwerbier?«

»Vielleicht einfach nur einen Kaffee.«

Babe schloss ihr Büro ab und wir ließen uns Zeit auf dem Weg zum vorderen Eingang des Diners. Wenn ich nicht meine Zeit damit verplempert hätte, achtzig Dollar bei Mossdale's für das Mittagessen zu vergeuden, hätte ich vielleicht nach Bridgeport fahren und Caroline überreden können, mich zu sehen, aber jetzt war es zu spät für solche Ideen.

»Irgendetwas ist an jenem Tag geschehen«, sagte ich. »Sie hat einen Strafzettel bekommen und einen Priester getroffen, dann kam sie her. Wie beunruhigend diese beiden ersten Ereignisse auch gewesen sein mögen, sie haben sie nicht außer Gefecht gesetzt. Sie war ziemlich gut drauf, als sie hier ankam.«

»Ja, sie ist deinetwegen reinkommen, ihr habt geredet, dann wollte sie gehen und dieser Trucker hat sie angebaggert«, sagte Babe. »Dieser langhaarige Kerl, der Terry helfen wollte, erinnerst du dich?« Ich hatte keine Ahnung, von wem sie redete, bis mir einfiel, dass die Kellnerin mit dem Piercing in der Augenbraue Terry hieß.

»Sie hat ein Tablett mit Kaffeetassen runtergeschmissen und irgendjemanden fast geköpft. Du warst doch da, erinnerst du dich nicht?«

»Doch. Jetzt ja. Der Mann hat gesagt, Caroline käme ihm *bekannt* vor«, sagte ich und versuchte mich an ihn zu erinnern.

»Also bitte, das höre ich zehnmal jeden Tag. Es fällt mir nur noch auf, wenn es einer meiner Stammgäste sagt und ich befürchten muss, dass er Alzheimer bekommt.«

»Vielleicht wollte er sie gar nicht anbaggern. Vielleicht kam sie ihm wirklich bekannt vor, weil er sie damals in Michigan als Monica Weithorn kannte. Und vielleicht war sie beunruhigt, weil er ihr ebenfalls bekannt vorkam.« Das war möglich. Denn direkt danach war Caroline eilig verschwunden, sie hatte ihren Freundinnen draußen irgendeine alberne Entschuldigung hingeworfen.

Ich konnte mich nur noch erinnern, dass der Lasterfahrer lange Haare hatte und ein Baseballkäppi trug, aber Terry hatte mit ihm gesprochen. Er hatte sie sogar zum Lachen gebracht, und dabei hatte ich zum ersten Mal ihre Zähne gesehen. Vielleicht konnte sie sich noch an ihn erinnern.

»Er war doch mit irgendeinem anderen Fahrer hier, mit jemandem, den du kennst, oder?«, fragte ich Babe.

»Retro Joe«, sagte sie. »Niemand weiß, ob das sein richtiger Name ist – aber alle nennen ihn so. Einer der Langstreckenfahrer. Ich kann seinen Laster beinahe vor mir sehen, ein rotes

Logo, zwei ineinander verschlungene Buchstaben. Ich komme noch drauf, aber es dauert vielleicht eine Weile. Bloß, diese Typen fahren nicht immer mit denselben Partnern.«

Im Diner zerrten wir Terry in eine Nische und setzten uns mit ihr hin, um ihr ein paar Fragen zu stellen.

»Was soll denn das werden, die spanische Inquisition? Ihr seid ja schlimmer als meine Eltern. Keine Ahnung, wer das war. Ich hab nicht weiter darauf geachtet. Ich hab das Tablett fallen gelassen und er hat mir beim Aufsammeln geholfen, bis Babe dazu kam. Es waren vielleicht zwei Sekunden. Kein großes magisches Aufeinandertreffen, wie ich es mir immer erträumt habe.«

Ich begann ihr zu schmeicheln. »Jetzt komm schon, Terry. Du bist doch ein aufmerksames Mädchen. Mit Gefühl. Du schreibst Songs, dir fallen Sachen an Menschen auf.« Sie sah herunter, sie gab sich alle Mühe, meiner schmeichelhaften Beschreibung ihrer Wahrnehmungsfähigkeit gerecht zu werden und sein Bild heraufzubeschwören. Babe und ich hielten den Atem an.

»Er hatte lange Haare und ein Baseballkäppi. Er hat irgendetwas gesagt, das dich zum Lachen brachte«, ermunterte ich sie. »Was hat er gesagt?«

»Ach, gar nichts. Irgendwas Blödes, von wegen das hätte ich aber schön locker aus dem Handgelenk hinbekommen. Er wäre ein toller Frisbeespieler an seinem College gewesen, deswegen könnte er das beurteilen. Es war eigentlich beknackt, aber doch irgendwie witzig. Irgendwie passte es. Besser jedenfalls, als zu fragen, ob ich okay wäre. Ich hasse es, wenn Leute mich das fragen.«

(Nicht vergessen: Wenn wir fertig sind, nicht fragen, ob sie okay ist.)

»Hat er gesagt, wo er zur Schule gegangen ist?«, fragte ich.

»Meine Güte, es waren zwei Minuten. Es war kein Rendezvous. Er hat gesagt, es wäre damals kalt gewesen und sie seien viel gesprungen, um warm zu bleiben.« Sie beruhigte sich und dachte ein wenig nach. »Sein Freund hat ihn JW genannt – er war mit diesem Retro Joe da.« Dann vollführte sie eine Auf- und Abbewegung mit einer Hand, fast als würde sie auf einem Waschbrett spielen. »Und er hatte irgendwas Komisches an der Lippe. Man konnte es kaum sehen wegen seines Bartes. Eine Narbe – wie der Typ, der in dem Film Johnny Cash gespielt hat.«

»Er hatte eine Hasenscharte?«

»Ich weiß nicht, wie man es nennt. Es sah eigentlich ganz niedlich aus, so eine feine Linie. Und auf seinem Käppi war ein geschwungenes D.«

»*D* wie in Dodgers?«, fragte Babe.

»Nein«, sagte eine Stimme hinter mir und wir drehten uns alle drei um. Es war einer der Trucker.

Er zog ein paar Scheine heraus und legte sie auf den Tresen. »*D* wie in Tigers. *Detroit* Tigers«, sagte er.

20

Detroit war groß, aber Carolines/Monicas Heimatstadt nicht. In den Zeitungen hatte gestanden, dass sie aus Newtonville stammte, einem der kleinsten Fleckchen auf der MapQuest-Seite, und eine Google-Suche führte mich zu der Annahme, dass die Leute dorthin bloß fuhren, wenn sie Verwandte besuchten oder unterwegs nach anderswo waren. Arbeiter pendelten in die größeren Städte oder packten irgendwann ihre Sachen und zogen ganz um, wenn ihre Jobs dies verlangten. Diejenigen, die blieben, waren reich oder alt, oder sie hatten einfach sonst keinen Ort, an den sie gehen konnten. Newtonville kam mir vor wie eine Menge anderer Städtchen in der amerikanischen Pampa – ganz nett, vor vierzig Jahren vielleicht sogar wundervoll, inzwischen aber nur noch eine ansehnliche Fassade und still am Sterben.

Ich begann meine Internet-Recherche mit Carolines Highschool. In den Zeitungen hatte gestanden, dass Caroline 1981 an der Newtonville High ihren Abschluss gemacht hatte. Wie viele Kinder konnte ein Jahrgang in einem Städtchen dieser Größe schon haben? Oder überhaupt die Schule in den vier Jahren, die sie dorthin gegangen war? Und wie viele von ihnen hatten eine Hasenscharte? War das nicht ziemlich selten?

Ich fand die Schule online und bestellte mir die Jahrbücher aller vier Jahre, in denen Caroline dort gewesen war. Wenn ich keinen Erfolg hatte, müsste ich die Kosten selbst tragen (ebenso wie die achtzig Dollar für meinen Lunch mit O'Malley), aber wenn ich herausfand, wer den Hinweis gegeben hatte, dann würde Grant sicher die Spesen übernehmen. Und ich setzte darauf, dass ein hübsches und beliebtes Mädchen wie Caroline auf vielen Fotos sein würde, so dass ich herausbekommen könnte, mit wem sie damals befreundet gewesen war. Es gab keine Garantie, dass unser Lasterfahrer, der mit Caroline gesprochen hatte, auch mit ihr auf der Highschool gewesen war, aber es war meine einzige Spur.

Wer konnte schon wissen, wie lange es dauern würde, bis die Jahrbücher kamen? In der Zwischenzeit nahm ich meinen Mut zusammen und sagte ja zu einem der größten Zeitfresser im Internet – highschoolmemories.com. Ich meldete mich unter dem Namen Monica Weithorn an.

Ganz umsonst bekam ich eine verlockende »Alte Freunde versuchen dich zu finden!«-Seite angezeigt, auf der die Namen natürlich alle ausgeblendet waren. Aber sicher. All jene, die man immer schon ignoriert hatte oder die einem das Leben mit sechzehn zur Hölle gemacht hatten, wollten einen jetzt unbedingt wiederfinden. Und warum? Um sicherzustellen, dass sie immer noch cooler waren als man selbst? Für präzisere Informationen musste ich meine Mitgliedschaft upgraden. Fünfzig Mäuse brachte mir die ganze Enchilada ein, und eine Tüte Chips dazu. Alle Klassenkameraden der vier Jahre, die Caroline dort gewesen war, in alphabetischer Reihenfolge, und selbst die alten Trainingspläne und Mannschaftsaufstellungen. Plus aktuelle Hintergrundinformationen über alle, die blöd genug waren, ihre augenblicklichen Koordinaten eingetragen zu haben.

Niemand, den ich kannte, benutzte highschoolmemories.com. Na ja, okay, eine, aber die war vor kurzem geschieden worden und auf der Suche nach Liebe oder jedenfalls etwas, das dieser halbwegs gleichkam. Warum sie glaubte, sie würde das unter ihren ehemaligen Highschool-Klassenkameraden finden, war mir ein Rätsel. Die meisten Leute würden lieber Glasscherben essen, als ihre Highschool-Jahre erneut zu durchleben.

Ich druckte mir eine Liste von Carolines Klassenkameraden aus und wollte die interessantesten Kandidaten auf Facebook nachschlagen – Sportler, Cheerleader und alle im selben Postleitzahlengebiet wie Caroline. Ich wusste nicht, wer sich auf Facebook tummelte, und es war bestimmt eher unwahrscheinlich, dass es eine große Überschneidung mit Carolines Klassenkameraden gab, aber so hatte ich wenigstens zu tun, bis die Jahrbücher kamen, und vielleicht stolperte ich ja trotz allem über jemanden mit den Initialen JW. In meinem letzten Job hatte ich mehr als nur ein paar gute Storys ausgegraben, indem ich einfach nur stur den Spuren folgte, die andere nicht interessiert hatten.

Ich verfügte über meine eigene armselige Facebook-Seite, die ich unter Protest vor drei Jahren angelegt hatte. Die meisten meiner »Freunde« waren alte Fernseh-Kontakte, und seit ich nicht mehr daran interessiert war, wer gerade wen ausgetrickst und wer welchen Deal gemacht hatte, überprüfte ich meine Facebook-Seite auch nicht mehr nach Einladungen und Freund-Anfragen, aber ich war mit einem drei Jahre alten Foto und überholten Kontaktdaten und Informationen im Cyberspace vertreten. Na wunderbar – ich sah jünger aus und war nicht so leicht zu finden, die perfekte Kombination.

Vielleicht hätte ich Glück und würde die eine Nervensäge auftreiben, die es für ihre Aufgabe hält, Menschen wieder miteinander in Kontakt zu bringen, ob die nun wollen oder nicht. In jeder Schule, in jeder Firma und jeder Organisation gibt es so jemanden, eine, die all das organisiert, was niemand sonst machen will – die uncoolen Aktivitäten, die obskuren Wohltätigkeitsveranstaltungen. (Hi, willst du beim Nationalen Würstchengrilltag mitmachen?)

An meiner Schule hatte sie Rena geheißen. Sie grinste vom ersten Highschool-Tag bis zum Abschluss von Ohr zu Ohr. Eine Verwandte von mir, aus der zynischen Seite der Familie, sagte gern, nur Babys und Idioten sind so glücklich. In Renas

Fall mochte sie Recht gehabt haben. Rena schien immer ein Klemmbrett unter dem Arm zu haben, als wäre die Unterschriftenliste ihr Baby. Wahrscheinlich arbeitete sie mittlerweile für eine Kreuzfahrtgesellschaft, dann hatte sie jede Woche einen stetigen Strom neuer Leute, die sie nerven konnte.

Ich begann mit der Schule und dem Wort *Cheerleader*. Zwei Frauennamen erschienen, aber keine Bilder – wahrscheinlich wollten sie in Erinnerung bleiben, wie sie gewesen waren, mit Pferdeschwänzen, hoch in der Luft, keine Cellulite, ewig jung. Perverserweise war ich froh darüber. Wer will schon den Eindruck bekommen, dass Cheerleader von vor fünfundzwanzig Jahren immer noch hübsch und gelenkig sind wie damals? Männernamen waren nicht dabei.

Als Nächstes versuchte ich es mit den Football- und Baseballmannschaften. Das Käppi war ein Detroit-Tigers-Käppi gewesen. Vielleicht war unser Mann ein Sportler, nicht bloß ein Fan. Jetzt bekam ich mehrere Seiten mit Namen zum Durchsehen, entweder waren Newtonvilles männliche Schüler alle auf Facebook, oder jeder Wasserträger und Balljunge behauptete, eine wichtige Rolle in der Mannschaft übernommen zu haben. Und noch etwas war interessant. Die Männer luden viel häufiger Fotos von sich hoch, die Frauen wählten Avatare oder gar nichts. Egal wie abgehalftert, kahl oder fett sie wurden, die Männer hielten sich immer noch für Supertypen. Selbstbewusstsein oder Selbsttäuschung?

Ich war bei den *F's* und wurde langsam hungrig. Im Kühlschrank war nichts, also bestellte ich mir eine Pizza und eine Zweiliterflasche Diät-Limo zum Abendessen. Gutes Essen hätte Zeit gebraucht, aber meine Pizza würde in fünfundzwanzig Minuten da sein, oder sie war umsonst. So wie es um meine Finanzen stand, wünschte ich mir einen kleinen Blechschaden irgendwo zwischen hier und Armando's Pizza Coliseum, nichts Ernsthaftes, bloß genug für einen kleinen Stau, so dass die Pizza erst nach siebenundzwanzig Minuten käme.

Ich starrte auf meinen Computerschirm und fragte mich, wie sonst ich den Mann finden könnte, der Caroline begegnet war, wenn ich bis Z käme und niemanden mit einer Hasenscharte entdeckt hatte. Der Trucker, der uns von den Detroit Tigers erzählt hatte, kannte auch Retro Joe, und er hatte gesagt, dass Joe momentan für Hutchinson Shipping fuhr. Wenn meine Recherche nichts ergab, würde ich es bei Hutchinson versuchen, aber auf das Gespräch freute ich mich nicht. *»Hi, hat einer Ihrer Fahrer eine vernarbte Oberlippe oder eine Hasenscharte?«* Ich hätte wahrscheinlich aufgehängt, wenn ich am Apparat gewesen wäre.

Babe hatte immerhin einen Zettel an der Pinnwand im Paradise aufgehängt, auf dem zu lesen war, dass der Mann etwas im Diner vergessen hatte. Das stimmte nicht wirklich, war aber auch nicht ganz falsch – er hatte eine Menge Fragen zurückgelassen.

Es klingelte und ich zuckte zusammen, griff nach meiner Geldbörse und lief zur Tür. Ich sah auf die Uhr – Mist, dreiundzwanzig Minuten. Als ich öffnete, stand dort Mike O'Malley und hielt eine Pizzaschachtel und eine Papiertüte in Händen.

»Was machst du denn hier?«

»Deine Pizza ausliefern«, sagte er und inspizierte den Bon, der oben auf die Schachtel geklebt war. »Ich dachte, du isst nur gesunde Sachen. Neulich Kuchen zum Mittagessen, und jetzt das. Hat das Leben in Springfield dich denn vollkommen korrumpiert?«

»Was hast du mit dem Pizzamann gemacht?«, fragte ich und schaute die Auffahrt hinunter.

»Ich hab ihn von der Straße gedrängt und seine Ware geklaut.« Er wartete darauf, dass ich wenigstens lächelte, aber ich war zu müde. »Du hattest mal Sinn für Humor. Ich habe ihn wegen überhöhter Geschwindigkeit angehalten, an der Ecke.«

»Und er hat dich mit meinem Abendessen bestochen?«

»Natürlich nicht. Genau genommen bin ich außer Dienst, so dass er mit einer wortstarken Belehrung davongekommen ist. Ich habe deine Pizza und dieses Nutra-Sweet-Gesöff, das du offenbar trinken willst, bezahlt. Kann ich reinkommen oder lassen wir das Ding kalt werden? Waffenstillstand?«

Ich hätte ihm einfach Trinkgeld geben und ihn nach seinem ausgesprochen unhöflichen Abgang beim Lunch wegschicken sollen, aber etwas an O'Malley ließ mich diesem Kerl immer wieder die Tür öffnen und ihn hereinbitten.

Gut, er war einer der wenigen alleinstehenden Männer zwischen achtzehn und fünfundsiebzig, die ich in Springfield kannte. Vielleicht lag es daran. Vielleicht war es auch etwas anderes. Er war ein guter Kerl: Er kümmerte sich um seinen alten Vater, er hatte einen Hund, er brachte mir Essen. Er verfügte über all die äußerlichen Anzeichen von Normalität, die Frauen normalerweise gefielen, aber möglicherweise klappte es mit uns genau deswegen nicht. Ich stand nicht unbedingt auf »normal«. Ich wollte den gequälten Künstler. Das getriebene Genie. Den Entdecker, der nur noch auf einen Berg steigen muss. Und hier war er wieder einmal und ich versuchte mir diesen blassen, langsam kahl werdenden Vorstadtpolizisten nackt auf dem Teppich vor einem knisternden Feuer vorzustellen. Es stimmte schon – wir hatten das schlechteste Timing seit dem Pärchen auf der *Titanic*.

»Warum grinst du so?«, fragte er.

»Nichts. Seit wann bist du so gesundheitsbewusst?«, fragte ich und schüttelte das Bild vom nackten Polizisten auf dem Teppich ab. Ich scheuchte ihn herein und führte ihn an der Tür zu meinem Büro vorbei. Er schaute interessiert hinein.

»Du arbeitest noch so spät?«

»Genau genommen werde ich noch so spät unterbrochen. Soll das jetzt der Ausgleich dafür sein, mich für das Mittagessen bezahlen zu lassen?«

»Ja.«

Wir gingen nach oben in die Küche und ich packte den fettigen Karton auf den runden Eichentisch, den ich im vorigen

Sommer auf einem Flohmarkt abgestaubt hatte. Das letzte Mal, als Mike O'Malley hier gewesen war, war meine Küche gerade durchwühlt worden, alle Schubladen und Schränke hatten offen gestanden, und der Inhalt lag auf dem Boden vertreut. Trotzdem wusste er, wo alles war. Er deckte den Tisch, als wohnte er hier und wir äßen jeden Abend zusammen.

»Ich glaube, das Knoblauchpulver ist unten.«

»Keine Sorge, ich kann ohne leben.«

Wir gingen sehr vorsichtig miteinander um, keiner wollte in einen weiteren unserer explosiven und unerklärlichen Streits geraten. Das schafften wir normalerweise in etwa drei Minuten. Laut meiner Küchenuhr standen wir schon bei zwei Minuten fünfundvierzig Sekunden.

»Was hast du denn an der Ecke getrieben?«, fragte ich. »Stehe ich unter Beobachtung?« Ich hatte es als Scherz gemeint, aber es klang irgendwie schnippisch. Er ließ es mir durchgehen.

»Nein. Der Pizza-Junge ist schon auf der Longview Road zu schnell gefahren. Aber ich habe ihn erst hier eingeholt. Praktisch, da ich Dienstschluss hatte und eigenartigerweise in Stimmung zum Pizzaessen war.« Er zog ein Stückchen zwischen den anderen heraus, ohne allzu viel Käse mitzunehmen. War das jetzt ein Rendez-vous, oder wie?

Wir waren uns darin einig, dass die Fahrer in meiner Straße rücksichtslose Idioten waren und es nur eine Frage der Zeit war, bevor irgendeine arme Seele, ob Fahrer oder Fußgänger, im Sumpf landete, wo man ihn nie wiederfinden würde. Wir diskutierten die Renovierung des einzigen Chinarestaurants in zwanzig Meilen Umkreis und die aktuelle Ausstellung über polnische Emigranten in der Historical Society. Was dann? Das Wetter? Die Vorteile des neusten Zukaufs der Mets? Caroline war der tonnenschwere Gorilla in der Küche, ob wir ihren Namen nun aussprachen oder nicht. Wie eigentlich immer bei O'Malley war ich diejenige, die zuerst zwinkerte.

»Es tut mir leid, wenn du glaubst, ich hätte dich nur zum Mittagessen eingeladen, um dir Informationen aus dem Kreuz zu leiern.«

»Hast du das etwa nicht?«

»Nun ja … Grant Sturgis hat mich gebeten herauszufinden, wer der Polizei den Hinweis gegeben hat. Das ist die Ausgrabung, die ich übernommen habe, und bisher bin ich nicht im Geringsten weitergekommen.«

O'Malley nahm die Salamischeiben von seinem Pizzastück und stapelte sie wie Pokerchips in einer Ecke der Pappschachtel. »Das war dann wohl, bevor er zu der Überzeugung gelangte, dass du sie verraten hättest?«

»Ja, du Klugscheißer. Bevor *alle* dachten, ich wäre es gewesen.« Bleib ruhig, sagte ich mir. Wenn du jemanden um Hilfe bitten willst, dann beschimpf ihn nicht vorher. »Ich weiß, es ist nicht dein Fall, aber kannst du mir irgendwie weiterhelfen? Was weißt du über die ganze Sache?«

O'Malley konnte dem, was ich bereits wusste, einiges hinzufügen. Caroline war damals verhaftet worden, weil sie einer Undercover-Polizistin hatte Drogen verkaufen wollen. Das wusste jeder, der eine Zeitung bezog oder eine Internetverbindung hatte. Ihr Anwalt behauptete, es sei eine Falle gewesen – die Polizistin war eine junge Frau und sie befanden sich auf einer Party.

Offenbar hatte Caroline der Frau einen Joint angeboten und die Frau hatte darauf bestanden, dafür zu bezahlen. Am nächsten Tag kam die Polizei aufs Footballfeld und verhaftete Caroline mitten beim Training.

»Ich verstehe ja nichts von Gesetzen, aber für mich klingt es auch wie eine Falle.«

»In Carolines Sporttasche fand man härtere Drogen, ebenso wie siebenundvierzigtausend Dollar in bar. Sie hatte schon einige Zeit unter Beobachtung gestanden. Es schien, als wäre die halbe Schülerschaft auf Speed, und wie könnte man das

Zeug besser verdealen als mit Hilfe eines der beliebtesten Mädchen in der Schule?«

Ich konnte es nicht glauben. Unsere Caroline?

»Aber warum hätte sie das tun sollen?«

»Dafür kann es jede Menge Gründe geben – Geld, cooler sein zu wollen als die anderen, Langeweile. Ich bin Junggeselle. Ich weiß nicht, warum junge Leute tun, was sie tun. Ich sage dir bloß, was ich gelesen und gehört habe.«

»Wo?«, fragte ich.

Im Polizeibericht. O'Malley hatte ihn gelesen, und ich musste ihn haben. Ich weiß nicht, wie es früher war, aber heutzutage waren Polizeiakten ja offensichtlich öffentlich. In Springfield musste man nur auf die Wache gehen und danach fragen, so wie es die Mutter der ungezogenen Dreizehnjährigen gemacht hatte. Ein jahrzehntealter Bericht in einem anderen Staat, in dem ich noch nie gewesen war und niemand kannte, würde schwieriger zu beschaffen sein. Ganz sicher für eine Gärtnerin, aber vielleicht nicht für einen Journalisten. Ich überlegte, Lucy um Hilfe zu bitten, aber ich musste vorsichtig sein. In diesem Fall war sie eine von ihnen. Ich wollte nicht, dass sie einen Beitrag zu dem Wahnsinn um die Sturgis' herum leistete, obwohl es naiv von mir war, mir einzubilden, ich könnte das Theater irgendwie stoppen.

Immerhin suchte ich jetzt nach etwas Konkretem, und wer weiß, vielleicht würden auch meine Online-Recherchen etwas ergeben.

Ich konnte es kaum erwarten, O'Malley rauszuschmeißen und mich wieder an meinen Computer zu setzen.

Ich verschlang drei Stücke Pizza und spülte sie mit reichlich Diät-Limo herunter, die ganz sicher meine Zähne und vermutlich auch meine Magenschleimhaut ruinieren würde.

»Du warst aber hungrig«, sagte O'Malley, der erst an seinem zweiten Stück knabberte; er ließ sich Zeit und zog herunterhängende Käsefäden ab.

Nicht wirklich – aber ich hoffte, wenn das Essen alle war, würde O'Malley gehen. Schließlich begriff er das auch.

»Ich kann dich nicht daran hindern, nach dieser Person zu suchen, aber ich weiß nicht, was das irgendjemandem bringen sollte.«

Er nicht, aber ich schon. Es ging um meinen Ruf und mein neues Leben, ich fühlte fast schon ein wenig wie Caroline.

Kurz nachdem Mike gegangen war, setzte ich meine Facebook-Suche fort. Die M's waren vielversprechend, weil sie so reichlich auftauchten, aber niemand sah auch nur im Entferntesten so aus wie der Lasterfahrer, den ich im Restaurant gesehen hatte. Überhaupt nichts, bis ich bei den *W's* angelangte, da gab es tatsächlich jemanden namens Jeff Warren. Ich war davon ausgegangen, die Bezeichnung JW bezöge sich auf seinen ersten und zweiten Vornamen. Das Foto, das er hochgeladen hatte, zeigte ihn in Tigers-Shirt und Käppi. Ich bearbeitete mein Facebook-Profil und wurde zum Fan der Detroit Tigers. Dann schickte ich Jeff eine Freundesanfrage. Innerhalb von vier Stunden hatte er mich als Freundin bestätigt und ich erfuhr, dass er für die Hutchinson Shipping arbeitete und sich derzeit auf einer »endlosen, öden Fahrt von Maine nach North Carolina« befand. Was hieß, dass er vor kurzem durch Connecticut gekommen war.

21

Bevor ich mir auch nur die Zähne geputzt hatte, lief ich nach unten und schaltete den Computer ein, um meine Facebook-Nachrichten zu überprüfen. Hatte Jeff Warren etwas gepostet? Konnte man dem entnehmen, wo er war? Wie albern – ich kam mir vor wie ein fünfzehnjähriges Mädchen, das darauf wartete, dass »Billy« fragte, ob ich mit ihm zum Abschlussball ging. Ich duschte und zog mich an, ergänzte jedes Morgenritual aber um einen Gang zum Computer und einen Blick auf meine Facebook-Seite. Es war, als wäre ich an das verdammte Ding gefesselt und eine unsichtbare Kraft würde mich alle zehn oder fünfzehn Minuten dahin zurückziehen.

Als ich noch beim Fernsehen arbeitete, unterhielt meine Firma einen Zugang zu einem Online-Dienst namens background.com. Es war ziemlich beängstigend, dass etwas wie background.com überhaupt existierte. Ich hatte in meinem früheren Leben, als ich Privatsphäre noch anders definierte, nie weiter darüber nachgedacht, aber die Tatsache, dass jeder, wo auch immer, einfach einen Namen eintippen und die Telefonnummer und persönliche Daten von jemandem angezeigt bekommen konnte, ließ mich jetzt am liebsten alle Kreditkarten kündigen und alle Briefe, auf denen mein Name stand, schreddern und irgendwo ins finsterste Montana ziehen.

Die Produktionsfirma überprüfte damit Bewerber und auch die Zuverlässigkeit von Quellen für Beiträge. Man konnte nicht unbedingt sicher sein, dass man alle Informationen erhielt, aber oft konnte man herausfinden, ob jemand, der sich uns anvertraute, seine ganz eigenen Gründe dafür hatte und sich zum Beispiel an jemandem rächen wollte. Einmal hatte ich herausbekommen, dass eine so genannte Zeugin für Auffälligkeiten in einem Kindergarten selbst für ein geringfügigeres, aber ähnliches Delikt Zeit im Gefängnis verbracht hatte. Das ersparte mir tagelange Arbeit und eine peinliche Geschichte, vor allem aber ersparte es den möglichen Opfern, sich den Rest ihres Lebens gegen die unwahren Vorwürfe zur Wehr setzen zu müssen. Sie haben nie erfahren, wie dicht sie davorstanden, ruiniert zu werden.

Statt zum soundsovielten Male Facebook zu überprüfen, wechselte ich auf die background-Website. Unsere Passwörter wurden monatlich geändert, wiederholten sich aber manchmal, da Betsy, die Abteilungsleiterin, nicht ganz so paranoid war, wie das Management es gern gehabt hätte. Und es war auch nicht einfach, alle vier Wochen mit Worten oder Namen anzukommen, die man sich einigermaßen merken konnte, wenn man es jahrelang tat und für praktisch alles Passwörter hatte.

Als ich die Firma verließ, lautete das Passwort Pyewacket1250. Betsy liebte Tiere, und Pyewacket war der Name einer Katze in einem Film, den sie großartig fand. Die zwölffünfzig waren eine Konstante, eine zwingend erforderliche numerische Komponente des Passwortes. Das war leicht zu merken – es war unsere Hausnummer. Ich versuchte, mich mit dem alten Passwort anzumelden. Es klappte nicht.

Ich überlegte, ob ich die Zeitungen durchsehen sollte, um einen neueren Film mit Tieren zu finden, aber woran sollte man sie erkennen? Die Tiere wurden selten in Titeln genannt, es sei denn, man ging zurück bis zu *Marley & ich*, und Betsy war eher eine Katzen- als eine Hundefreundin. Ich wusste, dass ich meine Karten auf den Tisch legen musste, aber es war letztlich doch viel einfacher, Lucy Cavanaugh anzurufen.

Lucy und ich kannten uns schon lange. Sie hätte es gern gesehen, dass wir weiter zusammenarbeiteten, aber ich setzte immer noch auf meinen Fünfjahresplan für Dirty Business. Wenn daraus nichts wurde, würde ich vielleicht darüber nachdenken, in die Großstadt und zu der Karriere, die ich hinter mir gelassen hatte, zurückzukehren. *Ich kann uns einen Produktionsauftrag besorgen. Wir wären nur zwei Frauen und würden mit Freiberuflern, die wir mögen, zusammenarbeiten, wenn wir sie brauchen. Unser ganzes Leben wäre steuerabzugsfähig.* Ich konnte ihren Verkaufspitch schon beim Wählen hören.

Die Firma, für die wir beide gearbeitet hatten, hatte zwar während meiner Zeit dort mit ernsthaften Nachrichtenbeiträgen geflirtet, aber das war nicht meine Baustelle gewesen. Ich war noch in der Anfangszeit der inzwischen so beliebten Banalitäten-News gegangen.

Inzwischen steckte einfach mehr Geld und Quote in verschwundenen Studentinnen, Babybäuchen – ob nun echten oder angefressenen –und Stars, die sich in der Öffentlichkeit danebenbenahmen. Das schien die Leute wirklich zu interessieren, und es war einer der Gründe, warum ich nicht unglücklich war, gegangen zu sein.

Lucys Assistentin Courtney klang immer enttäuscht, wenn sie hörte, dass ich am Telefon war und kein Kollege oder ein Informant, der etwas zu berichten hatte, was sie alle berühmt machen würde. Courtney wäre vielleicht netter zu mir gewesen, wenn sie gewusst hätte, dass ich mich im Dunstkreis einer dieser aufregenden Skandalgeschichten befand, aber ich widerstand dem Drang, sie zu beeindrucken. Sie stellte mich durch.

»Lucy, ich muss dich um einen Gefallen bitten.« Ich störte sie bei der Arbeit, ganz klar – ich konnte das Klicken der Tasten hören. Es war fast unmöglich, ihre ungeteilte Aufmerksamkeit zu erhaschen.

»Was ist?«, fragte sie. »Ich arbeite gerade an einem Chocolatier, dem vorgeworfen wird, weniger Kakao in sein Konfekt zu rühren, als er behauptet. Ich glaube, wir haben ihn.«

Ich fühlte mich so viel besser in dem Wissen, dass irgendjemand den echten Schurken auf der Spur war. »Ich rufe wegen Caroline Sturgis an«, sagte ich.

Das Klicken stoppte, und einen Augenblick lang fragte ich mich, ob ich auf die dunkle Seite der Macht gewechselt war.

Lucy wusste, dass Caroline nach Michigan gebracht worden war. Das wusste jeder, den es interessierte. Ich hätte die ganze Geschichte für den üblichen Nachrichtenmist gehalten, wenn sie mich nicht am Rande betroffen hätte. Ein Richter dort hatte eine Anhörung für in drei Wochen angesetzt. Bis dahin würde Caroline in Michigan im Gefängnis sitzen. Ich versuchte sie mir in einer Zelle vorzustellen, statt in ihrer makellosen Küche, mit dem Whiteboard, das alle Aktivitäten festhielt. Was würde auf ihrem aktuellen Stundenplan stehen? Spaziergang im Hof, verbotenes Messer zurechtfeilen, Tattoos entwerfen, Mitglied in einer Gang werden?

»Sie haben ihre Stricknadeln konfisziert«, berichtete Lucy mir. Es war klar, dass sie es vom Bildschirm ablas. »Offenbar sind sie davon ausgegangen, dass sie im Gefängnis von Bridgeport keine Gefahr für sich oder jemand anderes darstellte, aber an ihrem neuen Aufenthaltsort geht es geordneter zu. Vielleicht darf sie wenigstens häkeln. Wie viel Schaden kann man schon mit einer Plastikhäkelnadel anrichten? Obwohl ich denke, man kann auch jemanden mit einem gut angespitzten Bleistift umbringen, wenn man ihn nur an der richtigen Stelle ansetzt.« Das war eine interessante Theorie. Ich würde das nächste Mal, wenn ich abends ausging, meine Bleistifte mitnehmen.

»Ich muss background benutzen. Habt ihr noch einen Zugang?«, flüsterte ich, als könnte mich irgendjemand außer Lucy hören.

»Du verschwendest deine Zeit.« Das Tastenklicken begann erneut. »Ich habe ihren Namen bereits eingegeben. Nur ein paar alte Telefonnummern unter Monicas Namen, und fünf unter Carolines – ihre Festnetznummer und vier Handys, vermutlich ihres, das ihres Mannes und die der beiden Kinder. Aber immerhin habe ich ihr Vorstrafenregister und den Originalhaftbericht. Willst du die?«

Natürlich wollte ich. Lucy schickte mir die Dokumente und Telefonnummern als E-Mail-Anlage. Der Polizeibericht war so oft kopiert worden, dass er sich vermutlich sechs Generationen vom Original entfernt hatte und praktisch unlesbar war, aber ich druckte ihn trotzdem aus.

»Caroline ist damals mit zwei anderen Personen zusammen verhaftet worden, Kate Gustafson und Edward Donnelley. Ich habe sie überprüft, aber nicht viel gefunden«, sagte Lucy. »Sie ist tot und er raus aus dem Gefängnis. Verschwunden.«

»Ich muss noch jemanden nachschlagen. Betsy wird nie davon erfahren und es wird die Firma keinen Cent kosten. Kannst du mir das neue Passwort sagen?«

Schweigen.

»Jetzt komm schon, es kostet fünfhundert Dollar, ein background-Konto zu eröffnen – du weißt genau, dass ich mir das nicht leisten kann. Nur dieses eine Mal?«

Das Klicken stoppte.

»Du weißt genau, dass ich das nicht darf. Warum sagst du mir nicht, nach wem du suchst, und lässt es mich nachschauen?«, fragte sie.

»Ich kann es dir jetzt noch nicht sagen. Später, versprochen. Wenn ich Recht habe, dann will ich niemanden beunruhigen, indem die Massenmedien kommen.«

»Schleimerin. Darf ich diese Informationen denn irgendwann in der Zukunft verwenden?«

»Absolut.«

Sie schien einen Moment zu überlegen.

»Doofi.«

»Was für ein Doofi?«, fragte ich. »Redest du etwa von mir?«

»*Dewey*. Dewey1250.«

22

Warren. Es musste Warren sein. Er konnte ja auch keinen selteneren Namen wie Wozniacki oder Wittgenstein tragen, damit er einfacher zu finden wäre. Background.com verfügte über Telefoneinträge für dreiundfünfzig Männer namens Jeff oder Jeffrey Warren. Sieben dieser dreiundfünfzig waren aus Michigan. Ich konnte zwar die Obere Halbinsel nicht von Obervolta unterscheiden, aber drei der sieben hatten Postleitzahlen, die sich einigermaßen in der Nähe derjenigen zu befinden schienen, die ich für Caroline ermittelt hatte, und glücklicherweise gab es nur zwei Highschools in ihrer Stadt.

Ich vergegenwärtigte mir, dass ich, als ich meinen eigenen Namen eingegeben hatte, nichts außer Einträgen über Billie Holiday und Judy Holliday gefunden hatte, also war ich nicht allzu optimistisch, aber es war ein Anfang.

Alles, was ich tun musste, war, drei völlig Fremde anzurufen. Kein Problem, oder? Bloß war es eine Sache, elektronisch die Privatsphäre von jemandem zu verletzen. In der Anonymität des Internets war das mit ein paar Tastenklicks getan. Wenn die Information online zur Verfügung stand, hatten die Leute irgendwann die Entscheidung getroffen, sie für alle sichtbar zu hinterlassen, oder? Jedenfalls redete ich mir das ein. Aber ich war mir nicht sicher, ob das auch am Telefon klappte. *Hi, ich wollte nur mal nachhören, ob Sie meine Lieblingskundin Caroline Sturgis bei der Polizei angeschwärzt haben?* Ich meine, wie klang *das* denn?

Ich versuchte mich in die Telemarketer hineinzuversetzen, die einen ungerührt und atemlos beim Abendessen oder Fernsehen störten. Zwei Sekunden Stille, dann eine freundliche Stimme, die sich anhören sollte, als gehörte sie jemandem, den ich kannte, bevor die Verkaufstirade losging: »Schönen guten Abend … spreche ich mit Paula … Holliday?«

Weshalb um Himmels willen blieben Leute dran, statt automatisch aufzulegen, so wie ich, wenn sie ans Telefon gingen und diese ersten paar Sekunden Totenstille hörten? Wie bekam man die guten Leute an den Haken? Bankirrtum zu Ihren Gunsten? Sie haben vielleicht schon gewonnen? Wir melden uns wegen der Garantie Ihres Autos? Es war lange her, seit irgendjemand, den ich kannte, auf eine dieser Geschichten hereingefallen war.

Dennoch, überlegte ich. Etwas, das verloren gegangen war, war ein guter Vorwand, einen Fremden anzurufen. Babe hatte es auf ihrer Pinnwand ja bereits angekündigt, aber am Telefon würde ich sagen müssen, was es war. Es musste etwas sein, was die meisten Leute besaßen, aber man musste auch ein oder zwei Tage ohne auskommen können, ohne dass es auffiel oder man sofort panisch wurde, weswegen eine Geldbörse oder ein Führerschein nicht in Frage kamen. Terry hatte gesagt, der Mann hätte eine teure Sonnenbrille getragen, von Oakley. Damit würde ich es versuchen. Wenn mein Sprüchlein zu albern klang, würde ich mir für den nächsten Anruf etwas Besseres einfallen lassen.

Telemarketer klingen meistens, als würden sie dauerlächeln oder als wären sie irgendwie high. Ich lächelte so breit ich konnte und wählte. Eine Frau meldete sich. Ich hatte mit einem Mann gerechnet und nicht so weit vorausgeplant. Erstaunlicherweise kaufte sie mir die Behauptung, dass ich Jeffs Sonnenbrille gefunden hatte, nicht ab.

Während sie mich als billiges Flittchen und herzlose Ehebrecherin bezeichnete, überlegte ich noch, sie zu unterbrechen, aber letztlich hackte sie ja nicht auf mir persönlich herum, und offensichtlich war sie randvoll mit Aggressionen, also ließ ich sie eine Weile hyperventilieren. Aufgrund einiger Details, die sie mir um die Ohren haute, hätte es mich wirklich sehr überrascht, wenn dieser Jeff Warren seine Frau nicht betrog, also hatte sie wahrscheinlich sogar Recht mit ihren Anschuldigungen. Sie kannte Daten, Orte und alle Einzelheiten eines Ausflugs nach Milwaukee, den Jeff und ich angeblich gemeinsam unternommen hatten. Dann wurde sie unsachlich. Sie äußerte sich verächtlich über mein Haar und meine angebliche Körbchengröße. Dann ging es unter die Gürtellinie: zu meinem Hintern, meinen Hüften und den Problemen, die ich zweifellos mit ihnen hatte. Woher sie das wusste, war mir ein Rätsel. Aber ich blieb in der Leitung. Ich war fasziniert von ihrer Lungenkapazität. Vielleicht war sie Taucherin?

Meine Familie war Abschaum. Sie konnte an meiner Stimme hören, dass ich ebenfalls Abschaum war. (Ich hätte nur zu gern gefragt: »Wie denn?«, fand aber keine Gelegenheit, es anzubringen.) Ich stand kurz davor, ihr mal zu stecken, dass es kein Wunder sei, dass ihr Jeff herumbumste – diese Frau war eine Furie. Ich gab ihr noch dreißig Sekunden, um Luft zu holen. Jeffs Untreue machte sie offenbar wahnsinnig, aber ich fand nun, dass ich lange genug gebüßt hatte.

»Entschuldigen Sie, Ma'am«, sagte ich. Wie viele Ehebrecherinnen bezeichneten die Frauen ihrer Liebhaber als *Ma'am*? »Ich glaube, ich muss mich verwählt haben.« Das ließ sie innehalten – aber nur lange genug, um ihren Tank wieder zu füllen und von vorne anzufangen.

»So ein Blödsinn. Und komm mir nicht mit diesem Ma'am-Dreck – und glaub ja nicht, du wärst die erste …«

Ich legte den Hörer auf die Gabel und betete, dass sie nicht die Möglichkeit hatte, mich mit *69 zurückzurufen.

Der nächste Anruf lief nur unwesentlich besser. Diesmal gab ich mein Bestes, nett und anständig zu klingen. Aber glaubte man dem Mitbewohner dieses Jeffs, dann war der auf Tour mit einer Aufführung von *Jersey Boys* und trug immer geschliffene

Oliver-Peoples-Sonnenbrillen mit dunkelblauen Gläsern. Sie waren sozusagen sein Markenzeichen. Höchst unwahrscheinlich, dass es sich bei ihm um den Mann handelte, nach dem ich suchte.

»Sie haben nicht wirklich eine Sonnenbrille gefunden, oder?«, fragte der Mitbewohner unvermittelt. Meine Güte, war ich so durchschaubar? »Hören Sie, Sie klingen wirklich nett. Wenn er sich vor Ihnen versteckt, Schätzchen, ist es vermutlich vorbei. Damit müssen Sie leben. Ich habe das selbst lernen müssen.« Ich ließ mir von ihm die Geschichte seiner Trennung von Ethan erzählen und bedankte mich bei ihm für seine moralische Unterstützung. Jeff hatte wirklich Glück, einen so sensiblen und verständnisvollen Kumpel gefunden zu haben.

Bislang war ich erst als Flittchen beschimpft und danach bemitleidet worden, weil ich sitzengelassen worden war und mich einfach nicht damit abfinden wollte. Wenn ich nicht über so ein ausgezeichnetes Selbstbild verfügt hätte, hätten diese beiden Anrufe mich durchaus entmutigen können.

Es war nur noch eine Nummer übrig. Ich wusste nicht, was mein nächster Schritt sein würde, oder wie ich die übrigen neunundvierzig Staaten überprüfen würde, wenn alle Anrufe in Michigan so erfolglos waren wie die ersten beiden.

Das Telefon klingelte zehnmal. Ich wollte gerade auflegen, als eine ältere Frau ranging. Ja, ihr Sohn verbummelte andauernd Sachen. Die alte Dame rasselte die komplette Liste aller Dinge herunter, die dieser Jeff Warren seit der Grundschule verloren hatte, darunter ein Sweatshirt mit der Unterschrift seines Trainers und der fünf Stars seiner Highschool-Basketball-Mannschaft, von denen zwei später für die Spartans antraten. Ich war beeindruckt, dass sie wusste, wer das war, aber offensichtlich liebte sie Sport. Er hatte eine Sammlung seltener Briefmarken verschlampt, die ihm sein Onkel Lou hinterlassen hatte, der vierzig Jahre bei der Post gearbeitet hatte, und drei Jobs verloren – einen davon hatte der eben erwähnte Onkel Lou besorgt – sowie zwei Ehefrauen. Sie war also nicht überrascht, dass er seine teure Sonnenbrille irgendwo vergessen hatte, und es war wirklich reizend von mir, deswegen anzurufen, aber Jeff war nicht zu Hause. Er war unterwegs, er fuhr einen Laster die Ostküste rauf und runter. Er hatte den Job über seinen ehemaligen Schwager bekommen, Leroy, der für Hutchinson Shipping arbeitete. Bingo!

Mrs. Helen Warren wurde ganz offensichtlich nicht oft angerufen. Jeffs Ex-Frauen meldeten sich nie, aber das war vermutlich auch gut so, denn sie waren ruchlose Weiber und hatten ihren Jungen nie wirklich geliebt. Ihre Tochter Abby war nach Nord-Kalifornien gezogen und kam nur selten auf Besuch, nicht einmal für ihr Highschool-Klassentreffen – nur damals, als ihr Vater verstorben war, hatte sie sich bequemt anzureisen. Helens und Abbys Beziehung war auf zwei Geschenkkörbe von Harry & David pro Jahr geschrumpft, an Weihnachten und zum Muttertag, und das jährliche Klassenfoto der Zwillinge, das sie mit dem Datum auf der Rückseite in einen Umschlag steckte, sie schrieb nicht mal einen Gruß dazu. Es war so traurig, dass ich beinahe aufgelegt hätte, um meine eigene Mutter anzurufen.

Jeff war mit seinen paar Sachen nach der zweiten Scheidung wieder zu Hause eingezogen, weil er jetzt hauptberuflich fuhr (mehr Geld) und so viel unterwegs war, dass es völlig unsinnig gewesen wäre, Miete zu zahlen. Vor allem, weil er immer noch diese beiden blöden Ziegen unterstützen musste, die sie nie hatte leiden können, die ihr nie Enkelkinder geschenkt hatten und die ihm wirklich die Taschen leergemacht hatten, oder, wenn man Jeffs bescheidenere Umstände bedachte, vielleicht zumindest ein Täschchen.

Ich hasste es, sie zu unterbrechen, es war wie eine endlose Reality-Show im Fernsehen. Ich konnte sie alle vor mir sehen, wie sie vor einem müden Richter standen, mit dem Finger aufeinanderzeigten und herumkrakeelten, bis die Werbung losging. Obwohl es das letzte Mal nichts gebracht hatte, fand ich, dass es Zeit war, zu »Ma'am« zurückzukehren.

»Entschuldigen Sie, Ma'am?«

»Ja, meine Liebe?«

»Wissen Sie, wie ich Jeff erreichen kann? Hat er vielleicht eine Handynummer?«

Aus irgendeinem Grund war sie der Überzeugung, dass ich seine Freundin wäre. Sie wäre so froh, wenn ihr Junge sich mit einem wirklich netten Mädchen niederließe, und ich klang wie ein wirklich nettes Mädchen. Sie fragte mich, ob ich Arbeit hätte, und ich murmelte etwas von meinem eigenen kleinen Geschäft. Meine Aktien stiegen. Vor zwanzig Minuten noch hatte man mich behandelt wie ein Flittchen, dann wie eine stalkende Ex-Freundin. Plötzlich war ich zu einem guten Fang geworden. Mrs. Warren fragte mich, welche Kirche ich besuchte, und ich versuchte, mich an den Namen der konfessionellen Schule zu erinnern, in der ich die schlimmsten zwei Monate meines damals sechsjährigen Lebens verbracht hatte.

»Sacred Heart, Ma'am.«

Totenstille. Offensichtlich war katholisch nicht so gut wie protestantisch, aber immerhin ging Jeff nicht mit einer Heidin aus. Mrs. Warren fand schnell wieder zu sich. Es war in Ordnung – sie war sicher, dass ich trotzdem nett wäre. Wenn ich noch eine Weile am Telefon blieb, würde sie mich zum Konvertieren bringen und uns verloben.

Sie wusste nicht, ob sie seine aktuelle Nummer hatte. Jeff wechselte oft das Handy und Mrs. Warren konnte es nicht ausstehen, die Nummern auszustreichen, als würde sie dadurch einen Teil seines Lebens auslöschen. Ich vermutete, dass die Nummernwechsel weniger mit seinem abenteuerlichen Leben zusammenhingen, sondern eher damit, den Rechnungseintreibern und Ex-Frauen einen Schritt vorauszubleiben.

»Am besten können Sie ihn wohl über Leroy erreichen.« Ich konnte hören, wie Mrs. Warren in ihrem Telefonbüchlein blätterte, von dem ich vermutete, dass es aussah wie das meiner Mutter. Seiten fielen heraus, es war ein wenig fleckig, weil es die letzten dreißig Jahre in der Küche gelegen hatte, die Nummern und Adressen waren in blauer Kugelschreibertinte in wundervoller Schreibschrift eingetragen, abgesehen von denen der Kinder, die immer und immer wieder durchgestrichen und geändert worden waren, während die aller anderen gleich blieben. (Nicht vergessen: Mama anrufen!)

»Hier ist er, Leroy Donnelley.«

Plötzlich begann mein Herz schneller zu schlagen. »Leroy Donnelley? Verwandt mit Edward Donnelley?«

Ich schrieb so schnell mit, wie ich konnte, während Mrs. Warren mir den gesamten Familienstammbaum aller Donnelleys und ihrer Verwandtschaft herunterbetete – wen sie geheiratet hatten, wie ihre Kinder hießen, wo sie zur Schule gegangen waren. Es hätte nicht viel biblischer oder ausführlicher werden können, wenn sie noch von den Zeugungen selbst berichtet hätte. Es war, als wäre ich über die Stadtschreiberin gestolpert.

Jetzt begannen die Puzzleteile zueinander zu passen. Jeff Warren war zufällig seiner alten Highschool-Freundin Monica begegnet und hatte das versehentlich oder absichtlich einem Verwandten der Leute berichtet, mit denen zusammen sie festgenommen worden war. Ich war immer noch nicht sicher, wie die sie gefunden hatten. Warren wusste, dass sie sich jetzt Caroline nannte, und er hatte sie in Springfield gesehen, aber soweit ich wusste, war das alles.

Kate Gustafson, die andere in den Fall verwickelte Frau, hatte nur zwei Jahre abgesessen. Nach ihrer Entlassung war sie bei einem Feuer ums Leben gekommen. Der Mann, Eddie Donnelley, aber, hatte seine gesamte Zeit hinter sich gebracht, die kompletten zwanzig Jahre. Konnte man so lange einen Groll hegen, weil einer der Mitverbrecher entkommen war? Warum nicht?

Mrs. Warren redete immer weiter, aber ich hatte das Gefühl, dass ich jetzt den wichtigsten Teil der Geschichte kannte. Irgendwie fürchtete ich, die gesundheitlichen Probleme der nachfolgenden Generation Donnelleys würden weder mir noch Grant oder Caroline weiterhelfen, aber Senioren am Telefon spüren irgendwie, wenn man aufhängen will, dann reden sie immer schneller und beginnen mit einer weiteren langatmigen Anekdote, häufig über die Azaleen, den Müllmann oder etwas ähnlich Unwichtiges, nur um einen am Telefon zu halten.

»Aber natürlich haben sie nie all das Geld gefunden, von dem behauptet wurde, es sei verschwunden«, sagte sie jetzt keuchend – wie hätte ich danach auflegen können?

Man musste es ihr lassen: Mama Warren konnte Geschichten erzählen. Ich wechselte den Hörer an das andere Ohr, spitzte meinen Bleistift und machte es mir gemütlich. Diese Geschichte *wollte* ich hören.

Zwei Stunden später rief mich Grant Sturgis aus einem Hotelzimmer in Michigan an. Caroline hatte ihm gesagt, dass ich nicht diejenige gewesen war, die sie verraten hatte, und er wollte sich entschuldigen.

Ich hatte ihm jede Menge über Carolines und Jeffs zufälliges Treffen im Diner zu erzählen, und was ich glaubte, was danach geschehen war.

»Aber warum?«, fragte er.

»Grant, Donnelley hat zwanzig Jahre im Knast gesessen. Er hat nicht einmal ein paar Jahre weniger für gute Führung bekommen.« (Ich hatte immer geglaubt, *jeder* würde wegen guter Führung früher entlassen.) »Caroline ist nach achtzehn Monaten abgehauen. Jetzt zu erfahren, dass sie es sich in einem Vorort Connecticuts gemütlich gemacht hat, ärgerte ihn vielleicht. Ich meine, er war ja kein edler Ritter, bevor er ins Gefängnis gegangen ist. Und während er hinter Gittern saß, ist er sicherlich auch nicht gerade zur Tugendhaftigkeit bekehrt worden. Der Mann war stinkesauer.«

Und außerdem war da noch das verschwundene Geld. Mama Warren war nicht sicher, wie viel es war, aber die Polizei hatte angedeutet, die siebenundvierzigtausend Dollar in Carolines Sporttasche seien nur ein Taschengeld gewesen. Über siebenhundertfünfzigtausend Dollar waren nie gefunden worden, die Einnahmen aus einem groß angelegten Drogen – und Sportwetten-Ring. Damals schon ein hübsches Sümmchen und auch heute nicht schlecht. Vielleicht hatte Donnelley es sich geholt, als er aus dem Gefängnis kam, oder vielleicht konnte er das Geld nicht finden und suchte nach derjenigen Person, von der er glaubte, dass sie es noch hatte. Oder benutzt hatte, um sich ein hübsches großes Haus in Connecticut zu leisten, als sie zu der Überzeugung gelangt war, dass niemand mehr nach ihr suchte.

Grant schwieg. War ich zu weit gegangen? Wir sprachen immerhin über die Frau, die er liebte. »Die Mutter meiner Kinder«, hatte er sie in einem Ton, der einer Heiligsprechung nahekam, genannt. Ich hörte, wie er tief durchatmete.

»Da ist nur eines«, sagte er. »Selbst wenn der Richter und die Jury das nicht wussten, Eddie Donnelley wusste es, und ich weiß es auch: Caroline war vollkommen unschuldig.«

23

Wenn auch nur die Hälfte dessen, was Grant Sturgis mir im Folgenden erzählte, stimmte, dann hatte Caroline eine Reihe albtraumhafte Ereignisse durchlitten, die nur vergleichbar waren mit denen Jean Valjeans aus *Les Misérables*.

Caroline kam mit Eddie Donnelley zusammen, als sie ein Senior an der Newtonville High School war und er im zweiten Jahr am Nixon County Community College. Sein Interesse schmeichelte ihr. Er war sozusagen ein älterer Mann, und das Städtchen war so klein, dass sie, so gut sie auch aussah, bereits alle interessanten Jungen in ihrem eigenen Alter durch hatte. Nicht auf eine Dorfnuttenart – sie wusste einfach, was sie wollte, und merkte schnell, wenn sie es nicht fand, und dann suchte sie weiter.

Kate Gustafson war Eddies Ex-Freundin, die sich als überraschend freundlich ihrer Nachfolgerin gegenüber erwies. Zumindest fand ich es überraschend. Wo ich aufgewachsen war, wollte man sich nicht unbedingt in derselben Zeitzone wie die Ex des neuen Freundes befinden, ganz zu schweigen davon, mit ihr abhängen, aber Newtonville, Michigan, war eben doch deutlich anders als Brooklyn, New York.

Caroline war attraktiv und beliebt, eine gute Schülerin, aber sie interessierte sich mehr für kreative Arbeiten als akademische Erfolge – Malen und Tanzen waren ihre Leidenschaft. Nach dem Ballettunterricht, aus dem sie mit zwölf herausgewachsen war, gab es kein Tanzstudio mehr in der Stadt, also wurde Caroline Cheerleaderin. Und zwar mit vollem Engagement. Es hieß, sie kenne keine Angst und würde frohen Mutes und höchst präzise ihren Körper in jede Formation werfen, die der Trainer vorgab, und sie landete mit einem strahlenden Lächeln, ohne auch nur einen Schweißtropfen auf der Stirn.

Als Ober-Cheerleaderin der Schule fuhr sie zu allen Spielen, egal wo diese stattfanden, und wurde zu jeder Party eingeladen. Eddie und Kate waren immer dabei, Eddie folgte dem Schulbus, der die Mannschaft und die Cheerleader beförderte, sie fuhren zu Spielen und Treffen weit außerhalb, und Kate kam mit, als Freundin und Aufsicht. Zumindest verkauften sie es Carolines Vater so, der sich damals über den Verlust seiner Frau mit einem täglichen Flachmann Scotch und einem Sechserpack Bier hinwegtröstete, und allnächtlich mit einer Friseuse namens Rita.

Erst galten die Einladungen nur Caroline. Wer würde schließlich nicht das hübscheste Mädchen der Schule auf seiner Party zu Gast haben wollen? Aber später wurden alle drei eingeladen, weil einem Carolines Freunde so ziemlich alles besorgen konnten, was man wollte. Laut Grant nutzten die beiden Caroline ohne deren Wissen aus, um einen neuen Vertriebsweg für ihre Drogen aufzubauen – vor allem Speed, ein bisschen Hasch und am Ende Heroin –, und zwar in den Schulen der ganzen Gegend. Man konnte bei den beiden ganz einfach für die Party nach dem Spiel nächste Woche vorbestellen. Es dauerte nicht lange, bis sich Interessenten fanden, die auch noch auf den Ausgang der Spiele wetteten. Und damit stieg das Einsatzrisiko.

Als sie alle drei hochgenommen wurden, bezeugten ehemalige Kunden unglücklicherweise, dass Caroline bei praktisch jedem Kauf oder Verkauf dabei gewesen war, auch wenn sie nicht selbst das Geld in Empfang genommen und die Drogen ausgehändigt hatte, so hatte sie doch tatsächlich Eddie und Kate den meisten ihrer Kunden vorgestellt und ihnen so geholfen, die Transaktionen durchzuführen. Das war zumindest in der Theorie schwer abzustreiten.

Carolines Pflichtverteidiger war neu im Geschäft, hatte zwei Jahre zuvor seinen Abschluss gemacht und war ganz offensichtlich völlig überfordert. Aufgrund der zahlreichen Beweise gegen sie bekannten sich Eddie und Kate schuldig, und der Anwalt überzeugte Carolines Vater, dass auch sie sich schuldig bekennen sollte. In ihrem Alter und ohne Vorstrafen war er sicher, dass sie Bewährung oder höchstens ein paar Stunden Sozialarbeit bekommen würde, sie sollte sich der Gnade des Gerichtes überantworten.

Aber es gab keine Gnade. Mit Unterstützung von Eddies und Kates gut bezahlten Anwälten argumentierte die Staatsanwaltschaft erfolgreich, dass Caroline der Kopf der ganzen Sache gewesen sei. Schließlich war *sie* das charismatische Mädchen mit den Kontakten. Und wer waren die anderen? Eddie war ein erfolgloser Loser, der bereits das vierte Jahr an einem College absolvierte, das eigentlich nur zwei Jahre dauern sollte, und Kate, fünf Jahre älter, als sie ursprünglich angegeben hatte, bekannte sich als Schauspielerin und Model, was zur damaligen Zeit die Codewörter für *Prostituierte* waren. Caroline war die Einzige, die klug genug war, das alles geplant haben zu können. Caroline, Eddie und Kate wurden jeweils zu zehn bis zwanzig Jahren in der Henderson Dade Correctional Facility verurteilt. Bei der Urteilsverkündung wurde Caroline ohnmächtig.

Grant war immer noch damit beschäftigt, diese neuen Informationen über die Frau, mit der er seit zwanzig Jahren verheiratet war, zu verdauen. Selbst ich fand das alles schwer zu glauben. Ich konnte mir kaum vorstellen, was er durchmachte.

Wenn Caroline wirklich unschuldig war, dann brauchte Grant einen guten Anwalt, um den Fall wieder aufzurollen, sonst würde es verdammt lange dauern, bevor irgendeiner von uns sie jemals wiedersähe. Wenigstens konnte sie sich diesmal den Besten leisten. Und ein Anwalt wiederum konnte für die Suche nach Donnelley statt einer talentierten Amateurin, wie ich es war, einen Profi engagieren.

Grant bedankte sich bei mir dafür, dass ich an der Sache drangeblieben war, selbst nachdem er mich so schäbig behandelt hatte. Er bestand darauf, mich für meine Zeit und die Jahrbücher zu bezahlen, und ich protestierte ein wenig, aber nicht allzu sehr. Sein Angebot reichte eindeutig, um meine Auslagen zu decken und mich bis zur Gartensaison im März mit Suppe und ordentlichen Frühstücken zu versorgen, und dafür war ich dankbar. Bevor er auflegte, vereinbarten wir, dass er sich mit mir, wenn er zurückkehrte, im Paradise Diner treffen würde, um den Mitbürgern in der Stadt zu demonstrieren, dass ich wieder zu den Guten gehörte.

Ich entschied mich, Lucy und Babe anzurufen, um meine Neuigkeiten loszuwerden, obwohl es nicht unbedingt gute Neuigkeiten waren, bloß ein Puzzleteil, das mich nun zu einem neuen, größeren Puzzle führte. Gerade als ich wählen wollte, klingelte das Telefon. Ich dachte, es wäre Grant, der noch etwas vergessen hatte.

»Grant?«, fragte ich.

Ich hörte nur Stille, aber nicht die eines automatischen Wahlapparates: Da war jemand. Ich konnte ihn atmen hören.

»Nein.«

Ich schaute auf das Display des Telefons, ob ich die Nummer des Anrufers kannte. Das tat ich nicht, aber es war eine mir bekannte Vorwahl. Die ich erst vor kurzem gewählt hatte. Michigan.

»Ich habe gehört, Sie suchen nach mir. Mein Name ist Jeff Warren.«

24

Ich erstarrte. Natürlich. Wie lange hätte es Mama Warren auch kosten sollen, ihren Jungen anzurufen und ihm zu seiner neuen Freundin und der offenbar bevorstehenden Verlobung zu gratulieren? Vermutlich hatte sie seine Nummer gewählt, kaum dass wir aufgelegt hatten, um ihn zu fragen, wo wir unsere Geschenkeliste führten und welche Farben wir bevorzugten.

»Wir sollten reden, meinen Sie nicht?«, sagte er.

Ich war da nicht so sicher.

Warren sagte, er riefe mich aus Massachusetts an. Er war mit einem anderen Fahrer gen Süden unterwegs und sie hatten gerade an einer Tankstelle etwa dreieinhalb Stunden von Springfield entfernt gehalten.

»Ich möchte etwas erklären«, sagte er, »wegen Monica.«

»Dann erklären Sie es doch.«

»Ich kann jetzt nicht reden. Ich bin bei der Transportfirma immer noch in der Probezeit, und der Typ, mit dem ich heute unterwegs bin, sieht alles total eng. Er geht mir voll auf die Eier, weil er meint, dass ich angeblich zu viel telefoniere.«

Na toll. Ich wette, am meisten mit seiner Mama. »Wie wäre es morgen früh?«, fragte ich.

»Dann müssen wir schon in Virginia sein.«

Sie hatten eine offizielle zweistündige Rast nicht weit von Springfield entfernt eingeplant. Der andere Fahrer hatte eine Freundin in der Nähe. Warren sollte ein bisschen im Laster pennen, während sein Kollege bumsen ging. Statt des Powernaps im Laster bot Warren nun an, bei mir vorbeizuschauen, aber ich würde ihm auf keinen Fall meine Adresse geben. Ich schlug einen öffentlicheren Ort vor, das Paradise Diner. Dort fühlte ich mich sicher, und er wusste, wo es war.

Mit ein bisschen Glück würde auch noch jemand auf der Polizeiwache schräg über die Straße sein, und der Dunkin' Donuts in der kleinen Geschäftszeile hatte auch lange offen. Und selbst wenn beide zuhatten, würde vielleicht das Leuchtschild der Polizei Springfield schon ausreichen, um Warren einzuschüchtern, falls der nicht nur Reden im Sinn hatte.

»Die Besitzerin des Diners hat ein Büro hinter dem Gebäude«, sagte ich. »Da können wir uns treffen, wenn das Restaurant zuhat.« Wir verabredeten, uns in dreieinhalb Stunden vor Babes Büro zu treffen.

Wenn ich nicht die Zeit völlig aus den Augen verloren hätte, während ich online gewesen war und dann mit Grant telefoniert hatte, wäre mir klar gewesen, dass dreieinhalb Stunden von jetzt ein Uhr nachts war. Ich war nicht dumm genug, mich mit einem völlig Fremden um diese Zeit auf einem Parkplatz zu treffen. Ich drückte *69 auf meinem Telefon, bekam aber keine Verbindung. Entweder hatte Warren kein Netz mehr, oder der anderer Fahrer nervte ihn tatsächlich wegen der Anrufe und hatte ihn sein Handy ausschalten lassen. Ich fuhr zu Babe.

Drei oder vier Grüppchen saßen an den Tischen, lachten und aßen die letzten Reste von ihren Tellern. Ein Typ saß am Tresen, trank eine Limo und starrte ins Nichts.

»Na, brauchst du Stoff?«, begrüßte mich Babe. Ich wusste, dass sie *Stoff* gesagt hatte, um einen Scherz zu machen, aber *Stoff* hatte in den letzten zwei Wochen für mich eine ganz neue Bedeutung bekommen, so dass ich nicht darüber lachte. Sie schürzte die Lippen. »Oh! Ist es einer von *diesen* Tagen?«

»Rate mal, wer mich angerufen hat«, sagte ich und suchte mir einen Barhocker, der weit genug entfernt von den anderen war. Babe holte zwei Kaffee, einen für mich, einen für sie.

»Mal sehen, Sir Paul McCartney – er will, dass du den Garten für sein neues Schloss anlegst?«

»Sehr lustig. Nein, Jeff Warren.«

»Ich gebe auf. Wer ist Jeff Warren?«, fragte sie.

Ein armseliger Tag, und ich hatte den Anschluss zu allen Menschen verloren, die ich kannte. Ich setzte Babe über die Ergebnisse meiner Online-Recherchen und den Marathon-Anruf bei Mama Warren in Kenntnis.

»Meine Güte, Mädchen, du hast *wirklich* Talent für so was«, sagte sie. Wir stießen mit unseren Kaffeebechern an. »Da kriegt also ein Typ einen neuen Fahrerjob und auf einmal ist alles anders für zwei Städtchen und eine Familie. Wie dieser Effekt von Schmetterlingsflügelschlägen auf der anderen Seite des Planeten, was? Du willst dich doch nicht ernsthaft mit ihm treffen, oder?«

Ich schüttelte den Kopf und zeigte ihr einen Zettel, den ich für Warren geschrieben hatte. Wenn er Zeit hatte, sich heute Nacht mit mir zu treffen, würde er auch Zeit haben, ein paar Fragen zu beantworten, und ich wollte nichts vergessen. Ich bat Babe, den Zettel an ihre Hintertür zu pappen, wenn sie abschloss.

»Kann ich ihn lesen?«

»Aber sicher.«

Überraschung, Entgeisterung und schließlich Sorge zeigten sich auf Babes Gesicht, während sie den Zettel mit meinen Fragen durchging. »Caroline Sturgis *kennt* diese Leute? Also wirklich. Vor zwei Wochen hätte ich darauf gewettet, das Gefährlichste, was sie im Leben je getan hat, wäre, eine neue Mitarbeiterin im Kosmetiksalon auszuprobieren.« Sie stieß einen leisen Pfiff aus. »Die klingen wirklich wie üble Typen«, sagte sie dann, faltete meinen Zettel wieder und schob ihn in ihre hintere Hosentasche. »Woher willst du wissen, dass unser Trucker keiner von den bösen Jungs ist? Oder dass er für diesen Donnelley arbeitet?«

Das wusste ich nicht. Genau deswegen sah mein Plan ja vor, den Zettel an der Hintertür von Babes Büro zurückzulassen. Ich würde gegen halb ein Uhr nachts wiederkommen und mich in der Einkaufszeile auf der anderen Seite der Straße verstecken, um im Auge zu behalten, was abging, wenn Jeff Warren kam und ihm klar wurde, dass ich nicht da war. Auf meinem Zettel stand, dass mir etwas dazwischengekommen sei, ich es aber zu schätzen wüsste, wenn er uns helfen könnte, indem er ein paar Fragen beantwortete. Babe gefiel mein Plan nicht sonderlich.

»Warum musst du überhaupt herkommen? Warum willst du nicht einfach den Zettel dalassen und abwarten?«

Das hatte ich auch überlegt. Aber wenn Jeff sich wirklich hinsetzte und die Antworten aufzuschreiben begann, wie der brave Junge, für den seine Mutter ihn hielt, würde ich über die Straße laufen und ihm erzählen, dass ich jetzt doch Zeit hatte. Wenn er hingegen sauer war und abhaute, dann wusste er mehr, als er bislang hatte durchblicken lassen, und hatte einen ganz anderen Grund gehabt, sich mit mir zu treffen.

»Kannst du nicht einfach O'Malley anrufen?«, erkundigte sich Babe, die immer noch versuchte, mir die Sache auszureden.

»Und ihm was sagen? Ich treffe mich mit einem Mann, wollen wir daraus nicht einen Dreier machen? Jeff Warren weiß irgendwas. Durch Zufall oder Schicksal ist er der Grund, aus dem das alles angefangen hat. Ich werde mich vorsehen. Außerdem«, sagte ich, während ich um den Tresen herumging, um mir Kaffee nachzuschenken, »ist er ein harter Arbeiter – selbst seine beiden grässlichen Ex-Frauen geben das zu. Und seine Mutter sagt, er sei ein toller Kerl. Willst du nicht immer, dass ich jemand Nettes kennenlerne?«

Babe fand das gar nicht lustig.

»Was hast du über diesen Donnelley und die Frau, die mit ihnen gemeinsam verhaftet wurde, herausgefunden?«, fragte sie.

Nach Warrens Anruf hatte ich eine weitere Online-Suche nach Kate Gustafson und dem bezaubernden Mr. Donnelley durchgeführt. Das hatte nicht lange gedauert. Kate war nach zwei Jahren begnadigt worden. Nicht allzu lange danach war sie bei einem Brand in einer Bar, in der sie arbeitete, ums Leben gekommen. Eddies digitale Spur schien vor eineinhalb Jahren zu enden, direkt nach seiner Entlassung aus dem Gefängnis. Er verschwand wie ein Rauchwölkchen.

Aber wie kann jemand vorsätzlich verschwinden? Zweifelsohne war das, wie eigentlich alles, einfacher, wenn man Geld hatte. Caroline hatte es geschafft, aber das war viele Jahre bevor alles, was wir taten, eine Online-Spur hinterließ. Heutzutage war das nicht mehr so leicht. Wir waren zwar nicht mit einem Mikrochip ausgestattet, wie die Vorstadthunde, aber fast.

Ich hatte keine Ahnung, wie man Jahrzehnte zurückliegende Beträge in heutige Dollar umrechnete, ich wusste nur, wie viel auch immer es damals gewesen war, heute wäre es mehr wert. 1986 hatte ich zwar viel Ahnung von Cabbage-Patch-Puppen und Strawberry-Shortcake-Spielzeug gehabt, wusste aber nicht, was die kosteten.

»Pete und ich haben damals das Restaurant gekauft, und zwar für deutlich weniger«, sagte Babe. »Wenn jemand das Geld vernünftig für ihn angelegt hat, dann hätte Donnelley einen Haufen Kohle haben können, wenn er rauskam. Mit so viel Schotter hätte er sich eine neue Identität kaufen und sonstwo in der Welt verschwinden können.«

Bloß hatte ich das Gefühl, dass Donnelley das Geld nicht bei einem vertrauenswürdigen Finanzberater gelassen hatte, der es in seinem Sinne ordnungsgemäß angelegt hatte. Viel wahrscheinlicher war, dass er es versteckt hatte, oder dass es einen Mittäter gab, der keine zwanzig Jahre im Knast vor sich hinrottete. War es möglich, dass Caroline wusste, wo das Geld war, oder es sogar hatte, und dass sie Grant anlog und uns alle?

Wenn Carolines Eltern und Großmutter nicht verstorben waren und sie mit einem dicken Erbe gut versorgt zurückgelassen hatten, wie sie vorgab, woher stammte dann das Geld, von dem sie lebte, als sie Grant traf? In meinem Kopf schwirrten alle möglichen Versionen durcheinander. Ich musste herausfinden, was wirklich geschehen war, und Jeff Warren konnte einige der Lücken füllen.

»Mir gefällt das gar nicht«, sagte Babe und reichte mir ihren Schlüssel. Ich musste ihr versprechen, dass ich sie direkt nach meinem Treffen mit Warren anrufen würde, vorsichtshalber.

»Ich werde nichts Dummes tun«, sagte ich.

»Du *tust* bereits etwas Dummes.«

25

Babe hatte Unrecht. Leute trafen sich andauernd mit Fremden, oder etwa nicht? Im Flugzeug, bei Blinddates, beim Flirten in irgendwelchen Bars. Ich überließ diesen Gedanken sich selbst, als mir klar wurde, dass er darauf hinauslief, sich lieber doch nicht mit Warren zu treffen, statt meinen Wunsch zu rechtfertigen, die Verabredung einzuhalten.

Ich fuhr nach Hause und bereitete mich auf die Begegnung mit Jeff Warren vor, obwohl es noch mehrere Stunden bis zu unserer Verabredung waren. Ich musste mich ein halbes Dutzend Mal umgezogen haben. Nicht aus modischen Gründen. Unbewusst praktizierte ich defensives Ankleiden. Turnschuhe wären gut, wenn ich rennen musste, aber Cowboystiefel wären besser, wenn ich einen kräftigen Tritt austeilen musste. Nichts in meinem Kleiderschrank würde eine Kugel aufhalten, aber warum sollte ich es irgendwem einfacher machen, mich zu packen, mit einem Messer zu verletzen oder mich zu erwürgen? Letztlich entschied ich mich für Stiefel, Jeans und meine Lederjacke über einem dicken, aber weiten Kapuzenshirt.

Das erinnerte mich an den 11. Oktober 2001, meinem ersten Flug nach 9/11. Ich hatte mich für den Flug angezogen, als müsste ich auf eine Undercover-SWAT-Mission gehen; dicke Jeans, Arbeitsstiefel mit Stahlkappen und eine gebundene Ausgabe von *Die Korrekturen*, bei der ich annahm, dass man sie gut als Waffe einsetzen könnte, wenn es notwendig wäre. Ich hatte einmal in einem Film gesehen, wie ein Mann mit einer Sonnenbrille ums Leben gebracht wurde, aber ich trug Kontaktlinsen und fürchtete, dass die mir nicht wirklich weiterhelfen würden. Ich wusste, es war albern, aber ich konnte nicht anders. Babe hatte mich mit ihrer Sorge angesteckt.

Wenn ich wirklich glaubte, dass er gefährlich war, warum sollte ich mich dann überhaupt mit ihm treffen? Und Jeff Warren würde schließlich kaum seine reizende, grauhaarige Mutter anrufen, bevor er jemanden vergewaltigen und umbringen wollte. Oder? Es sei denn, es war eines dieser verkorksten Szenarios Marke Ma Barker oder Flitterwochen-Killer …

Ich musste mich beruhigen. Also kochte ich mir eine Kanne grünen Tee und setzte mich in die Küche, wippte mit den Füßen, starrte die Uhr an und saß es aus bis 23:45. Dann beschloss ich, dass es nicht mehr zu früh war, um endlich loszufahren.

Die Einkaufszeile, die dem Diner gegenüber lag, war praktisch schwarz, eine einsame Straßenlaterne, eine Football-Feldlänge entfernt, war die einzige öffentliche Beleuchtung. Ich bog auf den Parkplatz rechts der Ladenzeile, direkt neben einer Tankstelle samt Autowerkstatt, in der Hoffnung, mein Jeep würde aussehen wie die ganzen anderen Karren, die hier auf die Reparatur warteten und nicht mehr auf das kleine dreieckige Grundstück der Tankstelle passten. Es war zudem so weit weg von unserem Treffpunkt, wie ich gerade noch zu Fuß gehen konnte.

Es war deutlich kälter geworden und der Wind hatte zugenommen. Ich fühlte mich entsprechend angezogen mit meinem Zwiebellook – obwohl meine Klamotten so locker saßen, dass die kühle Nachtluft in die Ärmel fuhr und in den Kragen blies. Ein kalter Schauer lief mir über den Rücken und mein Atem erzeugte kleine Wölkchen. Ich schloss den Reißverschluss, zog die Kapuze des Sweatshirts über den Kopf und vergrub die Hände tief in den Taschen. Ich hätte Handschuhe anziehen sollen.

Obwohl ich zügig marschierte, dauerte es beinahe zehn Minuten vom einen Ende des Parkplatzes, ein paar Treppen hinunter, vorbei an einem geschlossenen Nagelstudio, einer Karateschule und einem Schnapsladen, dann an der Polizeiwache und dem dämmrig beleuchteten Dunkin' Donuts, bis ganz zum anderen Ende, wo ich vorhatte, mich hinzukauern, weil ich von dort einen direkten Blick auf Babes Restaurant und die Tür ihres Büros hatte.

Ich sah mich um. Zwei Wagen standen auf dem Parkplatz, die wahrscheinlich den Dunkin'-Donuts-Mitarbeitern gehörten. Das Paradise auf der anderen Seite der Straße war geschlossen, zu sehen war nur das blassblaue Leuchten des Snapple-Kühlschranks. Neben dem Diner befand sich ein Geldautomat, der letzte Überrest einer Bankfiliale, die vor fünf Jahren die Türen geschlossen hatte, und eine abgewrackte verlassene Tankstelle, die ebenfalls Pleite gemacht hatte und nun abgerissen werden sollte, um Platz zu schaffen für ein Piano-Musikhaus, das offensichtlich eine Tarnung für irgendwelche zweifelhafteren Geschäfte sein musste, denn warum würde jemand einen Piano-Laden in einer derart gottverlassenen Gegend betreiben wollen? Und sie *war* gottverlassen.

Tagsüber, im Paradise Diner, war es warm und behaglich und es duftete nach Zimt, Speck und Leckereien, und dies war ein idyllisches Eckchen, wo man Enten und Gänse über den See flattern oder am Ufer watscheln sehen konnte. Doch jetzt war alles kalt und leblos und bedeutend weniger behaglich.

Ich blickte die Straße entlang und sah ein Licht an der Polizeiwache brennen. Das täuschte keinen der Anwohner mehr, war aber eine kleine Erinnerung an den langen Arm des Gesetzes, vor allem für jeden, der vom Highway herkam und es nicht besser wusste. Die Angestellten im Donut-Laden machten sauber und wollten schließen.

Schlechtes Timing. Wenn ich früher gekommen wäre, hätte ich mir wenigstens einen Kaffee kaufen können, um mich warm zu halten. Ich sah auf die Uhr – noch reichlich Zeit, bevor Warren käme. Ich war immer noch über eine Stunde zu früh. Ich joggte zurück zum Donut-Laden und hämmerte mit dem Handballen gegen die Tür. Die beiden jungen Inder dort drinnen starrten mich durch die Scheibe an und warfen sich verunsichert einen Blick zu. War das eine Falle? Warteten meine Kumpane nur auf mein Signal, um hereinzustürmen, die Angestellten mit Klebeband zu fesseln und die Kasse zu plündern? Oder war ich bloß eine komische Kundin auf der verzweifelten Suche nach Koffein und einem fettigen, zuckrigen Fix?

Einer der Jungs lehnte seinen Mob gegen den Tresen, wischte sich die Hände an der Schürze und kam näher, um mich in Augenschein zu nehmen. Meine Güte, ich hatte mir nun auch schon ein paar Mal meinen Kaffee im Dunkin' Donuts gekauft. Ich zog meine Kapuze herunter, um ein bisschen weniger nach Schwerverbrecher und ein bisschen mehr nach der netten Gärtnerin Paula Holliday auszusehen. Er kniff die Augen zusammen, sagte etwas zu seinem Kollegen und schloss dann die Tür auf, öffnete sie aber nur einen Spalt.

»Einen großen Latte, fettarm, ohne Zucker«, sagte er dann und nickte mir zu.

Diese Worte würden wahrscheinlich auch auf meinem Grabstein stehen. Trotz der Kälte und meines Geheimauftrages lächelte ich ein Lächeln, nach dem mir gar nicht zumute war. Ja, so war ich, eine harmlose Koffeinsüchtige mit einer Biografie, die aus nur fünf Worten bestand.

»Habt ihr noch Kaffee? Ich bin hier mit jemandem verabredet und friere mir den Hintern ab, wenn ich nichts Warmes zu trinken kriege. Ich nehme auch den Bodensatz.« Ich versuchte wie ein gutgelauntes Mädel mit einer ganz normalen Verabredung zu klingen, nicht wie eine Frau, die auf der Lauer lag. »Mir ganz egal, ich nehme alles.« Ich wollte wirklich einen Kaffee, aber ich hatte auch im Hinterkopf, dass es nicht schaden konnte, jemanden wissen zu lassen, wo ich gewesen war. *Das stimmt, Officer, wir haben sie gegen Mitternacht gesehen, da wollte sie noch einen Kaffee …*

Der Junge sagte mir, dass sie schon die Kasse zugemacht und das Geld in dem Automaten gegenüber deponiert hatten – entweder wollte er damit betonen, dass sie schon zuhatten, oder dass sie kein Bargeld hatten, nur falls eine ihrer unschuldig aussehenden Kundinnen, die jedes Mal dasselbe bestellte, wenn sie hereinkam, in ihrer Freizeit Ladendiebstähle durchzog.

Ich bot ihm zwanzig Mäuse für eine Thermoskanne mit irgendeinem Heißgetränk, das sie noch übrig hatten, und die zwei vertrockneten Zimt-Donuts, die sie sowieso wegwerfen würden. Man kann es sich nicht immer aussuchen. Sie berieten sich, dann nahmen sie an.

»Tja, wenn ich mich jemals revanchieren kann …« Mein lustig gemeintes Zitat aus dem *Paten* stieß auf taube Ohren. Die Jungs verspannten sich wieder, sie fragten sich wahrscheinlich, ob sie einen Riesenfehler gemacht und vielleicht mitten in der Nacht eine Verrückte in den Laden gelassen hatten. Ich schnappte mir meine Thermoskanne und die Donuts und verließ den Laden.

Die Jungs wischten zu Ende, schlossen ab und fuhren in entgegengesetzte Richtungen davon. Es waren die einzigen Fahrzeuge, die ich auf der Straße gesehen hatte, seit ich gekommen war. Jetzt standen überhaupt keine Wagen mehr an meinem Ende des Parkplatzes. Ich kehrte zurück auf meinen Beobachtungsposten, ging in Deckung hinter einem größeren Stein zwischen einer Spirea-Hecke und einem Briefkasten, aus dem eine Art Trichter hervorragte, damit man seine Briefe aus dem Auto heraus einwerfen konnte. Der Kaffee war noch zu heiß zum Trinken, aber ich konnte mich wenigstens daran wärmen. Ich goss ein bisschen in die Tasse meiner Thermoskanne und versuchte zu berechnen, wie lange so viel Koffein mich wach halten würde. Ich saß im Schneidersitz am Straßenrand, die Thermosflasche zwischen den Schenkeln, und pustete in den dampfenden Kaffee.

Dann schaltete ich das Licht meiner Uhr ein: 00:25. Herrje, ich musste mir überhaupt keine Sorgen über irgendwelche Untaten Warrens machen, ich würde einfach an den Erfrierungen sterben, wenn ich noch fünfunddreißig Minuten bei diesem Wetter auf der Bordsteinkante säße. Morgen früh würden sie mich finden, den Hintern am Boden festgefroren, und ich würde meine kleine Dunkin'-Donuts-Thermoskanne umklammert halten wie ein Vorstadt-Bodhisattva.

Ich fluchte leise vor mich hin, als ich hinter mir ein Gräusch hörte. Wahrscheinlich nur der Wind, der durch die Büsche strich, mir Sand und Blätter in die Augen blies und die ganze Sache noch ungemütlicher machte. Ich stülpte meine Kapuze wieder über und suchte nach dem Bändchen, um sie enger zuzuziehen, aber das musste beim Waschen herausgegangen sein oder das Ende steckte irgendwo im Saum. Ich packte also beide Seiten der Kapuze und zog sie mit einer Hand unter dem Kinn zusammen. Ich hörte noch mehr Blätter hinter mir rascheln und legte ein Ohr frei, um besser hören zu können. Die Geräusche hörten auf.

Rehe waren schneller und Eichhörnchen liefen nachts nicht umher. Wilde Truthähne? Vielleicht Waschbären? Hatte ich die nicht auch bei Babe Unheil anrichten sehen? Ich rutschte gerade ein wenig hin und her, um meine Beine daran zu hindern, endgültig einzuschlafen, als jemand mich an der Kapuze hochriss. Das Sweatshirt war so groß, dass ich einen Augenblick lang nichts sehen konnte, weil es mein Gesicht und meine Augen bedeckte.

Der Angreifer packte mich am Handgelenk und wirbelte mich herum, er schlug mir den Kaffeebecher aus den Händen, und der heiße Kaffee schwappte mir über die Fingerspitzen. Alles, was ich sehen konnte, bevor ich in dem übergroßen Sweatshirt erneut herumgewirbelt wurde, war ein Mann, der sich eine Strumpfhose über den Kopf gezogen hatte. Er schlang seinen Arm um meinen Hals und ich drückte mein Kinn nach unten, um ihn daran zu hindern, mich zu erwürgen. Verzweifelt versuchte ich, mich loszureißen, und bei dem Gerangel stieß ich die Thermoskanne um, die auf dem Boden stand. Ich hob den rechten Fuß und trat dem Strumpfmaskenmann so heftig ich konnte gegen das rechte Knie. Sein Griff wurde lockerer, und er krümmte sich. Ich beugte mich herunter, griff nach der Thermoskanne, schraubte den Deckel ab und spritzte die brühendheiße Flüssigkeit dorthin, wo ich die Augen des Mannes vermutete. Ich musste einen Treffer gelandet haben, denn er fluchte und hob die Hände vor die Augen. Meine Cowboystiefel erwiesen sich als die richtige Wahl. Der Täter war ein bisschen zu groß und ich war zu weit weg, um die Stelle zu treffen, in die kein Mann getreten werden will, also zielte ich auf sein anderes Knie und legte meine ganze Kraft hinein. Er fluchte wieder und ging zu Boden. Jetzt *konnte* ich den Haupttreffer landen. Ich holte aus und verpasste ihm einen weiteren Tritt und meine Stiefelspitze gefährdete ganz sicher seine Reproduktionsfähigkeit. Er kippte hintenüber.

Bis er sich wieder aufrappelte, blieb mir eine Minute, um abzuhauen. Ich hatte Glück: Ein Riesenlaster bretterte vorbei und verlangsamte gerade lange genug, dass ich über die Straße laufen konnte, über den Parkplatz und bis zu Babes Büro. Ich hatte den Schlüssel in der Hand und fummelte keuchend ein paar Sekunden damit herum – in meiner Panik versuchte ich, ihn verkehrt herum ins Schloss zu schieben. Ich sah über die Straße, der Mann war bereits wieder hochgekommen. Ich versuchte es noch einmal mit dem Schlüssel. Diesmal klappte es. Ich schloss die Tür hinter mir ab und wählte mit zitternden Händen die Nummer der Polizei an, während ich ihn fluchen und gegen die Tür hämmern hörte. Dann hörten die Schläge auf.

26

»Ist das jetzt deine komische New Yorker Art, dich mit mir zu verabreden?«

Ich hatte es vermutlich verdient, aber es gefiel mir trotzdem nicht. Immerhin war ich gerade von einem maskierten Angreifer fast abgemurkst worden. Ich hatte mir das Knie verdreht, und ich hatte früher schon einmal einen Kreuzbandriss gehabt, es tat also verdammt weh. Mein Handgelenk schmerzte immer noch, und in der Viertelstunde, die die Polizei gebraucht hatte, um herzukommen, war dort ein kräftiger violetter Bluterguss entstanden. Es war also nicht der richtige Moment für ein verbales Vorspiel – ich brauchte einen Verband nötiger als eine Verbindung.

Mike O'Malley stand mit seinem Milchbubikollegen in der Tür zu Babes Büro. Seit wann sahen eigentlich alle so jung aus?

»Komm rein«, sagte ich und winkte ihn in Babes Reich.

Der Zettel, den ich Babe für Jeff Warren an die Tür hatte heften lassen, war noch da, er flatterte in einem Wind, der die Nacht kühler wirken ließ, als sie war. Ich öffnete die Tür ein wenig weiter, um die Polizisten hereinzulassen, und versuchte dabei, den Zettel von der Tür zu zupfen und in meine Tasche zu stecken, ohne dass O'Malley es merkte.

»Alles in Ordnung?«, fragte er.

Diesmal listete ich meine körperlichen Beschwerden nicht nur im Geiste auf, und dann beschrieb ich Mike in groben Zügen, was geschehen war, ohne ihm genau zu sagen, warum ich eigentlich deutlich nach meiner normalen Bettzeit auf einem leeren Parkplatz herumlungerte. Ihm fiel natürlich sofort auf, dass ich auf diesen Teil verzichtet hatte.

»Meine Kaffeemaschine ist kaputtgegangen«, sagte ich, weil es das Erste war, was mir einfiel. Es klang nicht besonders glaubwürdig, und ich ärgerte mich, dass ich mir nicht mehr Zeit für eine bessere Erklärung genommen hatte.

O'Malley war höflich genug, nicht die linke Augenbraue hochzuziehen, aber seine Miene sprach Bände und es war ihm anzusehen, dass er etwas dachte wie »Was für einen Bullshit redet sie jetzt?«.

»Lass mich sicherstellen, dass ich das richtig verstanden habe. Jemand ist dir auf dem Parkplatz zu nahe getreten, nachdem du dir deinen Mitternachtskaffee und Donuts geholt hast, und statt zu deinem Wagen zu laufen und davonzufahren, bist du über die Straße zu einem offensichtlich geschlossenen Restaurant gelaufen in der Hoffnung, dass Babe die Hintertür zu ihrem Büro aufgelassen hat – und das, obwohl erst vor kurzem bei ihr eingebrochen wurde?«

Das hatte ich ganz vergessen. War es jetzt also doch ein Einbruch und nicht nur widerrechtliches Betreten? In diesem Augenblick hasste ich den Küchentresen-Mann, O'Malley und Jeff Warren, der vermutlich ja wohl der Maskierte war, der auf mich losgegangen war. Und ich hasste die Bezeichnung *nahetreten*. Das war wie *mutmaßlich*. Es entwertete meinen Bericht irgendwie.

»Ja«, sagte ich trotzig, als wäre es das Logischste auf der Welt. Manchmal war kurz und knackig das Beste.

O'Malley schloss die Augen und rieb sich die Stirn. Ihm war klar, dass an der Geschichte mehr dran war. »Zeig uns, wie es passiert ist«, sagte er.

Ich folgte den Polizisten auf den Parkplatz und schloss die Bürotür hinter mir. Von dort aus, wo wir standen, war klar zu erkennen, dass keine einziger Wagen auf dem Parkplatz neben dem Dunkin' Donuts stand. Wir schauten alle drei völlig unnötigerweise nach rechts und links, überquerten die verlassene Straße und betraten den Parkplatz.

In einer unserer ruhigeren Phasen hatte Mike mir mal erzählt, dass es bei der Polizei Springfield üblich war, Neuankömmlinge mindestens sechs Monate lang mit erfahreneren Kollegen zusammen einzusetzen. O'Malley war seit über zehn Jahren dabei, also war es keineswegs ungewöhnlich, dass er einen der Neuzugänge babysittete. Die meisten von ihnen zogen irgendwann in größere Einheiten weiter, wo sie tatsächlich die ganzen tollen Techniken anwenden konnten, die heutzutage Standard waren, aber sie alle begannen in kleinen Polizeieinheiten wie Springfield.

Bisher hatte O'Malleys Schützling kein Wort gesagt, aber jetzt wollte er seinem Vorgesetzten doch beweisen, dass er mitdachte.

»Entschuldigen Sie, Sir – handelt es sich hier vielleicht um Carjacking?«

Es war eine logische Schlussfolgerung, da mein Wagen nirgends zu sehen war. O'Malley und sein Gehilfe sahen mich an und warteten auf eine Erklärung. Ich versicherte ihnen, dass mein Wagen sich am anderen Ende des Parkplatzes befand, und ließ mir diesmal Zeit, einen vernünftigen Grund dafür nachzuliefern. In den Vororten galt es als ein Zeichen von Geisteegestörtheit, wenn man nicht so nah wie nur möglich an seinem Ziel parkte. Mir fiel nichts ein, was überzeugend geklungen hätte. Ich schwieg und sammelte meinen leeren Thermosbecher auf, als mir doch noch etwas einigermaßen Glaubwürdiges einfiel.

»Ich wollte ein paar Extrakalorien verbrennen«, sagte ich und achtete darauf, dabei nicht nach oben links zu schauen, weil ich irgendwo gelesen hatte, dass das Leute machen, die lügen.

O'Malleys Augenbrauenbewegung war kaum wahrnehmbar. Diesmal konnte er ein leichtes Zucken nicht verhindern, auch wenn er sich offensichtlich bemühte. Dafür war ich ihm dankbar.

Die Polizisten ließen mich einen Augenblick stehen und gingen ermitteln. Der Jüngere redete dabei mehr. Ich wusste, dass ich ihnen keine besonders nützliche Beschreibung gegeben hatte. Ein Mann mit einer Strumpfhose. Braun, wahrscheinlich mit verstärktem Zwickel, so wie seine Züge zerquetscht und seine Lippe zur Seite gedrückt gewesen waren, es sah aus wie ein schlechter Facelift. Er war knapp eins achtzig, normales Gewicht. Er hatte nicht versucht, mich auszurauben oder zu vergewaltigen, und nichts, was er gesagt hatte, deutete auf einen Akzent oder eine Sprachstörung hin. Im Grunde hatte er bloß ein Schimpfwort zweimal wiederholt, das sich auf eine Aktivität bezog, der er sich dank meiner extrem spitzen Lucchese-Cowboystiefel sicher nicht in dieser oder der nächsten Nacht widmen würde.

»Hat sonst noch jemand diesen Kerl gesehen? Vielleicht die Angestellten vom Doppel-D?«

Ich schüttelte den Kopf. »Die waren schon weg, als er auf mich losging.«

»Eigenartig, dass du so lange, nachdem sie zugemacht haben, noch hier warst.« Ich hatte vergessen, dass er auch auf dieser Wache gearbeitet hatte und vermutlich die Ladenschlusszeiten von Dunkin Donut's genauso gut kannte wie die Mitarbeiter selbst. Mike bat seinen Partner, zum Streifenwagen zu gehen und dort auf ihn zu warten. Er würde mich zu meinem Auto begleiten.

»Steht dein Wagen wirklich dort?«, fragte O'Malley, als der andere Mann weg war.

»Aber natürlich.« Ich deutete an das hinterste Ende des Parkplatzes neben der Tankstelle und wir gingen los.

»Mein junger Partner ist misstrauisch. Er glaubt, dein Freund hätte dich vermöbelt und du würdest ihn schützen wollen. Damit hat er Unrecht, oder?«

Mir war nicht danach, darauf zu bestehen, dass ich keinen Freund hatte. Das wussten wir beide. »Natürlich hat er Unrecht. Dein Partner sollte Romane schreiben, statt bei der Polizei zu arbeiten.«

»Du hast irgendwas vor, oder? Du und Babe und vielleicht auch deine verrückte Arbeitskollegin aus New York?«

Und Lucy fragte immer, wie es ihm ging. »Hey, sie ist *meine* verrückte Arbeitskollegin. Also lass Lucy aus der Sache raus.« Ich freute mich gar nicht auf den Sermon, den ich mir gleich würde anhören müssen, also sagte ich nichts mehr und ging bloß weiter geradeaus.

»Für wen war der Zettel?«, fragte er. Aaargh! Meine Geschicklichkeit hatte den Jungen getäuscht, aber nicht O'Malley. Als Zauberkünstlerin würde ich meinen Lebensunterhalt wohl nicht bestreiten können.

Ich war es nicht gewohnt, so viele Lügen in einer Nacht zu erzählen, das war anstrengend. Wie um Himmels willen hatte Caroline das so lange durchgehalten? Ich sah mich um und suchte nach Inspiration. Alles, was ich entdeckte, war das rote Blinklicht des Polizeiwagens, das sich in den Fenstern der geschlossenen Läden spiegelte, und meinen eigenen Jeep, der hundertfünfzig Meter weiter parkte. Ich öffnete ihn mit der Fernbedienung meines Schlüssels. Das Licht ging an und ich konnte sofort sehen, dass etwas anders war.

Ich hatte neben einem anderen Wagen geparkt, der größer gewesen war als meiner, und ich war davon ausgegangen, dass er zu denen gehörte, die darauf warteten, in der Tankstellen-Werkstatt repariert zu werden. Dieses Auto war jetzt verschwunden. Ich versuchte im Geiste ein Bild des Wagens heraufzubeschwören, aber ich konnte mich nur daran erinnern, dass es ein dunkler Geländewagen mit einem mir unbekannten Nummernschild war, also nicht Connecticut, New York oder Massachusetts.

Genau in diesem Moment hörten O'Malley und ich Bremsen quietschen. Ein riesiger Laster bremste ab, brauste dann aber doch an uns vorbei. Von wo ich stand, konnte ich nicht viel sehen, aber ich glaubte, die Silhouette eines Baseballkäppis und lange Haare, die aus dem offenen Fenster auf der Fahrerseite flatterten, auszumachen. Verließ er den Tatort? Oder war Jeff Warren vielleicht gar nicht der Angreifer gewesen. Hätte er so schnell zu seinem Laster zurücklaufen können, nachdem er mich überfallen hatte? Und wäre er dann so dumm gewesen, hier wieder durchzufahren?

Dann fiel es mir wie Schuppen von den Augen. Jeff Warren war eben schon hier vorbeigebrettert, um seinen sexbesessenen Kollegen abzusetzen, wodurch er mir rein zufällig die Zeit verschafft hatte, meinem Angreifer zu entwischen. Als er zu unserer Verabredung zurückkehrte, sah er den Streifenwagen, bekam Angst und nagelte davon.

»Mist«, sagte ich lauter, als ich wollte, und starrte dem Laster hinterher.

»Erwartest du eine Lieferung?«

»Könnte man so sagen.« Ich sah zu, wie mein Retter gen Virginia davonfuhr. Dann zerriss das Klingeln meines Handys die Stille.

»Die Städter und die Reichen sind wohl *wirklich* anders. Ich habe nie gewusst, dass du so eine Nachteule bist«, sagte O'Malley, verschränkte die Arme und betrachtete mich, als hätte er mich nie zuvor gesehen.

Ja, genau, Party, Party, Party. Ich lächelte müde zurück. Das Handy klingelte weiter.

»Willst du nicht rangehen?«

Ich fürchtete, dass es Warren wäre, der anriefe, um mich zu verfluchen, weil ich die Bullen gerufen hatte und ihm vielleicht sogar auf den Hals hetzen wollte, während er von einem Staat zum anderen unterwegs war, aber dann sah ich die Nummer.

Es war nicht Warren. Es war Babe, die pünktlich um eins wissen wollte, wie es mir ging. Ich rief ihren Namen so laut in den Hörer, dass es auch für O'Malley laut genug war. Babe beschoss mich mit Fragen, bis sie Mikes Stimme hörte und schließlich glaubte, dass es mir gut ging.

»Also, meine Liebe, was wird hier eigentlich gespielt?«, fragte er, nachdem ich das Gespräch beendet hatte.

Ich sagte nichts, aber so leicht ließ er mich nicht davonkommen.

»Es gibt nichts zu erzählen«, erklärte ich unbehaglich. Und es *gab* ja auch nichts zu erzählen – noch nicht jedenfalls. Vielleicht war Warren einfach nur der unglückliche Katalysator dieser ganzen Caroline-Sturgis-Geschichte, ohne dies auch nur zu ahnen, und vielleicht war ich einfach nur das unglückliche Opfer eines Räubers mit Srumpfmaske, der zufällig hier vorbeigekommen war. Vielleicht. Aber irgendwer, den ich kannte, hatte mal gesagt, dass es so etwas wie Zufälle nicht gab.

»Warum bin ich eigentlich im Kreuzverhör?«, fragte ich. »Ich bin das Opfer, schon vergessen? Darf ich nach Einbruch der Dunkelheit nicht rausgehen? Wo sind wir? Im viktorianischen London? Ist Jack the Ripper wieder unterwegs und mordet Frauen?«

»Das ist kein Kreuzverhör, ich habe dir nur eine einfache Frage gestellt. Das ist mein Job.«

Ich hasste es, wenn er so ruhig blieb und ich – müde und genervt – nicht.

O'Malley bestand darauf, mir bis nach Hause zu folgen, und lief zurück zum Restaurant, um mit seinem Kollegen im Streifenwagen zu fahren. Kaum hatte er mir den Rücken zugewandt, wählte ich Warrens Nummer. Keine Antwort. Ich hinterließ ihm eine ellenlange Nachricht, bis das Polizeifahrzeug neben mir auftauchte. Dann legte ich abrupt auf und tat so, als hätte ich nur Probleme mit meinem Sicherheitsgurt. O'Malley setzte parallel neben den Jeep und deutete geradeaus: Ich sollte losfahren.

Ich fuhr deutlich langsamer, als erlaubt war, nur um ihn zu ärgern, zumal ich hoffte, dass es ihn nerven würde oder er den

Hinweis begriff, dass ich keine Lust auf eine Polizeieskorte hatte, aber er klebte an meiner Stoßstange, bis ich in meine Auffahrt bog, wo die von den Bewegungssensoren gesteuerten Lichter strahlten. Irgendwer oder irgendwas war gerade hier gewesen.

Ich trat auf die Bremse und nur O'Malleys Reflexe verhinderten, dass er mir direkt hinten reinfuhr. Jetzt war ich doch froh, dass er mir gefolgt war. Ich parkte am Fuße der Auffahrt so weit rechts, wie ich konnte, um den Streifenwagen vorbeizulassen. O'Malley sprang heraus und kam rüber zu meinem Jeep.

»Bleib hier, lass die Fenster zu, verriegle die Wagentüren. Wir schauen uns das mal an.« Das war eine Seite O'Malleys, die ich nur selten bei unseren Plaudereien im Diner zu Gesicht bekam. Wie interessant, dass ein paar Worte von ihm mir ein Gefühl der Sicherheit gaben, und auch, dass mir gar nicht klar gewesen war, dass ich mich *nicht* sicher gefühlt hatte, bevor er sie aussprach.

Am Ende der Auffahrt ging O'Malley nach links, sein Kollege nach rechts, der Schein ihrer Taschenlampen huschte über Büsche und dichtes Unterholz. Dann verschwanden die beiden Männer hinter meinem Haus. Nach ein paar Minuten gingen die zeitgesteuerten Sicherheitsleuchten aus und meine Auffahrt verschwand im Dunkel. Hier draußen gab es keine Lichtverschmutzung wie in der Stadt. Ich konnte noch nicht mal mehr ihre Taschenlampen sehen. Ich schaltete den Motor wieder ein, so dass meine Scheinwerfer die Auffahrt beleuchteten. Fünfzehn lange Minuten später kehrten die beiden Männer zurück und ließen meine Sicherheitsleuchten erneut anspringen.

»Alle Türen und Fenster sind geschlossen. Nichts wirkt beschädigt. Vielleicht waren es Rehe. Wie lange bleiben die Lichter an, nachdem sie eingeschaltet wurden?«

Ich hatte keine Ahnung. Die Bewegungsmelder hatte der vorige Eigentümer anbringen lassen, ebenso wie die Alarmanlage.

O'Malley und sein junger Gehilfe betraten vor mir das Haus und durchsuchten die Garage und alle Räume. Als sie weg waren, überprüfte ich noch einmal Fenster und Türen und zog dann die Anleitung der Alarmanlage unter der Spüle hervor, um mir zu Gemüte zu führen, wie man das blöde Ding einschaltete.

27

Ich befand mich in diesem wohligen Dämmerzustand, kurz vor dem Einschlafen, als das Telefon klingelte. Es war 03:18 Uhr. Um diese Zeit rief niemand mit guten Nachrichten an.

»Ja?«

Schweigen am anderen Ende. Ich stemmte mich auf einen Ellenbogen hoch. Ich glaubte, Atmen hören zu können. Ich wollte den Anrufer gerade zusammenfalten, als jemand tief Luft holte und herausplatzte: »Stimmt das auch? Haben Sie wirklich nicht die Bullen gerufen?« Es war Warren. Er hatte meine abgehackte Nachricht also gehört.

»Habe ich nicht. Also, habe ich schon. Aber nicht Ihretwegen. Ich bin überfallen worden, während ich auf Sie gewartet habe.« Mittlerweile saß ich im Bett, war komplett wach und fragte mich, ob sich das Ganze für ihn genauso lächerlich anhörte wie für mich.

»Ach du meine Güte. Das tut mir leid.« Jeff Warren klang, als meinte er es ernst. Wie seine Mutter erzählte er danach alles, was ihm in den Sinn kam, er rasselte eine Reihe von Missgeschicken herunter, die damit begannen, dass er am ersten Schultag seinen kleinen Bruder George mit einem Bleistift stach, und damit endete, wie er versehentlich seinem Ex-Schwager Leroy den Daumen brach, als sie vor zwei Wochen in der Fahrerkabine von dessen Truck herumrangelten. Einerseits war es erstaunlich und fast schon bewundernswert, dass der Mann sich an jeden Zwischenfall, den er verursacht hatte, erinnern konnte, andererseits war es wie ein Zeitraffer-Date mit dem größten Penner des Planeten. Nachdem ich ihm versichert hatte, dass er meinen Namen nicht der langen Liste der Leute hinzufügen musste, die er versehentlich zu Schaden gebracht hatte, erzählt er mir dann endlich, was vorgefallen war. Es war genau, wie ich vermutet hatte.

Er hatte seinen liebestollen Kumpel abgesetzt und war dann zurückgekommen, um sich mit mir zu treffen. Als er die Bullen sah, hielt er es für eine Falle und trat aufs Gas.

Jetzt rief er von einer Wiegestation aus an, wo er ketterauchend – so hörte es sich jedenfalls an – herumsaß und auf eine SMS seines Kumpels wartete, dass dessen »Treffen« vorbei wäre und er aufgesammelt werden wollte.

Warren hatte die letzten zwei Stunden darüber nachgedacht, ob er mich anrufen sollte oder nicht, ob er meiner Nachricht Glauben schenken sollte oder nicht. Ich wünschte bloß, er hätte sich zwei Stunden früher entschieden.

»Ich glaube, ich habe immer noch etwa eine Stunde«, sagte er und schlug ein weiteres Treffen vor.

»Ich hatte schon eine ziemlich aufregende Nacht. Können wir das nicht am Telefon machen?«

Warren sagte eine Weile nichts, aber selbst in meinem Dämmerzustand konnte ich spüren, dass er etwas loswerden wollte. Ich schwang meine Beine über die Bettkante und erhob mich.

»Okay, versuchen wir es noch einmal«, sagte ich und schlüpfte in dieselben Sachen, die ich kurz zuvor fallen gelassen hatte. »Dreißig Minuten. In der kleinen Ladenzeile in der Nähe des Merritt, an der Ecke Wave Hill Road, gibt es einen Vierundzwanzig-Stunden-Deli.« Selbst um diese Zeit würde dort etwas los sein. Ach was, mittlerweile würden sie Frühstück servieren.

»Bis gleich.«

Diesmal nahm ich mir vor, im Wagen zu bleiben, bis ich Warren sehen konnte und mir meiner Sache sicher war. War er nun so harmlos und zuverlässig, wie er und Mama Warren es mich glauben lassen wollten – oder nicht? Ich ging davon aus, war aber immer noch nicht sicher.

Ich hatte keine Zeit für einen heißen Koffeinschub, also schnappte ich mir ein Red Bull light aus dem Kühlschrank in der Hoffnung, das Zeug würde meinen Kopf klar machen. Ich zog im Flur meine Jacke über und ging dann zur Tür, die direkt in meine Garage führte. Als ich den Türknauf drehte, blökte jemand: *»Einbruch! Einbruch! Entfernen Sie sich sofort vom Haus!«* Ein entsetzliches Kreischen zerfetzte mein Hirn. Das Kreischen kam von mir. Ich ließ meine Schlüssel und meine Tasche fallen. Die beiden anderen Geräusche – die Sirene und die Warnmeldungen – wechselten sich ab, bis ich die Stufen wieder hochkrabbelte, um die Alarmanlage auszuschalten. Ich musste an Dokumentationen über den Zweiten Weltkrieg und das Jaulen der Krankenwagen während des Angriffs auf London denken.

Schließlich fand ich den Alarm-Code, tippte ihn ein, und der Lärm hörte auf, obwohl das Vibrieren der Töne noch ein paar Sekunden danach in der Luft zu hängen schien wie das Nachglühen eines Feuerwerks. Dann klingelte das Telefon. Meine Güte, was jetzt?

»Alarm-Zentrale. Wir haben eine Meldung, dass die Alarmanlage in Ihrem Haus ausgelöst wurde.« Wie schön, dass das jemanden kümmerte, immerhin war bei keinem der Nachbarn ein Licht angegangen.

»Das war ich.« Ich blätterte in der Anleitung und suchte nach irgendetwas, um den Anrufer zu beruhigen. »Ich bin die *Hausbesitzerin*. Es war ein Versehen.«

»Ich verstehe. Wir benötigen bloß noch Ihr Passwort.«

Mein Passwort? Ich hatte so viele Passwörter, dass sie auf bunten Zettelchen überall in meinem Büro herumflatterten. Meine Pinnwand und die gesamte Seitenfläche meines Computers waren damit voll, aber keines davon war das Passwort für eine Alarmanlage, die jemand anderes hier vor über drei Jahren hatte einbauen lassen.

»Äh, ich glaube nicht, dass ich ein Passwort habe. Es war die Alarmanlage des Vorbesitzers, aber ich kann Ihnen versichern, es geht mir bestens.«

»Ich verstehe, Ma'am«, sagte die fröhliche Stimme. »Aber wir benötigen trotzdem Ihr Passwort. Sie könnten ja schließlich auch der Einbrecher sein. Sie könnten den Besitzer als Geisel genommen haben.« Das alles brachte er in einem Singsang vor, und in seiner Stimme lag so viel Mitgefühl, als würde er seinen Text von einem Plastikkärtchen an der halbhohen Wand seines Großraumbüros ablesen, während er seiner Freundin gleichzeitig eine SMS schickte. *Der Hausbesitzer könnte gefesselt auf dem Küchenfußboden liegen …*

»Okay, okay, ich verstehe. Ich suche nach dem Passwort.«

Ich blätterte erneut in der Anleitung. Nichts war auf der Rückseite notiert worden, und es gab kein Eselsohr in dem Büchlein, das einen Hinweis darauf hätte geben können, wie das verdammte Passwort hieß.

»Es tut mir leid. Ich weiß nicht, was ich Ihnen sagen soll«, sagte ich. »Ich habe die Anlage nicht installiert und habe auch nie eine Rechnung für die Dienstleistung bekommen.« Das ließ ihn aufmerken.

Ich hörte Tasten klacken. »Mal sehen … die Anlage wurde vor vier Jahren eingebaut und kam inklusive fünf Jahren Überwachung ohne zusätzliche Kosten. Dieser Zeitraum endet in sieben Monaten.«

»Und was heißt das? Kann ich das Passwort ändern?«

»Ja, Ma'am. Sie können auf unsere Website gehen, aber Sie müssen sich dazu mit Ihrem bisherigen Passwort anmelden. Anderenfalls müssen Sie uns einen Brief zusammen mit einer Kopie Ihres Grundbucheintrags zukommen lassen.«

Meines Grundbucheintrags? Ich sah auf die Uhr. Ich wollte nicht, dass Warren wieder wegfuhr, und ich konnte noch pünktlich kommen, wenn ich in den nächsten dreißig Sekunden auflegte. »Prima, Sie haben meine Adresse. Schicken Sie mir das Formular. Ich mache eine Kopie meines Grundbucheintrags. Ich muss los. Danke.« Ich legte auf und rannte hinaus zu meinem Wagen.

Kurz nachdem ich auf die Lakeview Road gebogen war, sah ich in meinem Rückspiegel rote Blinklichter. Ich verlangsamte, da ich nicht noch mehr Aufmerksamkeit auf mich ziehen wollte, sah aber erleichtert, dass der Streifenwagen ein paar Kreuzungen hinter mir links abbog.

Ich hielt vor der Ladenzeile, vielleicht dreißig Meter vom Eingang des Imbisses entfernt. Er war tatsächlich geöffnet, war aber wohl doch kein so angesagter Treffpunkt, wie ich es im *Bulletin* gelesen hatte.

Man konnte mich von der Straße aus zwar immer noch sehen – das ging nicht anders –, aber wenigstens stand ich nicht im direkten Licht einer Laterne.

Ich schaltete meine Scheinwerfer aus, ließ aber den Motor weiterlaufen, um warm zu bleiben und notfalls schnell das Weite suchen zu können.

Später versuchte ich zu begreifen, was als Nächstes geschah, aber irgendwie war alles verschwommen, eine merkwürdige Variante der Geschehnisse zuvor. Gerade als Warren vorfuhr, musste er entdeckt haben, was ich kurz zuvor in meinem Rückspiegel gesehen hatte – das rote Blinklicht eines Springfielder Streifenwagens.

Diesmal bretterte Warren sofort wieder vom Parkplatz, wobei er auf dem Weg zum Highway mehrere Kästen mit kostenlosen Werbe-Zeitungen umfuhr. Irgendwie hatte ich das Gefühl, sein Truckerkumpan würde morgen früh nach Virginia trampen müssen.

Sekunden später hielt die Polizei mit quietschenden Reifen auf dem Parkplatz, schräg vor den umgekippten Zeitungskästen. Zwei Polizisten sprangen heraus und liefen auf meinen Jeep zu. Ich schaltete die Scheinwerfer ein, um sie wissen zu lassen, dass es mir gut ging.

O'Malley stoppte zuerst und ging den Rest des Weges langsamer. Er sah gar nicht amüsiert aus, aber ich war es.

»Du kannst es einfach nicht ertragen, wenn ich mich mit anderen Männern treffe, was?«

28

»Willst du mir jetzt erzählen, du hast ihn gar nicht getroffen?«

Babe Chinnery riss mir die Speisekarte weg, als würde sie mir kein Essen geben, weil ich versagt hatte. »Ich bin enttäuscht von dir.«

»Hey, ich habe ganz klare Prinzipien, wie oft pro Nacht ich mich mit fremden Männern auf verlassenen Parkplätzen verabrede, ja?« Ich sagte es ein bisschen zu laut und handelte mir ein paar erstaunte Blicke von Babes anderen Gästen ein.

Ich war selbst frustriert. Ich hatte die Nacht über praktisch nicht geschlafen und nur zwei brauchbare Worte von Jeff Warren übers Telefon erfahren – Eddie Donnelley. Wie brauchbar sie waren, blieb noch abzuwarten. Steckte Donnelley hinter Carolines gesammelten Problemen – den alten *und* den neuen? Warren hatte es angedeutet, und das war es, was mich beim zweiten Mal aus dem Bett geholt hatte, obwohl der gesunde Menschenverstand mir sagte, dass ich mich besser hätte darin umdrehen sollen. Manche Leute sind wie Terrier – sie können einfach nicht loslassen, wenn sie mal in eine Wade gebissen haben – und ich verwandelte mich mehr und mehr in einen.

Babe wartete meine Bestellung nicht ab. Sie brachte mir ein großes Glas Orangensaft, Kaffee, Toast mit Butter und drei Rühreier, gut durch, eine Mahlzeit, die ich noch vor zwei Jahren, bevor ich herausfand, dass ein bisschen Brot und Butter mich nicht umbrachten, rundweg abgelehnt hätte. Ihr einziges Zugeständnis an meinen früheren strengen Lifestyle war, dass sie nicht auch noch einen Berg von Petes Petersilienkartoffeln neben den Toast häufte. Die Beilage, die gern als Petes Kartoffelkrönung bezeichnet wurde, war derart gut, dass manche Gäste nur sie zum Frühstück aßen, aber ich brauchte Proteine – und das war keine der Zutaten in Petes Geheimrezept.

Babe stellte den Teller vor mir ab und sah sich im Diner um. Sie befand, dass sie ein paar Minuten Zeit hatte, bevor der einzige andere Kunde um die Rechnung bitten würde, also ließ sie sich auf ihrer Seite des Tresens nieder, um mir beim Essen den Rest der Geschichte aus den Rippen zu leiern.

»Dieser Donnelley muss aber wirklich einen Groll hegen. Ich glaube ja nicht daran, dass einem so was guttut«, sagte sie. »Es stresst total. Schlecht für die Verdauung und die Haut. Ich kannte ein Mädchen in der Collins Band, der das Haar ausgefallen ist, weil sie Probleme damit hatte, nicht die erste Tambourin-Spielerin zu sein. Andererseits, vielleicht hat sie sich die Haare auch selbst ausgerissen. Da waren wir nie so ganz sicher. Jedenfalls lag es am Stress.«

Ich spürte, dass einer von Babes Rock'n'Roll-Flashbacks im Anrollen war.

»Und wenn man wirklich etwas *Satisfaction* bekommt«, sagte sie und reckte die Arme über den Kopf, »so ist die Befriedigung doch nur von kurzer Dauer. Viel wahrscheinlicher ist, dass man es bereut. Ich weiß noch, dass ich mal sauer auf einen Roadie war. Er hatte mir versprochen, mich nach einem Konzert hinter die Bühne zu Jerry Garcia zu bringen. Hinter die Bühne hat er mich geholt, aber alle waren schon weg. Kein Mr. Garcia, nur Mr. Johnson.«

Babes Rache war auf dem Fuß gefolgt. Sie hatte den Roadie trinken lassen, während sie ihren eigenen Wein in einen Eimer voll Sand kippte, der als Aschenbecher diente. Als der Typ komplett dicht war, hatte sie ihn auf die leere Bühne gelockt, indem sie ihm sagte, sie wollte, dass ihr erstes Mal etwas ganz Besonderes würde. Stattdessen hatte sie den Trunkenbold an das Drumset gefesselt, wo er, die Hose um die Knöchel, das Bewusstsein verlor.

»Am nächsten Morgen wusste die ganze Crew davon. Es ist schon komisch, was manche Typen einen machen lassen, wenn sie glauben, dass sie ran dürfen. Ein paar Jahre später hat er zu Gott gefunden und ist bis nach Decatur, Georgia, gefahren, bloß um sich bei mir zu entschuldigen.«

Es wärmte mir das Herz, dass Babe nicht mehr an Rache glaubte, aber sie schien damit ziemlich allein dazustehen. Irgendetwas gab mir das Gefühl, dass Eddie Donnelley nicht zu den Erleuchteten gehörte. Wenn er sich in der Stadt befände, dann bestimmt nicht, um Caroline in eine Bärenumarmung zu nehmen und ein für beide Seiten befriedigendes »Abschluss«-Gespräch zu führen.

Ich hatte Warren nicht noch einmal angerufen. Wozu auch? So wie die gestrige Nacht gelaufen war, hätten wir uns ohnehin nur wieder verfehlt. Und er hätte unschuldig wie Charlie Brown sein müssen, um ein drittes Mal zu einem Treffen mit einer Frau zu kommen, die behauptete, nie die Bullen zu rufen, aber doch immer eine Polizeieskorte zu haben schien.

Stattdessen war ich nach einer letzten Runde verbalen Sparrings mit O'Malley nach Hause gefahren und ins Bett gekrabbelt mit dem Gedanken, wie dicht ich an Antworten dran gewesen war – wäre bloß die Polizei nicht wieder dazwischengekommen.

»Zu blöd«, sagte ich in Gedanken und schüttelte den Kopf.

»Wie bitte?« Babe war verwirrt. Sie war immer noch mit ihrer Rachefantasie beschäftigt. »Jerry Garcia war immerhin Mitglied der Dead, der Grateful Dead. Den hätte ich schon gern mal kennengelernt.«

»Ja, ja. Das weiß ich. Ich bin doch keine deiner kleinen Kellnerinnen. Ich hatte früher noch *Schallplatten*. Ich habe bloß gerade daran gedacht, wie glücklich ich letzte Nacht beim ersten Mal war, als die Polizei auftauchte, und wie unglücklich beim zweiten Mal.«

»Hast du schon mal überlegt, ob O'Malley sich vielleicht zu deinem Schutzengel ernannt haben könnte?«, fragte Babe.

Das hatte ich nicht. In den letzten drei Jahren hatte das zickige Hin und Her zwischen O'Malley und mir immer verhindert, dass der Funke übergesprungen war – selbst wenn es mal ein bisschen knisterte. Einer von uns war immer beleidigt oder leckte seine Wunden. Natürlich wollten wir beide dann und wann, aber scheinbar nie zur gleichen Zeit, also schafften wir nie den kompletten Kreislauf, der nötig war, um die Glühbirne zum Leuchten zu bringen.

»Wo wir gerade über Schutzengel sprechen …« Babe reckte ihr Kinn in Richtung der Polizeiwache auf der anderen Straßenseite, wo einer der scheinbar allgegenwärtigen Streifenwagen mit laufendem Motor stand. O'Malley lehnte am Wagen und telefonierte. »Dein Engel sieht gut aus. Ich glaube, er hat ein paar Pfund abgenommen«, sagte sie und musterte ihn. »Wenn man ihn aus dieser blauen Polyesteruniform rausbekäme und in eine schwarze Jeans, ein schwarzes T-Shirt und eine Lederjacke steckt, dann wäre er doch ganz passabel mit seinem blauschwarzen Haar und den blauen Augen.« Darüber hatte sie ganz offensichtlich schon länger nachgedacht. Ich jedenfalls nicht, und es fiel mir schwer, dem Drang zu widerstehen, mich von meinem Barhocker zu stemmen, zum Fenster rauszuschauen und mir die von ihr vorgeschlagene überarbeitete Version Mike O'Malleys vorzustellen.

Babe stand auf, um zwei Frauen mit zwei kleinen Kindern an einen Tisch zu führen, und ich schaute hinaus zu Mike O'Malley, wobei ich so tat, als würde ich nach den Servietten angeln. Nicht schlecht, das stimmte schon, aber war er wirklich der Stoff, aus dem die Träume sind? Was sahen Lucy und Babe nur in ihm, was mir nicht auffiel? Vielleicht sollten wir nach all unseren Beinahe-Rendez-vous einfach bloß Freunde bleiben.

»Erwischt«, sagte Babe über ihre Schulter hinweg.

»Ich wollte bloß sehen, ob er in unsere Richtung kommt.«

»Du bist eine dermaßen schlechte Lügnerin. Wenn du in einer Kleinstadt überleben willst, musst du das üben.«

O'Malley kam in Richtung Restaurant. Er lief zügig über die Straße, und wenige Augenblicke später öffnete sich die Fliegengittertür, dann knallte sie zu. Babe war immer noch mit den Neuankömmlingen beschäftigt, sie half einer der Frauen, ein widerspenstiges Kind in einen Holzsitz zu schnallen, der so anheimelnd aussah wie ein elektrischer Stuhl. Kein Wunder, dass das Kind schrie.

»Hallo, die Damen. Ist es okay, wenn ich mich selbst bediene?« O'Malley hätte nicht um Erlaubnis fragen müssen. Babe liebte ihn und er kannte sich im Diner besser aus als einige ihrer Angestellten. Er schenkte sich einen Kaffee ein und setzte sich auf den Barhocker neben mir, wobei er herausfordernd grinste.

»Okay. Was?«

»Die Kollegen mussten deinen Freund nicht allzu weit verfolgen – er ist direkt unter einer Brücke auf dem Merritt Drive stecken geblieben. Hat die obere Hälfte seines Lasters abgefetzt«, sagte er. »Oh, und noch was. Caroline Sturgis kommt nach Hause.«

29

Zuhause. War das hier in Michigan in dieser Zelle, oder in Oregon, wo meine erfundene Großmutter gelebt hatte und gestorben war, oder in Springfield, wo mich alle als Caroline Sturgis kannten? Die nichtssagende, langweilige, hausfrauliche, dann und wann ganz amüsante, aber auch zu bemitleidende Caroline Sturgis, die ein bisschen zu viel trank und nur selten ihre Hobbys durchzog, aber davon abgesehen genauso war wie die anderen Vorstadtmütter, die ihre Tage damit verbrachten, die Kinder von einer geplanten Aktivität zur nächsten zu kutschieren und sich zwischendurch eine Spa-Behandlung zu gönnen. Oder vielleicht am Mittwoch sogar nach New York City in die Kino-Matinee zu fahren.

Die letzten Wochen waren weit entfernt von Fußballturnieren und nachmittäglichen Theateraufführungen. Ich wusste nicht mehr oder erinnerte mich nicht mehr daran, wie ich es geschafft hatte, so viele Jahre lang all diese Lügen im Griff zu behalten. Es war, als hätte ich eine innere Anzeigetafel gehabt, genau wie das große Whiteboard in meiner Küche, auf dem ich ablesen konnte, wo alle gerade waren. An manchen Tagen waren die Pläne so kompliziert wie der Angriff auf die Normandie, aber die Tafel verhalf mir zu einem Gefühl von Ordnung – Molly beim Fußball, Jason beim Hockey-Training, Grant sonst wo in der Welt, Caroline in Connecticut, man durfte sie nur nicht durcheinanderbringen mit Monica in Michigan. Niemals durfte man sie durcheinanderbringen mit dem Mädchen, das ich gewesen war.

Zu meiner eigenen Sicherheit steckten sie mich in Einzelhaft. Niemand glaubte ernsthaft, dass ich mich mit einem Hermès-Schal erhängen würde, aber sie hatten noch nie eine Insassin wie mich gehabt und wussten einfach nicht, was sie mit mir anfangen sollten. Eigenartigerweise wäre mir die Gesellschaft der anderen Frauen lieber gewesen. So hörte ich sie nur einmal am Tag, wenn man mich für meine fünfundvierzig Minuten Bewegung herausließ. Manche schimpften, andere brüllten, wenn ich an ihren Zellen vorbeigeführt wurde. Ich hörte alles von »dürre Nutte« bis »Hey, Hockey-Mom, kannst du mir was für die Nase besorgen?«.

Ich versuchte mich auf Grant und die Kinder zu konzentrieren. Übte Molly in Tucson weiter brav Klavier? Trug Jason bei Hockeyspielen seinen Helm? Ich konnte mir nicht vorstellen, dass irgendjemand sonst in dem ganzen Gebäude sich Gedanken über Hockey-Pucks machte, und auch mir fiel es schwer. Immer wieder kehrten meine Gedanken zurück zu dem Weg, der mich hierher geführt hatte.

Sherry, das Mädchen, das ich in der Suppenküche kennengelernt hatte, lebte auf der Straße. Sie war süchtig und ich wusste es, aber ich lernte eine Menge von ihr – Gutes wie Schlechtes. Wir verbrachten zwei Wochen zusammen, ich tauchte einfach von null auf hundert in ihre Welt der Kleindelikte ein. Sie und ich nahmen die Sozialhilfe der Stadt in Anspruch, wir arbeiteten mit unterschiedlichen Namen und unterschiedlichen, aber immer traurigen Geschichten, und dann zogen wir weiter, bevor man uns zu viele Fragen stellte. Wir ließen die Finger von persönlichen Details, selbst untereinander.

Für sich genommen brachte Sherry jeden, egal ob unter Schicksalsgenossen oder außerhalb dieser Welt, dazu, Handtaschen und Rucksäcke festzuhalten, als würde sie gleich danach greifen und losrennen. Es war ein verständlicher Reflex. Sie wirkte gerissen und routiniert, sie wusste genau, welche Knöpfe sie drücken musste, um Mitleid zu erheischen.

Mein Engelsgesicht machte aus uns ein gutes Team. Ich verschaffte ihr Glaubwürdigkeit. Die Leute trauten uns eher. Als Duo entschied man sich im Zweifelsfall für uns, bis sie eines Tages tatsächlich jemandem die Sachen klaute, während sie vor einer Gemeinschaftsdusche wartete. Sie lief davon und ließ mich – wobei alle davon ausgingen, dass ich ihre Komplizin war – allein im Regen stehen. Es bedurfte aller Überreste meines bürgerlichen Charmes, um die übrigen Bewohnerinnen des Obdachlosenheims davon zu überzeugen, dass ich nichts mit der Sache zu tun hatte.

Aber es war ein Zeichen, dass ich weiterziehen sollte, bevor ich mich vertat und man mir auf die Schliche kam. Ich hatte meinen Cicerone *verloren, meinen Führer in dieser merkwürdigen Stadt, wo jedes Viertel größer war als meine gesamte Heimatstadt.*

Ich saß auf einer Bank im Central Park und aß ein Sandwich mit Mettwurst auf weichem Weißbrot zum Frühstück, als Sherry wieder auftauchte, sie sprang hinter dem Denkmal Baltos hervor, eines heldenhaften Hundes, der während eines Diphterieausbruchs eine Reihe Leute gerettet hatte.

»Ta-taa.«

Sie lachte und tanzte um das Denkmal herum, als wären wir Freundinnen, die sich zu einem Film oder zum Bummeln in der Stadt verabredet hatten, und sie wäre bloß ein paar Minuten zu spät gekommen. Ich packte meine Tasche fester und aß mit gesenktem Blick weiter. Das Sandwich war wie Gummi und völlig geschmacklos, aber ich hatte das Glück gehabt, letzte Nacht vier davon zu ergattern, als der Hilfslaster seine Runde um den Park gedreht hatte. Ich hatte mir zwei für den Morgen aufgehoben.

»Jetzt komm schon«, sagte sie. »Du bist doch nicht wirklich sauer, oder? Ich wusste, sie würden dir nicht die Bullen auf den Hals hetzen. Sieh dich doch nur an. Du bist so sauber wie ein Stückchen Seife.«

Das glaubte sie. Wo war sie nur gewesen, als mein beschissener Anwalt die Juroren auswählte? Das blaffte ich ihr beinahe entgegen, dann biss ich mir aber doch auf die Zunge. Wenn Sherry wüsste, dass ich gesucht wurde, und dass es eine Belohnung für mich gäbe, dann säße ich in Haft, bevor ich mein Sandwich zu Ende gegessen hätte.

»Was willst du?«, fragte ich und gab mir alle Mühe, ausgekochter zu klingen, als ich mich fühlte.

Sherry griff in ihre Tasche und zog etwas heraus, was mir verdammt bekannt vorkam. Meinen Pass. Ich ließ das Sandwich fallen und wühlte in meiner Tasche herum, um herauszufinden, was sie noch gestohlen hatte. Wie aus dem Nichts erschienen ein paar Eichhörnchen, um sich auf die Brotrinden und Wurstreste zu meinen Füßen zu stürzen. Ich trat nach ihnen, als wären sie Ratten.

Sie hob die Hände. »Sonst nichts, ich schwöre es. Hier, nimm«, sagte sie und wedelte mit dem Pass auf und ab, »bevor ich es mir anders überlege. Ich hätte einen netten Haufen Kohle dafür kriegen können. Es ist ein Zeugnis deines guten Einflusses auf mich, dass ich ihn zurückbringe.« Sie legte sorgsam den Pass auf das Butterbrotpapier, in dem sich mein Frühstück befunden hatte, und verfehlte sogar den Senf.

Ich war entsetzt. Nach meiner Erfahrung mit Kate und Eddie war klar, dass ich nie wieder jemandem vollkommen vertrauen würde, aber offenbar war ich immer noch ein dummes kleines Mädchen aus Michigan, das man reinlegen und über die Klinge springen lassen konnte.

Eine alte Zeitung flatterte unter die Parkbank. Sherry zog sie hervor und riss eine Ecke ab. Sie kritzelte mit einem Bleistiftstummel, den sie aus der Tasche fischte, einen Namen und eine Nummer darauf.

»Max wird dir tausend Dollar dafür bieten, aber sag ihm, ich habe dich geschickt.« Sie reichte mir das Zettelchen. »Besteh auf zwei, er verkauft ihn sowieso für vier. Und lass dir von ihm kostenlos einen gefälschten Führerschein dazu geben. Er hat Tonnen davon. Such dir einen Namen aus, der dir gefällt. Und einen Bundesstaat.«

Sie spazierte davon und schaukelte mit der Tasche, die sie dem anderen Mädchen geklaut hatte. »Ich würde wirklich gern bleiben und plaudern«, rief sie, »aber wenn ich noch länger bei dir bin, *dann muss ich ehrbar werden. Und das wäre doch eine schreckliche Verschwendung meines Talents. Noch ein letzter Ratschlag: Pass auf und traue niemandem.«*

Ich habe sie nie wiedergesehen.

Max bot mir tausend Dollar, aber wie Sherry mir geraten hatte, verhandelte ich und bekam ihn hoch bis auf zwei-fünf. Er spreizte Führerscheine wie Spielkarten aus. Als ich Oregon erblickte, wusste ich, dass dies der Beginn meiner neuen Lebensgeschichte wäre. Es war perfekt – ich hatte so oft gelogen, dass ich bereits glaubte, wirklich aus Oregon zu stammen. Ich tippte mit einem Finger darauf und Max zog einen Führerschein aus dem Stapel, als wollte er einen Kartentrick vorführen.

»Du musst morgen mit einem Passfoto wiederkommen, Chica. Dann kriegst du das Geld von mir.«

»Nein. Geld jetzt, Bild heute Nachmittag.«

»Okay, okay, war den Versuch wert. Woher kennst du Sherry?«, fragte Max, dessen Nase lief, weil er sich gerade irgendwas reingezogen hatte. Sherry hatte gesagt, er sei Dealer, aber sie hatte nicht gesagt, in was. Aber was auch immer es war, es gelang ihm, den Gesetzeshütern auszuweichen. Laut Max nervten die ihn nur, wenn wirklich gar nichts anderes zu tun war.

»Die Bullen lassen mich in Ruhe. Ich bringe niemanden um. Ich verkaufe keinen Stoff vor Schulen. Ich habe keine kleinen Mädchen im Angebot.«

Ja, sie liebten ihn bestimmt. Ich wette, irgendeine Bürgerrechtlergruppe wird in der Nähe der Port Authority einen Park nach ihm benennen.

Ich saß im hintersten Eckchen eines Coffeeshops an der West 54th Street während er mein Foto ausschnitt und mit einem tragbaren Laminiergerät auf den gefälschten Führerschein schweißte.

»Dieses kleine Gerät ist das beste Investment, das ich je gemacht habe. Du musst dir was einfallen lassen, wie du Kohle machst, Mädchen. Ich kann dir helfen, Arbeit zu finden.« Er sah mich an, dann schüttelte er den Kopf.

»Nein, ich glaube, doch nicht. Du bist zu süß. Du siehst so süß aus, du könntest das Mädchen in dem Neil-Diamond-Song sein, ›Sweet Caroline‹.« Er fuchtelte im Takt der Musik in seinem Kopf mit der Faust durch die Luft.

Ein heruntergekommener Sack, der mit gefälschten Ausweisen und Essensmarken handelte, brachte mir also zweieinhalbtausend Dollar, einen neuen Führerschein und einen neuen Namen ein. Auf der Busfahrt nach Florida ersann ich mir eine neue Vergangenheit und war gleichzeitig unterwegs in etwas, von dem ich hoffte, es würde meine Zukunft sein.

Drei Jahre später, als ich Grant Sturgis traf, gab der mir wieder ein neues Leben. Mit der Zeit erlaubte ich mir zu glauben, dass ich diese andere Person wirklich begraben hätte. Die aus Michigan, die vor so langer Zeit etwas so Dummes angestellt hatte, dass sie mir wirklich wie eine andere Person vorkam.

30

Babes Diner sah aus wie immer am Morgen, mit einer Ausnahme. Wenn sich bisher ein Haufen Leute um irgendjemanden scharte, dann war das Babe gewesen. An diesem Morgen standen die Leute um einen kleinen Computerbildschirm in einer Sitzecke herum.

»Ich stehe hier vor der Polizeiwache in Connecticut, wo vor erst zwei Wochen eine Frau aus Springfield, die mittlerweile als Flüchtende Vorstadtmutter bekannt ist, inhaftiert war, nachdem sich herausgestellt hatte, dass es sich um die ehemalige Gefängnisinsassin Monica Jane Weithorn handelte. Weithorn war vor über zwanzig Jahren aus einem Gefängnis in Michigan entkommen und kehrt heute zu entsetzten Nachbarn und Freunden in das verschlafene Springfield, Connecticut, zurück, wo man sie jahrzehntelang nur als Caroline Sturgis kannte.

Die verurteilte Drogenhändlerin musste ihren Pass abgeben und wurde gegen eine Million Dollar Kaution freigelassen. Was sie als Nächstes tut und wie sie sich nennen wird, kann man nur vermuten, aber eines ist sicher: Die Polizei aus zwei Staaten wird sie sehr genau im Auge behalten bis zum 6. Dezember, wenn sie nach Michigan zurückkehren muss und ein Richter darüber entscheidet, ob sie ihre ursprüngliche Strafe absitzen muss oder zurückkehren darf zu dem privilegierten Leben der oberen Mittelklasse, das sie die letzten zwei Jahrzehnte genossen hat …«

»Jetzt ist Schluss mit dem Internet, Harry. Sollst du auf dem Ding nicht arbeiten?«

Der Mann an dem Ecktisch brummelte, gehorchte aber. Die Nachrichtensprecherin hatte nichts gesagt, was die Umstehenden nicht ohnehin schon wussten. Caroline kehrte vorübergehend nach Hause zurück. Die Menge zerstreute sich, als Harry den Lautsprecher seines Netbooks herunterdrehte.

»Irgendwas an dem Ton dieser Reporterin lässt mich sie hassen«, sagte Babe.

Ich wusste, was sie meinte. So vage sich auch alles anhörte, der Bericht ließ es klingen, als hätte Caroline Crack auf Schulhöfen verkauft und sich Juwelen geleistet und sei dann in riesigen Autos über die Körper kleiner Kinder und hoffnungsloser Drogensüchtiger gefahren. Die Wahrheit allerdings war komplizierter. Zugegebenermaßen hatte sie tatsächlich eine ordentliche Juwelensammlung und ein paar große Autos. Es war eine verwirrende Situation. Selbst Carolines Freunde wussten nicht genau, was sie davon halten sollten.

Ich hatte die Frühnachrichten zu Hause gehört, die waren ein bisschen ausführlicher als der Videoclip im Web. Laut der TV-Nachrichten würden Grant und Caroline um sieben Uhr abends auf dem Flughafen Westchester landen. Journalisten und Kameramänner warteten bereits und würden sich auf sie stürzen.

Ich wusste es allerdings besser. Caroline war bereits zu Hause, sie war gestern am späten Abend auf dem Flughafen Bradley außerhalb Hartfords gelandet. Ich wusste das, weil wir heute Morgen telefoniert hatten. Und jetzt war ich unterwegs, um mich mit ihr zu treffen.

Ich würde einen unbefestigten Privatweg zur Rückseite des Hauses der Sturgis' nehmen. Caroline und Grant würden die Tür von der Garage zum Haus für mich offen lassen, so sollte ich hereinkommen.

Sie warteten im Flur auf mich. Caroline sah blass und erschöpft aus. Das war zu erwarten gewesen. Er hatte dunkle Ringe unter den Augen, sie hatte mit einem Mal einen dunklen Haaransatz, was sicher cool war, wenn man im East Village lebte, aber nicht in einem spießigen Vorort in Connecticut. Sie versuchte erfolglos, die dunklen Haare mit einem Schal zu verdecken, den sie so oft gefaltet hatte, dass er jetzt als breites Haarband herhalten konnte. Ihre normalerweise polierten und manikürten Nägel waren rissig und sie hatte an der Nagelhaut herumgezupft, so dass einige blutige Stellen zu sehen waren.

»Willkommen zu Hause«, sagte ich bemüht fröhlich. »Alles läuft nach Plan. Ich habe gestern noch von Lucy gehört.«

Wir umarmten uns alle drei. Dann fuhr Grant, wie wir es besprochen hatten, nach Hartford, um die Reporter auf eine fröhliche Verfolgungsjagd zu locken, die wir mit Hilfe Lucy Cavanaughs geplant hatten. Lucy, die nur zu gerne ihren Teil zu der Story beitragen wollte, war mit einer abenteuerlichen Verkleidungs-Idee angekommen, die Caroline etwas Zeit mit Grant und dem Rest ihrer Familie verschaffen sollte. Meine Freundin war gestern Nacht nach Detroit geflogen und würde jetzt mit der Maschine zurückkehren, die Caroline angeblich genommen hatte. Sie würde in auffälliger Verkleidung erscheinen, und wenn Grant sie am Flughafen abholte, würden sie alle aufdringlichen Reporter so lange hinter sich herfahren lassen wie nur möglich. Wenn das Caroline einen Tag verschaffte, um sich in Frieden mit ihren Kindern in Verbindung zu setzen und mit ihren Anwälten zu treffen, war schon viel gewonnen.

Caroline führte mich in ihre makellose Küche. Das Einzige, was nicht dazu passte, war ein Haufen ungeöffneter Briefe auf der Anrichte gegenüber der Kochinsel. Diesmal gab es keine Mimosas, sondern nur eine Kanne Kräutertee. Sie holte eine blaue Dose dänischer Butterkekse hervor, die ich auch schon im Großhandel bei Costco gesehen hatte.

»Grant war toll. Aber schau nur«, sagte sie und tippte auf die Keksdose. »Er lebt aus der Vorratskammer. Wenn sie mich nicht freigelassen hätten, dann wäre er demnächst zu Gewürzgurken und den kleinen Geschenkpäckchen Kaffee und Käse aus den Fresskörben vom letzten Weihnachten übergegangen.« Sie deutete auf die pieksaubere Küche. »Er versucht so sehr, normal zu sein, dass er sogar ›Mami wieder zu Hause!‹ auf das Whiteboard geschrieben hat.«

Sie musste einmal schlucken, als sie das sagte, war aber bemerkenswert ruhig für eine Frau, die durchgemacht hatte, was sie durchgemacht hatte.

»Wir werden es überleben«, stellte sie dann fest. »Unsere Ehe wird vielleicht sogar besser sein, nachdem sich der Staub gelegt hat. Wenn die Kinder nicht wären, wäre ich vielleicht sogar froh, dass es herausgekommen ist. Du kannst dir gar nicht vorstellen, wie das ist, so etwas all die Jahre für sich zu behalten. Vielen Dank, dass du herausgefunden hast, wie es passiert ist. Mir wäre es egal gewesen, aber Grant *musste* einfach wissen, wer dafür verantwortlich war. Es hätte ihn sonst wahnsinnig gemacht.«

Sie schüttelte den Kopf und lächelte. »Jeff Warren. Ich habe ihn sofort erkannt, selbst mit Bart und Schnauzer. Er war immer ein netter Junge.«

»Das sagt seine Mutter auch. Hast du noch jemand Neues in der Stadt gesehen, den du kennst? Vielleicht jemanden bei Mossdale's?«

»Nein«, sagte sie. »Ich gehe normalerweise mit Becka reiten, und wir sehen eigentlich selten jemanden. Du meinst den Priester, oder?«

Ich nickte.

»Den habe ich noch nie zuvor im Leben gesehen. Er hat mir einfach bloß einen Heidenschreck eingejagt. Er hat genau dieselben Worte gesagt wie ein anderer Priester vor vielen Jahren, als ich im Obdachlosenheim von St. Ann's war. Ich schicke ihnen immer noch jedes Jahr einen Scheck für ihre Spendensammlung.«

»Was wirst du jetzt machen?«, fragte ich.

»Warten, bis der Richter entscheidet. Bis dahin werde ich tun, was die anderen mich tun lassen. Die Leute, die in meinem Leben waren. Du, die anderen Mütter, mein Lesezirkel.«

»Ich bin hier, oder etwa nicht? Und gib den anderen etwas Zeit«, sagte ich. »Sie wissen nicht, was sie von der Sache halten sollen.« Insgeheim dachte ich mir, dass es nur einer gut vernetzten Person bedürfte, die sie offiziell willkommen hieße, um die anderen daran zu erinnern, dass sie immer noch Caroline war, die Frau, die sie alle noch vor einem Monat geliebt hatten.

Ich setzte darauf, dass Becka Reynolds diese Person sein würde. Sie hatte ein gutes Herz und hatte schon einmal geholfen, aber trotzdem nahm ich mir vor, ihr einen kleinen Stups zu geben, wenn es nötig war.

»Kann ich noch etwas tun?«

»Ja.« Caroline schaute jetzt sehr ernst. »Deswegen habe ich angerufen.«

Sie zog einen hellblauen Luftpolsterumschlag aus dem Stapel Post auf ihrer Anrichte, ein ebenso simples wie effektives Versteck. Er war zugeheftet gewesen, jetzt aber nur zugeklappt. Es gab weder eine Briefmarke noch eine Adresse, er war heute Morgen persönlich zugestellt worden.

»Grant weiß nichts davon.«

Caroline schlief momentan schlecht, vielleicht lag das an an der Zeit im Gefängnis. Sie hatte gegen 6:30 Uhr morgens etwas in der Auffahrt gehört, als Grant gerade duschte. Sie traute sich nicht, die Tür zu öffnen, schaute aber zu ihrem Schlafzimmerfenster hinaus und bemerkte den Umschlag auf der Schwelle, er lehnte an einem Zedern-Pflanzkübel. Aus dem Augenwinkel sah sie einen Wagen, der auf der anderen Straßenseite stand, davonfahren, aber sie war sich nicht sicher, ob er etwas mit der Sache zu tun hatte. Und es war noch zu dunkel gewesen, um Wagen oder Fahrer genauer zu sehen.

»Du hättest das nicht öffnen sollen«, sagte ich und starrte den Umschlag an, berührte ihn aber nicht. »Es hätte gefährlich sein können.«

»Wieso denn das, eine tote Ratte von einem meiner Nachbarn? Anthrax?«

»Wer weiß?« Ich wollte gerade sagen, dass man die Leute selten so gut kannte, wie man glaubte, besann mich dann aber.

Caroline ließ etwas aus dem Umschlag auf den Tisch gleiten. Es war ein glänzendes blaues Schmuckkästchen. Darin befand sich ein Gegenstand, der in Seidenpapier eingewickelt war. Und eine Begleitkarte, getippt auf festem Papier.

Erst am Schluss ist es vorbei.

»Na ja, sieht so aus, als hätte jemand was gegen deine Entlassung.«

»Nein, da steckt mehr dahinter. *Erst am Schluss ist es vorbei?* Das war unser Schlachtruf, wenn unsere Mannschaft zum Ende eines Spiels hin zurücklag. Wer immer mir das geschickt hat, kannte mich, als ich Monica war.«

Und egal, wie ein Richter in Michigan entscheiden würde, diese Person hier war überzeugt, dass es nicht zu Ende war. Caroline entfaltete das Seidenpapier. Es war ein silberner Anhänger, ein Megafon mit den Buchstaben NHS darauf. Newtonville High School. Auf der anderen Seite befanden sich die Initialen MJW, Monica Jane Weithorn.

Carolines Handy summte zweimal. Sie hatte eine SMS erhalten, und wir starrten beide ungläubig auf das Display.

Soll es vorbei sein? Wenn du eine Million Dollar Kaution zahlen kannst, dann kannst du mir verdammt noch mal auch die Kohle wiedergeben, die du mir gestohlen hast.

31

Ich setzte Wasser für Tee auf und ließ Caroline jene Geschichte erzählen, die sie all die Jahre für sich behalten hat, und die sie zweifelsohne im letzten Monat ein Dutzend Mal aufgesagt hatte.

»Ich sah wohl ganz hübsch aus, aber wer glaubt schon in diesem Alter, dass man hübsch wäre – nur die selbstbewusstesten Mädchen, und dazu gehörte ich jedenfalls nicht. Ich kam aus ärmlichen Verhältnissen und war vielleicht hübsch genug, dass man mit mir herumknutschte, aber nicht präsentabel genug, um mich den Eltern vorzustellen. Bis ich Eddie und Kate kennenlernte. Sie gaben mir das Gefühl, etwas Besonderes zu sein. Kate schenkte mir sogar ein paar ihrer Klamotten und brachte mich dazu, mich als Cheerleaderin zu bewerben. Sie kannte den Trainer. Durch das Cheerleading wurde ich beliebt, zumindest dachte ich, es läge daran. Als ich mit Eddie zusammenkam, hatte ich plötzlich eine Menge Freunde. Trainer Hopper fand es klasse, wenn Eddie und Kate mit zu den Spielen kamen. Er schrieb es ihnen zu, mich aus meinem Schneckenhaus gelockt zu haben.« Caroline machte eine Pause.

»Ich wusste nicht, was sie trieben, und ich habe nichts gestohlen«, sagte sie dann. »Das musst du mir glauben.«

»Caroline, ich werde dich nicht verurteilen, und ich bin auch nicht sicher, ob es darum überhaupt geht. Jemand, den ich als einen der Bösen bezeichnen würde, ist der Überzeugung, du hättest das Geld. Und er kennt deine Handynummer und weiß, wo du wohnst. Vielleicht weiß er sogar, dass du jetzt gerade dieses Ding in Händen hältst.« Als ich das sagte, schauten wir beide zu der Glasschiebetür, die in Carolines Garten führte, der an den See grenzte. Ein wundervoller Ort. Friedlich. Grün und bewaldet. Ruhig. Sie drückte auf einen Knopf unter der Tischplatte der Kochinsel und eine Jalousie senkte sich, so dass wir hinausschauen, aber niemand mehr hereinsehen konnte. Dann ging sie ins Wohnzimmer, um eine Flasche Wodka zu holen.

»Ich glaube, das ist nicht so eine gute Idee. Lass uns lieber noch eine Tee trinken, okay?«

»Tee hilft mir nicht. Ich bin sowieso am Ende. Mein ganzes Leben wurde zerstört, die Kinder halten mich für eine Verbrecherin, meine Schwiegermutter will sogar das Sorgerecht für die Kinder beantragen. Gott allein weiß, wie Grants Kunden reagieren werden. Was können sie mir schon noch anhaben?«

Was sie ihr anhaben könnten, und das würde ihr klar werden, sobald sie zur Ruhe kam, wäre, sie so schlimm wie möglich dastehen zu lassen, so dass der Richter in Michigan sie zurück ins Gefängnis schicken *musste*, damit sie den Rest ihrer Haftstrafe absaß, wenn er sich nicht vorwerfen lassen wollte, zu liberal zu sein.

»Du musst die Polizei verständigen«, sagte ich.

Sie schüttelte entschlossen den Kopf, und ich konnte ihr keinen Vorwurf daraus machen. Das letzte Mal, als sie Gesetzeshütern vertraut hatte, war sie zu zwanzig Jahren Gefängnis verurteilt worden für ein Verbrechen, von dem ich immer noch glauben wollte, dass sie es nicht begangen hatte.

»Nein«, sagte sie. »Wir müssen einfach nur diesen Mann finden und herausbekommen, was er will.«

»Caroline, wir wissen, was er will – Geld. Vielleicht auch Rache. Und so wie sich das alles anhört, wäre es ihm eine Freude, dir richtig Angst zu machen.«

»Du musst mir helfen. Du hast Jeff Warren gefunden, du kannst auch diesen Kerl finden.«

Ich musste zugeben, dass ich immer besser darin wurde, Menschen und Dinge ausfindig zu machen. Ich fragte mich, was

Nina Mazzo für solche Aufträge berechnete. Es musste mehr sein, als ein Gärtner verdiente, und die Arbeit war deutlich weniger anstrengend, wenn auch manchmal riskanter.

»Okay, gehen wir es noch einmal durch. Wir sagen immer ›er‹. Sind wir sicher, dass es ein Mann ist?«, fragte ich.

Es gab nur eine einzige andere Frau, die mit der ganzen Sache überhaupt zu tun gehabt hatte, und die meldete sich gewiss nicht zu Wort. Es sei denn, aus dem Grab.

»Kate kann es nicht gewesen sein«, sagte Caroline. »Das ist völlig unmöglich.«

32

Offenbar waren nur wenige Personen zu Kate Gustafsons Beerdigung gekommen. Nicht einmal ihre Mutter, obwohl die vielleicht einfach zu sehr trauerte, um mitzuverfolgen, wie ihr einziges Kind bestattet wurde. Kate und Caroline waren sieben Jahre auseinander, hatten aber viel gemeinsam gehabt. Sie sahen gut aus, waren clever und waren bei alleinerziehenden Eltern groß geworden, die sie nie richtig beaufsichtigt hatten.

Kate hatte immer auf der Bühne stehen wollen, seit sie mit sechs an ihrem ersten Schönheitswettbewerb teilgenommen hatte. Sie hatte nicht gewonnen, war aber bis zum Ende ihrer Teenagerjahre den Wettbewerben treu geblieben, immerhin hatte sie es zur Miss Atwell Air Filter und zur Miss Jiffy Lube gebracht. Manche Leute hatten einfach was gegen Schönheitswettbewerbe. Zur Hölle mit ihnen! Der Atwell-Preis reichte für sechs Monate Studiengebühren, darüber gab es nichts zu lachen. Im Gegensatz zu dem, was ihr Anwalt bei dem Verfahren zu behaupten versuchte, kam sie in der Schule gut mit und schloss das College innerhalb von dreieinhalb Jahren ab, weil sie ausgerechnet hatte, dass das Geld genau so lange reichen würde.

Ursprünglich hatte Kate Lehrerin werden wollen, aber es gab keine Jobs, weil die Einwohner Newtonvilles wegzogen und ihre Kinder mitnahmen. Eine der öffentlichen Schulen hatte sogar zugemacht, und die Lehrer von dort hielten sich mit Vertretungen über Wasser und warteten darauf, dass ihre Kollegen entweder in Rente gingen oder starben.

Kate nahm eine Reihe von Teilzeitjobs an, unter anderem als Barkeeperin. Wenn nichts los war, las sie die Todesanzeigen und suchte nach Jobs, als eines Nachts Eddie Donnelly hereingeschneit kam.

Nach ihrer Entlassung aus dem Gefängnis kehrte sie zurück in die Bar, und nach einem Brand, den eine fehlerhafte, illegale Elektroverkabelung des Neonschildes verursachte hatte, fand man sie tot im Keller des Lokals. Es wurde wegen Brandstiftung ermittelt, der Verdacht erhärtete sich jedoch nicht.

»Kate war ein guter Mensch«, sagte Caroline. »Die Leute fanden es komisch, dass wir uns anfreundeten, aber sie war wie eine ältere Schwester für mich. Es gab keine Eifersucht wegen Eddie. Wir waren alle Freunde.«

Freunde, die alle Kriminelle waren, oder zwei Freunde, die den Dritten im Bunde reinlegten? Caroline wusste, was ich dachte.

»Du verstehst das nicht. Kate hat versucht, mich zu beschützen.« Caroline zupfte an einem Taschentuch herum und schaute sehnsüchtig die Flasche auf dem Tisch an. Ganz offensichtlich überlegte sie, wie viel sie mir erzählen sollte, und ich fragte mich, wie viel es zu erzählen gab.

»In meinem ersten Jahr am College, als Freshman, hatte ich nach ein paar Monaten das Gefühl, dass irgendwas los war. Ich hatte keine Ahnung, was. Ich dachte, Kate hätte sich vielleicht wieder mit Eddie eingelassen. Es hatte eine Menge große Partys nach den Spielen gegeben. Manchmal verlor ich die beiden in der Menge aus den Augen und war mir selbst überlassen. Wir waren nicht mehr die drei Musketiere, so wie im Jahr zuvor. Ich fragte Kate und sie stritt es ab, aber ich wusste, dass sie mir etwas vorenthielten.«

Eines Abends hörte Caroline die beiden streiten. Kate sagte, sie hätte es satt, sich zu verstecken und Caroline und dem Trainer etwas vorzumachen. Das bestätigte Carolines schlimmsten Verdacht. Ihre Mutter war tot, sie hatte keine anderen Freundinnen, denen sie sich anvertrauen konnte, und mittlerweile waren Kate und Eddie ihre Ersatzfamilie geworden. Sie war am Boden zerstört.

»Ich ging wieder zu Kate. Diesmal schwor sie mir, dass es zwischen ihr und Eddie keinerlei romantische Verbindung mehr gab. Sie lachte sogar darüber. Sie sagte mir, dass sie für jemanden arbeiteten, und je weniger ich wüsste, desto besser.«

Kate hatte ihr gesagt, wenn die Football-Saison endete, würde sie aussteigen und dafür sorgen, dass auch Caroline nichts mehr damit zu tun hätte, aber im Moment sollte sie einfach weiter zum Unterricht gehen, und zu den Spielen, und versuchen, nicht weiter darüber nachzudenken. Das tat sie auch bis zu dem Tag, an dem Kate und Eddie verhaftet wurden. Wenige Stunden später nahm man auch Caroline fest.

»Ich dachte, es hätte vielleicht mit Wetten auf die Spiele zu tun. Ich war kein großer Football-Fan, aber wir hatten ein paar Spiele verloren, von denen alle dachten, wir hätten sie gewinnen müssen. Kate hätte mir nie wehgetan.«

»Sie hätte dir nie wehgetan? Woher willst du das so genau wissen?«

Caroline griff nach dem Wodka, und diesmal ließ ich sie. Sie schenkte jedem von uns großzügig ein. Ich nahm ein kleines Schlückchen, starrte hinaus in den Schatten zwischen den Bäumen und überlegte, was wir jetzt anfangen sollten.

»Ich will dich mal was anderes fragen«, sagte ich. »Hast du hier viele Rehe?«

»Nein. Der See und der Weg gehören einem privaten Wasserversorgungsunternehmen. Die verwenden irgendein organisches Rehschutzmittel. Ich weiß nicht, was. Ich musste eine Freistellungserklärung unterschreiben, aber das ist so lange her, dass ich mich nicht daran erinnern kann. Warum?«

Jetzt klebte mein Blick an der Jalousie. »Wenn du kein Rehproblem hast, dann schleicht da irgendein anderes großes Säugetier zwischen den Hemlocktannen herum.«

33

»Reporter? Kinder?«, fragte Caroline. »Egal wie viele Schilder die Wasserfirma aufstellt, Teenager interessiert das nicht. Aber irgendwann hören sie mit dem Mist auch wieder auf. Das ist bloß Kinderkram.«

»Kinderkram – widerrechtliches Betreten – lass mich raten, du heißt ... *Monica?*«

Caroline fragte, ob ich noch ganz bei Trost wäre.

»Ich habe so eine Ahnung, wer das da draußen ist. So ein komischer Typ hat neulich im Diner einen Haufen Fragen gestellt. Er hat mit seinem Handy ein Foto von Babe gemacht und ist dann später in der Nacht in ihr Büro eingebrochen. Er behauptete, die Tür wäre offen gewesen und er sei bloß hineingegangen, um sich auszuschlafen, aber ich glaube, die Bullen haben ihm nicht geglaubt. *Ich* habe ihm ganz bestimmt nicht geglaubt.«

Dann fiel mir wieder ein, was der Mann gerufen hatte, als sie ihn verhafteten – nämlich, dass Babe diejenige war, die die Bullen hätten unter die Lupe nehmen sollen. Hatte Eddie Donnelley ihn zum Diner geschickt, um nach einer Blondine namens Caroline oder Monica zu suchen, und er hatte Babe mit ihr verwechselt? Und nachdem er ihr Bild vom Handy aus verschickt hatte, hatte Donnelley ihn angewiesen, weiterzusuchen, bis er die richtige Frau fand?

»Ich rufe jetzt die Polizei an.«

Nachdem er gehört hatte, dass ich dran war, ließ O'Malley sich Zeit, ans Telefon zu gehen.

»Lass mich raten«, sagte er dann. »Du möchtest dich mit mir zum Abendessen verabreden? Tut mir leid, da kann ich nicht.«

»Mike, ich glaube der Küchentresen-Mann ist wieder unterwegs, diesmal auf Caroline Sturgis' Grundstück. Ich glaube, er steckt mit einigen der Leute, die Caroline in Michigan kannte, unter einer Decke.«

Mike hörte sofort auf zu scherzen und sagte, wir sollten die Türen verriegeln und die Alarmanlage einschalten. Er würde gleich da sein.

»Küchentresen-Mann?«, fragte Caroline, schenkte sich noch ein Glas ein und fragte sich, welchen Teil der Geschichte sie beim ersten Glas Wodka verpasst hatte.

»Das ist eine lange Geschichte.«

Aber sie hatte Hand und Fuß. Jeff Warren sah Caroline im Restaurant und erwähnte das ein paar Leuten gegenüber, darunter auch Leroy Donnelley, der es seinem Cousin Eddie erzählt haben musste. Eddie schickte den Küchentresen-Mann nach Springfield, um herauszufinden, ob sie es wirklich war.

»Wie konnte dieser Mann mich mit Babe verwechseln, wenn er mich in Michigan kannte?«

»Vielleicht ist er ein Freund von Eddie, oder jemand, den Eddie später kennengelernt hat, der ihm eine Gefälligkeit schuldete. Eddie wollte dich vielleicht nicht in die Flucht schlagen, indem er selbst hier aufkreuzte.«

Zehn Minuten später stand O'Malley in Carolines Küche, die Jalousie war hochgezogen, und ich berichtete ihm, was ich zu wissen glaubte. Ich hatte das Gefühl, die Sache ziemlich logisch darzulegen, aber O'Malley war nicht überzeugt.

»Deswegen hat er gerufen, Babe sei eine Kriminelle, hast du das denn schon vergessen?«, fragte ich, und meine Stimme ging eine Oktave höher. »Er dachte, sie sei *Caroline.*«

»Die Leute sagen einen Haufen Unsinn, wenn sie verhaftet werden. Oder wenn sie aufgeregt sind.« Er warf einen Blick auf die Flasche auf der Kochinsel. »Oder wenn ihre Wahrnehmung gestört ist.«

»Wir sind nicht gestört. Kannst du nicht wenigstens überprüfen, ob der Typ zur selben Zeit wie Eddie Donnelley in Michigan im Knast gesessen hat?«

»Nein, kann ich nicht.«

»Und warum nicht?«

»Weil es nicht so ist.«

Der Mann hieß mit richtigem Namen Thomas Chase McGinley. Gemäß der vorgeschriebenen Überprüfung seines Führerscheines aus Michigan war er niemals wegen irgendetwas verurteilt worden. Er hatte auch keine offenen Knöllchen. Okay, er hatte schlechte Zähne und schütteres Haar, und ihm haftete ein Hauch von *Beim Sterben ist jeder der Erste* an, aber vielleicht war ich auch bloß eine arrogante Kuh. Abgesehen von diesen Schönheitsfehlern schien er nämlich ein anständiger Bürger zu sein, der bis vor kurzem in der Versandabteilung eines Sportartikelladens in Michigan gearbeitet hatte. Vielleicht kannte er *doch* den Unterschied zwischen einem Küchentresen und einem Kajak.

»Das einzig auch nur im Entferntesten Kriminelle, was McGinley je getan hat, war vor zwei Jahren« – O'Malley blätterte in seinem kleinen Spiralblock – »ein Streit im Big-Boy-Restaurant in Tipp City, Ohio, als das Management behauptete, dass er versucht hätte, mit der größeren Bestellung eines anderen Gastes rauszumarschieren, und McGinley behauptete, es sei ein Versehen gewesen. Deswegen wurde auch keine Kaution festgelegt. Die Polizei hat ihn ziehen lassen mit dem Versprechen, dass er zur Verhandlung kommt.«

»Warum sollte er uns vorlügen, im Gefängnis gewesen zu sein? Um anzugeben?«

»Männer sagen manchmal Unsinn. Vielleicht glaubte er, es würde Babe beeindrucken.«

»Aber immerhin ist er aus Michigan. Was ist denn damit?«

»Eine Menge Leute sind aus Michigan, Paula. Magic Johnson. Eminem. Madonna.«

Carolines Finger spielten auf einem unsichtbaren Keyboard. Sie sehnte sich sichtlich nach einem weiteren Drink, wollte aber O'Malleys Annahme, dass sie betrunken war, nicht erhärten.

Einen Monat zuvor hatte sie noch in der Bibliothek geholfen, eine Wohltätigkeitsveranstaltung zu organisieren, und hatte Brownies für einen Kirchenflohmarkt gebacken. Zwei große Erfolge. Jetzt war sie gegen Kaution freigekommen, versteckte sich vor den Medien und hörte entgeistert zu, wie zwei Leute in ihrer Küche über Madonna und einen Typen namens Küchentresen-Mann stritten. Etwas trinken zu wollen war unter diesen Umständen nur nachvollziehbar.

»Wo ist Grant?«, fragte O'Malley.

»In Hartford am Flughafen«, sagte ich. »Mit Lucy.«

Jetzt sah O'Malley aus, als hätte er am liebsten auch was getrunken.

34

O'Malley weigerte sich, mich mitkommen zu lassen. Er und sein Kollege durchsuchten das Wäldchen und kehrten dann zum Haus zurück, um Bericht zu erstatten. Alles, was sie gefunden hatten, war ein flachgetretener Bereich, wo sich jemand hingekniet und geraucht, Budweiser aus der Dose getrunken und gepinkelt hatte. Unmöglich zu sagen, wie lange das alles her war.

»Können Sie wirklich sehen, dass er gepinkelt hat?«, fragte Caroline.

»Nein. Das ist bloß eine Vermutung, basierend auf der Anzahl der Bierdosen. Irgendwer war dort, aber wer weiß, wann? Vielleicht letzten Sommer am Unabhängigkeitstag, um das Feuerwerk anzuschauen.«

»Waren die Dosen rostig?«, fragte ich.

»Aluminiumdosen rosten nicht, Sherlock, die oxidieren.«

»War es flaches Gras oder was anderes? Gras hätte sich nach einem Tag oder zweien wieder aufgerichtet, vor allem, wenn es regnet.«

Sein Blick sagte alles. Vielleicht ging meine Fantasie einfach mit mir durch. Caroline wohnte neben einem Wäldchen. Alle möglichen Tiere betraten höchstwahrscheinlich komplett widerrechtlich ihr Grundstück, ohne etwas anderes im Sinn zu haben, als zu fressen, zu kämpfen oder sich zu paaren – und manche setzten sich eben und drückten das Gras platt.

»Ich lasse die nächsten paar Tage regelmäßig einen Wagen vorbeifahren«, sagte Mike. »So nervtötend die Reporter auch sein können – wenn die Presse erst mal Wind davon bekommt, dass Sie zu Hause sind, werden sie sich wahrscheinlich auf der Straße niederlassen und jeden verscheuchen, der etwas Unredliches vorhaben könnte. Schalten Sie die Alarmanlage ein, und wenn etwas Besorgniserregendes passiert, rufen Sie uns sofort an.«

Caroline war kurz davor, zu weinen. »Mike, ich habe nichts getan.«

Was sollte er sagen? Er war Polizist. Sie war eine verurteilte Straffällige, und eine Flüchtige, die auf Kaution draußen war. Er sagte nichts, drückte bloß ihren Arm und ging.

Ich wusste nicht, was ich noch für sie hätte tun können. Solange Lucy unterwegs war und so tat, als wäre sie Caroline, hatte die echte Caroline ein wenig Ruhe. Sie konnte sich bei ihrem Anwalt melden und versuchen, ihren Kindern, die noch in Tucson waren, die Sache zu erklären. Morgen wäre es eine ganz andere Geschichte. Und Geschichten hatte sie viele erzählt. So viele, dass es vermutlich gar nicht mehr möglich war, genau zu klären, welche der Wahrheit entsprach. Ich nahm meinen Rucksack und wollte aufbrechen.

»Ich sollte auch gehen«, sagte ich. »Außerdem willst du wahrscheinlich mal alleine sein.«

»Ich will überhaupt nicht alleine sein. Ich bin gerade aus einer Zelle von drei mal drei Metern entlassen worden. Du kannst mich jetzt nicht allein lassen. Wenn die Reporter mich erst später erwarten und Lucy und Grant sich Zeit lassen, um sie in die Irre zu führen, dann bin ich ganz alleine hier. Und was ist, wenn er *wirklich* dort draußen ist? Der Kühlschrank-Mann?«

»Küchentresen. Keine Elektrogeräte. Caroline, so ungern ich es zugebe, O'Malley hatte wahrscheinlich Recht. Vermutlich war das ein Waschbär oder ein Truthahn.«

»Truthähne werfen keine Schatten von einem Meter fünfzig, und wenn der dort draußen es tut, dann will ich lieber nicht hierbleiben«, bemerkte sie ganz vernünftig. Sie griff nach einem abwaschbaren Marker und hinterließ eine kryptische Notiz auf dem Whiteboard, die Grant wissen ließ, dass es ihr gut ginge und sie sich melden würde. Ich wartete, während sie im Flurschrank wühlte.

Eine Stunde später waren wir unterwegs. Caroline Sturgis hatte sich auf dem Rücksitz meines Wagens flach gemacht, sie lag unter einer Plane und trug ein Hockeytrikot ihres Sohnes. Immer wieder schaute sie unter der Plane hervor.

»Wo fahren wir hin?«, fragte sie.

»Richtung New Haven«, sagte ich. »Mehr Auswahl, um dich unterzubringen.« Unser Plan sah vor, dass ich Caroline über Nacht in einem Hotel oder Motel unterbrachte und selbst nach Hause fuhr. Dann würde ich Grant anrufen und ihm sagen, wo er sie am nächsten Morgen abholen könnte.

»Ich hätte darauf achten sollen, dass es Jasons frisch gewaschenes Trikot ist«, sagte sie und schnüffelte an den Achselhöhlen des T-Shirts ihres Sohnes. »Ich glaube, das hier ist das durchgeschwitzte.« Sie tauchte wieder auf, wie bei einem dieser Jahrmarktspiele, wo der Maulwurf immer wieder hochkommt und man ihm auf den Schädel hauen muss.

»Runter«, zischte ich.

»Mit dem stinkigen Trikot und der dreckigen Plane kriege ich nicht besonders gut Luft hier.«

»Das ist kein Dreck, das ist guter Mutterboden. Wusstest du eigentlich, dass es Gegenden auf der Welt gibt, wo die Leute Dreck essen?«, sagte ich.

»Kinder tun das auch. Das nennt man Pica-Syndrom – Sachen essen, die nicht zum Essen da sind. Ich hoffe nur, das ist nicht unser Plan für heute, ich bin inzwischen ganz schön hungrig.«

Wir fuhren an einer Ausfahrt vorbei, deren einziger Vorteil in billigem Benzin, etwas namens »Famely Restaurant« und einem Motel namens Hacienda bestand.

»Famely mit e«, sagte ich und dachte schon ans Abendessen. »Wenn sie nicht mal schreiben können, können sie dann Rezepte lesen?«

»Oh, Grant und ich sind auf unserer Hochzeitsreise in Zihuatenejo in einem Hotel namens Hacienda abgestiegen.« Sie klang sehnsüchtig und sah schrecklich aus. Ihr Gesicht *war* dreckig, und nach allem, was sie durchgemacht hatte, dachte ich mir: Warum nicht? Ich vermutete zwar, dass es kein bezauberndes mexikanisches Ressort sein würde, wie das, in dem Grant und sie untergekommen waren, aber wenn sie saubere Laken hatten, würde es für eine Nacht reichen. Und vielleicht war der Koch im Famely-Restaurant besser als der Schildermaler.

Ich fuhr an der nächsten Ausfahrt raus und dann parallel zur Autobahn zurück und schlängelte mich über eine kleine Straße, die dicht am Highway entlangführte, außer sie wollte gerade nicht, bis wir schließlich die Hacienda erreichten.

Die Bude sah genauso mexikanisch aus wie eine stinknormale Tüte Nachos –ziemlich heruntergekommen, ein bisschen Orange, ein bisschen Rot, ziemlich wenig Würze. Ich parkte auf der Rückseite, so dass man unseren Wagen von der Lobby aus nicht sehen konnte.

»Hast du einen Hockeyhelm in der Tasche?«, fragte ich.

Caroline wühlte in der Sporttasche ihres Sohnes, zog einen Gesichts- und Halsschutz heraus und setzte ihn auf. Ihr Gesicht war verdeckt, aber ihr Haar ragte heraus.

»Da, nimm das.« Ich warf ihr ein Haarband und ein Baseballkäppi zu, die ich immer in der kleinen Ablage zwischen den Sitzen stecken hatte. »Setz den Hut verkehrt herum auf, dann verdeckt er deinen kurzen Pferdeschwanz.« Wenn sie Jasons Sweatshirt um die Schultern schlang, konnte man Caroline für einen Jungen halten, solange niemand genau hinsah.

»Ich gehe zur Rezeption, du spazierst in der Lobby herum, als würde dich das alles nicht interessieren.«

»Ich habe einen Teenager«, sagte Caroline und fummelte immer noch mit ihrer Verkleidung herum. »Ich weiß, wie ›nicht interessiert‹ aussieht.«

Wir hätten uns keine Sorgen machen müssen. Peyton, dem Mann an der Rezeption, hätte das alles kaum egaler sein können.

Es war ein bisschen merkwürdig, einen erwachsenen Mann, großäugig und babygesichtig, in einer orangenen Weste mit gelbem Saum und Pompons zu sehen, wie er Diät-Limonade trank und kurz vor Halloween ein Vampirbuch las, aber vermutlich nicht viel merkwürdiger, als einer nervös dreinschauenden Frau und ihrem bockigen, hockeybegeisterten Sohn zu begegnen, die spät an einem Wochentag in ein heruntergekommenes Highway-Hotel eincheckten.

»Reservierung?«

Das sollte wohl ein Witz sein. Kam etwa irgendwer freiwillig hierher? Ich ging davon aus, nur die Annahme, man würde sonst in den Straßengraben fahren, konnte jemanden dazu bringen, in diesem Schuppen abzusteigen.

»Nein«, sagte ich.

Wir checkten unter meinem Namen ein, als Mutter und Sohn, wir würden eine Nacht bleiben, wir brauchten zwei Betten und zwei Schlüssel. Mein »Sohn«, der Spinner, bestand darauf, die ganze Zeit seinen Gesichtsschutz zu tragen und mit seinem Hockeyschläger herumzufuchteln.

»Teenager – was will man machen?«, sagte ich, schnappte mir die Schlüsselkarten vom Tresen und hoffte, dass ich wie eine typische Vorstadtmama klang.

Ich versuchte, mich nicht weiter davon aus der Ruhe bringen zu lassen, dass der Rezeptionist sich überhaupt nicht darüber zu wundern schien, dass ich die Mutter eines Teenagers sein könnte.

Caroline stand in der Frühstücksecke der Lobby, wo sie vermutlich morgen früh, während ich noch ausschlief, schlechten Kaffee trinken und ewig haltbare Muffins essen würde.

»Jason, Jason!« Es dauerte eine Weile, bis Caroline kapierte, dass ich nach ihr rief. Sie war fasziniert von den Lokalnachrichten auf dem Fernseher in der Lobby. Gezeigt wurde ihr eigenes lächelndes Gesicht. Blondes, kurz geschnittenes Haar, Samthaarband, keine dunklen Haaransätze.

»Komm jetzt«, sagte ich und zog an ihrem Ärmel. »Heute gibt es kein Fernsehen mehr. Hast du nicht im Auto genug geschaut?«

Caroline sagte nichts, während wir durch den schmalen Flur bis ganz zum Ende gingen. Unser Zimmer, Nummer 104, befand sich auf der linken Seite, neben dem Pool und dem Whirlpool, und roch ein wenig nach Chlor Badreiniger, oder womit auch immer sie den Jacuzzi reinigten. Immerhin reinigten sie ihn überhaupt. Im Zimmer riss sich Caroline die Maske vom Gesicht und rang nach Luft.

»Kein Wunder, dass Jason Pickel hat.« Sie tippelte ins Badezimmer und feuchtete einen kratzigen Waschlappen an, um sich das Gesicht zu reinigen, während ich eilig die Vorhänge zuzog. Das Bad bestand aus einer Toilette und einer Wanne, die zu klein für Toulouse-Lautrec gewesen wäre. Vor dem schrankgroßen Badezimmer befand sich ein Waschbecken, über dem ein quadratischer Spiegel an die Wand geschraubt war, und unter dem Waschbeckens lag eine rechteckige, sich wellende Plastikmatte auf dem Boden lag, falls jemand kleckerte. Der Rest des Zimmers war genauso einfach gehalten, eine Mikrowelle, ein kantiger, mit Tweed bezogener Zweisitzer und ein einziges unpassendes Element, ein riesiger Flachbildfernseher, der vermutlich mehr gekostet hatte als alle anderen Möbel zusammen. Prioritäten. Ich schaltete das Gerät ein, um Hintergrundgeräusche zu erzeugen.

Mittlerweile waren Caroline und ich am Verhungern. Ich war bereit, dem eigenartig benannten Famely-Restaurant eine

Chance einzuräumen, also bat ich Caroline, es sich so gemütlich wie nur möglich zu machen, während ich uns etwas zu essen holen ging.

»Können wir nichts bestellen?«, fragte sie.

»Ich kann am Empfang nachfragen, aber ich glaube nicht, dass es Zimmerservice gibt, und ich wage zu bezweifeln, dass das Famely-Restaurant liefert. Wenn nichts Ungewöhnliches geschieht, bin ich in dreißig Minuten mit etwas einigermaßen Gesundem zum Essen zurück. Schließ die Tür ab, wenn ich weg bin, und öffne niemandem außer mir. Ruf niemanden an und geh nicht ans Telefon. Und lauf nicht barfuß auf dem Teppich herum. Meine Schuhe bleiben daran kleben. Kein gutes Zeichen.« Ganz offensichtlich nahm ich meine »Mutter«-Rolle sehr ernst.

Wie versprochen kehrte ich in dreißig Minuten zurück. Während ich auf unsere Bestellung wartete, hatte ich erfahren, dass »Famely« kein Tippfehler war, sondern das Restaurant tatsächlich einem Pärchen namens Famely gehörte, was ihren Kindern ganz sicher unendlich peinlich war, und vermutlich in schnellen, grauenvollen Ehen endete, nur weil die Sprösslinge versuchten, dem Famely-Familiennamen zu entkommen.

Obwohl die Famely-Familie nichts von gutem, gesundem Essen verstand, versuchten sie, das durch die Menge wettzumachen. In unserem Zimmer breitete ich meine Beute auf einem Plastik-Couchtisch aus – frittiertes Hühnchen, Krautsalat, Brötchen und Apfelmus. Das einzig Grüne waren die Strohhalme unserer Limonaden.

»Alle wichtigen Nahrungsgruppen: Fett, Mayo, Brot und Zucker«, sagte ich.

»Jetzt mecker nicht. Du wirst sehen, wie leicht das alles runtergeht«, sagte Caroline und öffnete die Styroporschachteln. »Es ist besser, als es klingt. Wir essen immer so, wenn Jason außerhalb spielt.« Ihr Ausdruck verdüsterte sich und ich fragte mich, ob sie an ihr früheres Leben dachte, oder an all die

Auswärtsspiele vor langer Zeit, die ihr diesen Schlamassel erst eingebrockt hatten.

Mein Essensstandard war in den letzten paar Jahren deutlich gesunken: Ich schlang den Fraß runter, tauschte aber immerhin mein Brötchen gegen ihr Apfelmus. Wir sprachen wenig beim Essen, sondern lauschten nur dem Rauschen einer abartig billigen Reality-Show, die wir laut aufgedreht hatten, um das Duschen und die Klospülung, die wir durch die Pappwände des Hotels hören konnten, zu übertönen.

»Willst du mir weiter von Kate erzählen?« fragte ich, nachdem wir aufgegessen hatten. Ich dachte, das hätte sie vorgehabt, als wir bei ihr abgefahren waren.

»Nicht wirklich«, sagte sie mit einem Lachen. Aber sie erzählte mir trotzdem von ihr.

»Kaum war Kate aus dem Gefängnis entlassen, meldete sie sich bei meinem Bruder. Sie fragte nicht einmal, ob er wüsste, wo ich war. Sie schickte ihm bloß Geld. Eine Menge Geld. Er hat einiges davon ausgegeben … vor allem für meinen Vater, aber den Rest hat er für mich beiseitegeschafft.«

Deswegen betrachtete sie Kate also immer noch als Freundin.

»Du bist mit ihm in Verbindung geblieben, während du auf der Flucht warst? War das nicht riskant?«

»Nicht wirklich«, sagte sie wieder. »Noch eine Lektion, die ich von Sherry gelernt habe, dem Mädchen aus New York. Ich frage mich, was aus ihr geworden ist.«

In Florida hatte Caroline Collegestudenten gebeten, für sie Postkarten abzuschicken, wenn sie aus den Ferien nach Hause zurückkehrten. Die kamen dann aus dem ganzen Land, sogar aus Großbritannien, keine hatte einen Poststempel aus Miami. Schließlich, dreieinhalb Jahre, nachdem sie ihn zuletzt gesehen hatte, dachte sie, es wäre sicher genug, und schickte ihrem Bruder eine nicht unterschriebene Postkarte, auf der sie ihn bat, sich mit ihr im »Delano« in South Beach zu treffen.

»Er kam nach Florida und brachte mir das Geld mit. Davon lebte ich, als ich Grant kennenlernte.«

»Wie hast du dich die ersten drei Jahre durchgeschlagen?«

»Frag nicht.«

Meine Güte, und ich hatte gedacht, diese Frau bliebe immer nur zu Hause und würde sticken oder Kekse backen.

»Deswegen glaube ich nicht, dass Kate mir Schaden zufügen würde. Wenn sie mich damals nicht verraten hat, warum sollte sie es heute tun?«

»Heißt das, du glaubst, sie ist noch am Leben?«, fragte ich.

»Ich weiß es nicht, und es ist mir auch egal. Aber ich weiß, sie würde mir niemals schaden wollen.«

35

Vielleicht konnten wir Kate wirklich von unserer Liste streichen, wie Caroline behauptete – aber dann war sie doch die Einzige, die wir bislang als Verdächtige hatten ausschließen können. Wer hatte den Küchentresen-Mann engagiert, um Caroline aufzuspüren? Wer war auf dem Parkplatz auf mich losgegangen? Wer hatte den Drohbrief mit dem Anhänger geschickt? Es war kurz vor Mitternacht und mein Gehirn franste langsam aus, vor allem wahrscheinlich aufgrund all der künstlichen Aromastoffe, die das ungesunde Fettessen, das natürlich lecker gewesen war, wie Caroline es vorhergesagt hatte, in meinen Körper eingespeist hatte.

Wir hatten immer noch nichts von Lucy und Grant gehört, und langsam machte ich mir Sorgen – dann aber kam ich darauf, dass Lucy mich wahrscheinlich nicht auf dem Handy anrufen würde. Sie wusste, wie selten ich daran dachte, es einzuschalten. Also hatte sie es wahrscheinlich auf dem Festnetz versucht. Ich überprüfte trotzdem das Handy. Ich hatte nur eine Nachricht und die war von Roxy Rhodes. Ob ich wüsste, wie sie Grant Sturgis erreichen könnte? Kevin Brookfield stünde kurz davor, ein Angebot für die Gärtnerei zu machen, und sie wollte wissen, ob Grant immer noch Interesse hätte. Vor allem, da Kevin und ich uns ja auch gut kannten.

»Was ist?«, fragte Caroline, die in dem übergroßen Hockeyshirt ihres Sohnes ganz niedlich aussah. »Du guckst so komisch.«

Ich war jetzt doch etwas verwirrt. Wie kam Roxy darauf, dass ich Kevin Brookfield gut kannte? Ich war ihm nur einmal begegnet, im Diner, als ich die Goldnesseln für Babe in die Kübel pflanzte. Und wir hatten kaum ein Wort gewechselt.

Trotz der vorgerückten Stunde rief ich Lucy an und sie meldete sich nach dem ersten Klingeln. Ihr Täuschungsmannöver hatte gut geklappt, und dann waren Grant und sie stundenlang im Kreis gefahren, um der Presse zu entkommen. Inzwischen hatten sie für die Nacht Station gemacht. Sie waren in irgendeinem heruntergekommenen Motel abgestiegen, und da sie keinem einzigen Journalisten mehr begegnet waren, gingen sie davon aus, dass sie das ganze Pressegeschwader abgehängt hatten. Lucy klang ganz begeistert. Das Abenteuer hatte ihr offensichtlich großen Spaß gemacht, aber ich bezweifelte, dass Grant Sturgis das auch so sah.

»Kann ich mit ihm reden?«, fragte ich.

»Er duscht gerade, ich warte auf eine Pizza. Das ist das Einzige, was sie in diesem Schuppen aufs Zimmer liefern.« Ich nickte mitfühlend. Diese Erfahrung war uns ja auch nicht erspart geblieben.

Die ganze Zeit über hatte ich ein merkwürdiges Echo im Telefon und man hörte sich wiederholende Geräusche von Motoren und das Piepsen, wie wenn Laster zurücksetzen.

»Was ist denn das für ein Krach?«, fragte ich. »Wo bist du?«

»Es ist eine ziemliche Absteige, aber Sturgis wurde ganz rührselig, als er den Namen las. Irgend so eine verrottete Bude namens Hacienda.«

Zehn Minuten später gesellten sich Lucy und Grant zu uns, ihr Zimmer lag nur zwei Türen von unserem entfernt. Nach der tränenreichen Wiedervereinigung der Eheleute, wies ich vorsichtig darauf hin, dass man damit rechnen musste, dass bald doch ein paar findige Reporter vor der Hacienda stünden, aber

Grant und Lucy waren sicher, dass sie das ganze Journalistengesindel abgehängt hatten.

»Am Anfang habe ich einen Civic und irgend so einen Geländewagen gesehen, die uns gefolgt sind – der Geländewagen war nicht genau zu erkennen, weil er hinter dem Honda fuhr.« Lucy kannte sich mit Automarken aus. »Beide Wagen waren hell.«

»Hatten sie Nummernschilder aus anderen Bundesstaaten?«

»Ja, aber ich weiß nicht, aus welchen. Jedenfalls bin ich mir ziemlich sicher, dass die Nummernschilder dunkelblau und weiß waren.«

»Vielleicht sollten wir besser abhauen«, sagte ich.

»Jetzt komm schon, wir haben sie abgehängt. Hier ist niemand. Können wir nicht wenigstens bleiben, bis die Pizza kommt? Von Frank Pepe. Sie soll wunderbar sein«, sagte Lucy. »Ich musste ihnen meine Kreditkartennummer durchgeben und die Pizza ist schon abgebucht. Außerdem habe ich den ganzen Tag noch nichts gegessen.«

Wir stimmten ab. Wenn sich vor dem Hotel nichts tat, bis die Pizza kam, würden wir bleiben. Morgen musste Caroline sowieso irgendwo auftauchen, und dann würde es nicht lange dauern, bis jeder, der sie finden wollte, sie auch finden konnte, aber darum würden wir uns morgen kümmern.

Lucy – diesmal ohne Perücke – und ich gingen zur Rezeption, als die Pizza kam, und dann auf ihr Zimmer, damit Grant und Caroline zum ersten Mal seit Wochen allein sein konnten.

Und so wäre es geblieben, hätten nicht zehn Minuten später die Bullen unsere beiden Zimmer gestürmt.

Hut ab vor dem Rezeptionisten, den ich als einen verschnarchten Versager eingestuft hatte, der nicht mal mitbekam, wenn zwei Frauen als Mutter und Sohn eincheckten. Aber als dann Lucy und Grant kamen, eine Pizza unter einem anderen Namen bestellten, als dem, den sie in das Register eingetragen hatten, und dann mit uns die Partner tauschten, befand der junge Mann – der wahrscheinlich ein bisschen zu viele True-Crime-Geschichten im Fernsehen gesehen hatte –, dass ich eine Zuhälterin war, die einen Jungen zu einem Rendezvous mit einem Mann ins Motel gebracht hatte, während ich mit der Frau des Kerls Pizza aß. Keine Ahnung, was er fürchtete, dass sie trieben. Es war der Stoff, aus dem die Boulevard-Zeitschriften sind.

Als die Polizisten herausgefunden hatten, dass Caroline kein Junge war, sondern eine Frau mittleren Alters, die nur als Junge verkleidet war, beschlossen sie, dass das bloß perverser Sex war, sie aber nichts anging, und ließen uns wieder in Ruhe.

Hey, wenn irgendwelche Erwachsenen Hausfrau und UPS-Bote spielen wollten, oder Komtess und Chauffeur, warum nicht? Aber natürlich war bei Grant und Caroline jetzt die Luft raus.

36

Anders als nach ihrem ersten unvergesslichen Aufenthalt in der anderen Hacienda konnten Caroline und Grant diese hier gar nicht schnell genug verlassen. Die Sturgis' hatten keine Lust mehr, die Nacht hier zu verbringen, und beschlossen, weiter gen Norden, nach Wellfleet, Massachusetts, zu fahren, in ein Haus, das sie schon mal für die Ferien gemietet hatten. Es war außerhalb der Saison verschlossen, aber sie wussten, wo der Schlüssel versteckt war, und sie würden morgen die Besitzer in Baltimore anrufen, damit die Polizei in Wellfleet sie nicht als Einbrecher festnahm. Nachdem sie bereits Begegnungen mit der Polizei in zwei Bundesstaaten hinter sich hatten, wollten Caroline und Grant es nicht extra darauf anlegen. Und es gab einen TJ Maxx in der Nähe, wo Caroline sich am nächsten Morgen etwas Warmes zum Anziehen kaufen und die stinkigen Sportklamotten ihres Sohnes endlich loswerden konnte. In dem Ferienhaus gab es kein Telefon, kein Handynetz, kein Internet. Genau das, wonach sie suchten.

»Fünfzehn Minuten vom Haus entfernt gibt es einen kleinen Laden, wo ich Empfang habe. Von da aus rufe ich dich morgen an«, versprach Caroline und lief im Dunkeln zum Wagen ihres Mannes.

Todmüde schlug ich Lucy vor, dass wir den Rest der Nacht ebenso gut in der Hacienda verbringen konnten – immerhin hatten wir sogar zwei Zimmer zur Auswahl, und statt der ewig haltbaren Muffins konnten wir Pizzareste zum Frühstück essen. Aber Lucy sagte, ihr wäre es lieber, die Pizza mitzunehmen, sich einen Energy-Drink reinzupfeifen und loszufahren, also checkten wir kurz nach Caroline und Grant ebenfalls aus. Lucy bestand darauf, wieder die Perücke zu tragen, und zog sie ein paar Mal zurecht, bevor wir das Zimmer verlassen durften. Sie behauptete, dass sei nur für den Fall, dass jemand uns doch folgte, aber ich glaube, sie lief einfach nur gern in Verkleidung herum. Wie oft hatte man als Erwachsener schon die Gelegenheit, sich zu verkleiden?

»Es ist eine Sache, in so einer Bruchbude zu schlafen, wenn es um eine Story geht, aber etwas ganz anderes, wenn ich die Wahl habe«, sagte sie und sah sich ein letztes Mal im Zimmer um, bevor wir gingen.

»Später, wenn ich wieder klar denken kann, werde ich dich fragen, was es mit dieser ›Story‹ auf sich hat«, sagte ich. »Nein, bringen wir es gleich hinter uns. Wovon, zum Teufel, redest du?«

Sie zierte sich ein bisschen, denn sie wollte es nicht riskieren, meinen Zorn auf sich zu ziehen, aber dann platzte sie doch damit heraus. Nachdem sie den ganzen Tag mit Grant verbracht hatte, war es ihr schließlich gelungen, seine Zustimmung zu erhalten, über die ganze Sache zu schreiben: »Auf der Flucht« von Lucy Cavanaugh.

»Was ist mit Caroline? Hat die da nicht ein Wörtchen mitzureden?«

Lucy versicherte mir, so wie sie es vermutlich auch Grant versprochen hatte, dass alles sehr geschmack- und respektvoll sein würde. Ich hatte meine Zweifel, wie eine Story mit dem Titel »Auf der Flucht« geschmack- und respektvoll enden könnte. Und welches Schmierblatt am Ende für dieses wunderbare Stück am meisten hinlegen würde.

In der Stunde, die wir nach Hause brauchten, erzählte ich meiner Freundin von dem Erpresserbrief und dem Päckchen, das Caroline bekommen hatte. Es schien Tage her zu sein, war aber doch erst am Morgen geschehen.

»Glaubst du, er ist von diesem Eddie?«, fragte sie.

Das war die naheliegendste Vermutung. Ob tot oder lebendig – und ich hatte allmählich den Verdacht, dass Caroline mir nicht alles erzählt hatte –, wenn Kate Gustafson nicht zu den Verdächtigen gehörte, wer sonst konnte von Caroline wissen, außer Donnelley? Warren? O'Malley hatte mir berichtet, dass der nach seinem kleinen Unfall mit der Brücke mit einer Gehirnerschütterung im Krankenhaus lag. Ihr Bruder? Das war sehr unwahrscheinlich. Caroline hatte nur in höchsten Tönen von ihm gesprochen: *mein Bruder*. Plötzlich fiel mir auf, dass ich nicht einmal seinen Vornamen kannte, und ich fragte mich, ob das eine unbewusste Angewohnheit von Caroline war, aus der Zeit ihrer Flucht. Warum sollte ihr Bruder sie nach all den Jahren verraten? Wenn er Geld brauchte, hätte Caroline es ihm sicher einfach gegeben, genau so wie er es ihr damals überlassen hatte.

»Und glaubst du wirklich, Donnelley gibt sich als Kevin Brookfield aus?«, fragte Lucy gespannt.

Ich war nicht mehr sicher, was ich glaubte. Jedenfalls war Brookfield einer der wenigen Neuankömmlinge in der Stadt. Und Neuankömmlinge waren immer misstrauenserweckend. Ich selbst war auch nicht gerade mit offenen Armen in Springfield empfangen worden, als ich neu zuzog.

»Das glaube ich zumindest heute. Letzte Woche glaubte ich noch, es wäre ein Kerl aus dem Reitstall, der sich dann aber als Priester entpuppte.« Ich erzählte Lucy von meiner Fahrt zu Mossdales Stall und meinem Gespräch mit Pater Ellis Damon.

»Ellis Damon? E.D.? Dieselben Initialen?«, fragte meine Freundin und drehte sich auf dem Beifahrersitz zu mir um. »Machen die Leute das nicht so, wenn sie sich einen falschen Namen ausdenken? Sie benutzen unwillkürlich dieselben Initialen?«

»E.D. steht auch für Erektions-Defizit. Aber hat deswegen Bob Dole mit der Sache zu tun? Meine Güte, Lucy, der Mann war Priester.«

»Ja, und ich bin eine echte Blondine. Paula, du kannst heute *Gladiator*-Outfits online bestellen. Wie schwer wird es da sein, einen dieser komischen kleinen weißen Kragen zu bekommen?«

»Wenn der Priester wirklich Eddie Donnelley wäre«, sagte ich, »dann hätte Caroline ihn doch erkannt, als sie ihm bei Mossdale begegnete. So sehr kann er sich in zwanzig Jahren nicht verändert haben. Sie hat doch auch Jeff Warren gleich erkannt, aber sie hat den Mann aus dem Stall nicht mal *erwähnt*. Ich glaube, sie hat einfach nur ihr jüngstes Gericht kommen sehen. Sie war schon in Panik wegen des Strafzettels, sie fürchtete, dass ihre persönlichen Daten in den Polizeicomputer gefüttert würden. Pater Damon musste nur sagen ›Guten Morgen, mein Kind‹, und sie war fertig mit den Nerven. Der arme Kerl. Ich glaube, ihre Reaktion hat ihn dazu gebracht, seine Berufung in Frage zu stellen.«

Lucy schwieg. Keiner von uns hatte Fotos von Donnelley im Internet gefunden, und Caroline, die einzige Person, die uns eine Beschreibung hätte geben können, war jetzt unterwegs nach Cape Cod und nicht erreichbar. Nein, die einzige *Frau*. Da war noch Jeff Warren. Und wenn der aus dem Krankenhaus raus wäre, würde ich ihn fragen. Vielleicht konnte ich es auch sofort bei ihm versuchen. Eine Menge Leute, die Autounfälle gehabt hatten, konnten telefonieren. Ich bat Lucy, mein Handy aus dem Rucksack zu holen. Der Akku war leer.

»Meine Güte, wann geht dein Handy eigentlich mal? Du wirst wirklich allmählich ein bisschen ungesellig«, sagte Lucy und streckte mir das Telefon entgegen. »Das muss dir doch klar sein.«

»Reg dich ab.« Ich stöpselte das Handy in den Zigarettenanzünder ein, um es aufzuladen, und hörte einen Moment später ein paar Takte klassische Musik, die mir anzeigten, dass ich eine neue Nachricht hatte. Es war die von Roxy, die ich nicht gelöscht hatte. Ich hatte sie ganz vergessen.

»Hör dir das mal an.« Ich spielte Lucy die Nachricht vor.

»Was zum Teufel soll das heißen? Hast du mit ihr gesprochen?«, fragte Lucy.

Ich schüttelte den Kopf. »Keine Ahnung. Ich hab die Nachricht selbst erst vor ein paar Stunden abgehört. Ich glaube nicht, dass Roxy so spät noch im Büro ist. Wir können sie ja morgen treffen.«

Warrens Nummer war in meinen Kontakten gespeichert. Ich wählte, landete aber auf dem Anrufbeantworter. Dann begann ich mich zu fragen, wo dieser McGinley eigentlich abgeblieben war. Zurück in Michigan, nachdem er seinen Bericht abgeliefert hatte? Oder war er immer noch in Connecticut und wartete darauf, seinen Job zu Ende zu bringen? Oder pennte er – konnte ja sein – wirklich bei seinem Freund, um dem morgen früh zu helfen, Küchentresen aufzuladen?

Ich schaute immer wieder in den Rückspiegel.

Sogar Lucy bemerkte es. »Ich bin wirklich nicht der nervöse Typ«, sagte sie, »aber du machst mich ganz verrückt. Niemand folgt uns. Und jetzt lass uns einfach zu dir fahren.«

Gegen 03:15 Uhr erreichten wir meine Auffahrt. Wir hätten müde sein sollen, aber wir waren beide hellwach, oder vielleicht war es auch nur die Nervosität, jedenfalls entschieden wir uns, statt ins Bett zu gehen, die Nacht durchzumachen, wie früher. »Was ist das für ein Blinklicht – sind die Radon-Werte im roten Bereich?«

»Kümmere dich nicht darum. Es hat was mit der Alarmanlage zu tun. Ich habe die nicht zurücksetzen können, seit sie losgegangen ist, und habe Angst, irgendwo draufzudrücken, weil sie dann vielleicht wieder losgeht. Ich muss sowieso schon hundert Dollar zahlen, weil ich einen Fehlalarm ausgelöst habe, auf den die Polizei Springfield reagiert hat, und ich will das nicht noch mal tun.«

»Autsch. Kann dein Polizistenfreund das nicht in Ordnung bringen? Wie einen Strafzettel?«

Wussten alle, wie so was zu erledigen war, nur ich nicht?

»Ich werde irgendwann, wenn ich Zeit habe, mal die Anleitung lesen, vielleicht im Dezember.« Ich warf meine Sachen aufs Sofa und ging in die Küche.

»Lass mich mal.« Lucy drückte auf den Reset-Knopf und ich hielt mir die Ohren zu, um mich gegen die loskreischenden Sirenen zu wappnen, aber es passierte nichts, und überraschenderweise verschwand das rote Blinklicht.

»Wunderbar.«

Wir setzten uns mit der wieder aufgewärmten Pizza im Wohnzimmer auf den Boden und ich schaltete meinen Laptop ein, um Eddie Donnelley noch mal zu googeln. Wie Warren war auch Donnelley ein relativ weit verbreiteter Name, und bevor wir den Staat und das Verbrechen dazu eingaben, kamen wir nicht weit.

Selbst danach fanden wir bloß körnige, fünfundzwanzig Jahre alte Schwarz-weiß-Polizeifotos, die zahllose Male reproduziert und wegen Carolines Verhaftung gerade wieder aus dem Archiv geholt worden waren. Es hätte jeder x-beliebige dunkelhaarige Mann mit einem schmalen Gesicht und braunen Augen sein können. Die Fliegerbrille, die langen Haare und der Bart halfen auch nicht wirklich. Wenn man Drogendealer oder Undercover-Bulle ist, dann war es sicher von Vorteil, seinen Look schnell verändern zu können. Als ich versuchte, das Bild zu vergrößern, wurde es noch unschärfer.

»Könnte das Brookfield sein?«, fragte Lucy.

Es hätte Brookfield sein können oder auch Kevin Bacon. Ich jedenfalls konnte niemanden aufgrund eines so unscharfen Fotos zur Rechenschaft ziehen.

»Ich weiß nicht. Ich glaube nicht. Man kann das Gesicht wegen des Barts ja kaum erkennen. Und die Nase sieht anders aus.«

»Vielleicht wurde ihm im Gefängnis die Nase gebrochen«, sagte Lucy. »Eine fremde Gang? Ein Machtkampf?« Sie hatte eine weitaus blühendere Fantasie als ich.

»Du schaust zu viel Kabel«, sagte ich. »Ich weiß nicht. Ich bin nicht sicher, ob er es ist. Ich habe ihn nur einmal kurz gesehen.«

Wo wir schon dabei waren, googelte ich *Kate Gustafson* auch noch mal. Und schickte mir die Bilder an den Computer, der unten in meinem Arbeitszimmer stand und an den Drucker angeschlossen war.

Wir würden die Bilder am nächsten Tag zu Roxy mitnehmen und mal sehen, was die davon hielt. Und zu Babe. Brookfield hatte eine Weile bei ihr im Diner gesessen – vielleicht hatte sie ihn besser als ich im Gedächtnis behalten.

Der nächste Tag begann vier Stunden später, als Lucy und ich todmüde ins Paradise Diner schlurften.

»Na, sieh mal an. Ihr zwei seht ja schrecklich aus. Bist du hier, um unsere Gärtnerin ein bisschen auf Vordermann zu bringen – oder dich selbst? Ich habe gehört, sie hätte in deinem Kleiderschrank ein bisschen geshoppt – nach der Hochzeit, aber ich habe sie noch nichts Neues tragen sehen.« Mist. Das erinnerte mich an die Tüten mit Lucys abgelegten Neuzugängen, die immer noch in meinem Flur standen, weil ich sie zu Goodwill bringen wollte. Ich hoffte, dass meine Freundin sie nicht gesehen hatte.

»Nein«, sagte Lucy, nachdem Babe und sie sich ein paar Luftküsse auf die Wangen gegeben hatten. »Ich bin hier wegen einer Story – ›Auf der Flucht‹.«

Sie setzte sich auf einen Barhocker und hielt die Hände mit gespreizten Fingern vor sich, sie stellte sich bereits Überschrift und Layout vor.

»Kann ich davon ausgehen, dass du nicht mehr länger auf der Flucht bist, wenn du es so öffentlich verkündest?«

»Das ist korrekt. Paula, erzähl Babe, was gestern Nacht passiert ist.«

»Später. Und trompete hier nicht so rum. Wir haben noch ein paar Sachen unter sechs Augen zu besprechen.« Ich bestellte mechanisch zwei Paradise Specials und zwei Kaffee und bat Babe, uns an einem Ecktisch Gesellschaft zu leisten, wenn sie Gelegenheit dazu hatte. Sie brachte unser Essen und nahm neben Lucy Platz.

»So gerne ich dich hier sehe, du solltest wirklich für Notfälle eine Schachtel Frühstücksflocken in der Küche haben. Isst du eigentlich nie zu Hause?«

Ich schüttelte den Kopf, dann zog ich das grobkörnige Foto von Eddie Donnelley hervor und zeigte es Babe. Ich wartete auf einen Hauch des Wiedererkennens in ihrem Blick, aber ich wurde enttäuscht.

»Wer soll das sein? Sieht aus wie ein Typ, den ich in einer Bar in Greenwood, Indiana, aufgegabelt habe, 1984.«

»Das ist Eddie Donnelley«, flüsterte ich. »Eine der Personen, die mit Caroline zusammen verhaftet wurden. Kommt er dir irgendwie bekannt vor?«

»Soll das ein Witz sein?«, sagte Babe. »In meinem Alter kommt mir jeder langhaarige Hippie auf körnigen Fotos irgendwie bekannt vor.«

Ich erzählte ihr von meiner Vermutung.

»Der Typ, der hier saß und nach Immobilien suchte? Auf keinen Fall. Die Augen von dem hier stehen enger beisammen und er hat schmalere Wangenknochen. Und die Nase ist völlig anders.« Sie würde eine tolle Zeugin abgeben, wenn sie jemals jemanden identifizieren müsste.

Ich begann mich besser zu fühlen. Kevin Brookfield war mir eigentlich ganz sympathisch gewesen.

»Ist er je wieder zurückgekommen?«, fragte ich.

Babe musste nachdenken. »Ja, einmal.« Ich konnte sehen, wie sie versuchte, die Einzelheiten zusammenzukriegen. »Ein oder zwei Tage, nachdem du ihm begegnet bist. Ich dachte, er wollte wieder ewig hier rumsitzen, so wie an dem anderen Tag, als die Muttchen sich fast überschlagen haben, um ihm Immobilientipps zu geben. Er hat sich wieder mit einem Kaffee und diesen verdammten Prospekten an einem Tisch draußen niedergelassen, als wartete er auf jemanden. Ich dachte, es wäre vielleicht ein Makler. Dann ist irgendwas passiert und er ist plötzlich aufgebrochen. Sein Kaffee war jedenfalls noch warm, als ich abräumte.« Babe schien das Ganze im Kopf noch einmal durchzugehen.

In diesem Moment kamen zwei Polizisten ins Restaurant. Babe erhob sich und reichte ihnen einen grauen Karton, den sie unter dem Tresen hervorzog. Er beinhaltete drei Dutzend Donuts. Einer der Polizisten öffnete die Schachtel und sog begeistert den Duft der Donuts ein.

»Ohne die köstlichen Dinger von Pete könnte man keine Konferenz durchstehen.«

Babe sah den beiden lächelnd nach. »Die Jungs kommen jeden Dienstag, um sich ihre Ration zu holen. Sozusagen ein Dauerauftrag.« Sie runzelte die Stirn. »Wo ich darüber nachdenke, Brookfield war auch an einem Dienstag hier. Um die gleiche Zeit. Kaum kamen die Jungs, zog er Leine.«

»Glaubst du, er hat was gegen Donuts?«, fragte Lucy.

Vielleicht hatte er was gegen Bullen. Nun wollte ich zu gern hören, was Roxy Rhodes zu sagen hatte. Ich hegte immer noch ein wenig Misstrauen gegen Kevin Brookfield, bevor ich ihn endgültig herzlich willkommen heißen würde.

37

Vierzig Minuten später saßen wir bei Roxy Rhodes, die wissen wollte, was ich zu Kevin Brookfield gesagt hatte, weil er die Gärtnerei nun doch nicht kaufen wollte. Ohne uns auch nur anzubieten, uns zu setzen, legte sie los und beschuldigte mich, ihm von dem Mord an dem Vorbesitzer der Gärtnerei erzählt zu haben.

»Nun, das ist nicht wirklich ein Geheimnis«, wandte ich ein. Roxy drohte mir keine juristischen Schritte an, stand aber offensichtlich kurz davor. Ich glaubte das Wort *ruinieren* in ihrem wirren Monolog aufgeschnappt zu haben.

»Roxy, ich habe keine Ahnung, wovon Sie sprechen. Ich habe diesen Mann nur einmal gesehen und kaum ein paar Worte mit ihm gewechselt. Vielleicht haben die Mütter es ihm erzählt. Vielleicht hat er im Internet über den Mord gelesen. Vielleicht ist er einfach nur ein Spinner und war sowieso nie ernsthaft interessiert. Eine Menge Leute schauen sich Immobilien an und wollen keine kaufen. Grundstücks-Junkies. Schaufensterbummler.«

Das beruhigte sie ein wenig. Wahrscheinlich wusste sie, dass ich Recht hatte.

»Und wer ist das?«, sagte sie und zeigte mit ihrem knochigen, skeletthaften Finger auf Lucy.

»Eine Freundin. Können wir uns setzen und wie normale Menschen miteinander reden? Wie Nachbarn?« Roxy ließ sich in ihren Designerthron fallen und Lucy und ich zogen uns die schicken und immer noch unbequemen Drahtstühle heran. »Vielen Dank.«

Alles, was Roxy über Kevin Brookfield wusste, war, dass er in ihr Büro gekommen war, um sich gezielt nach der Chiaramonte-Gärtnerei zu erkundigen. Kein anderes Grundstück interessierte ihn.

»Ich hätte wissen müssen, dass daraus nichts wird. Er hat nicht einmal versucht, den Preis zu drücken. Aber er wirkte so sympathisch, er hat gesagt, er würde noch mal von vorn anfangen, und er hatte ein wundervolles Lächeln.«

Meine Güte, hatte er auch mit ihr geflirtet? Ich zeigte ihr das ausgedruckte Bild, aber sie war sich nicht sicher.

»Es ist die wirtschaftliche Lage«, sagte sie und legte das Foto beiseite. »Oder vielleicht lässt mich auch mein Instinkt im Stich.« Plötzlich sah Roxy so alt aus, wie sie wirklich war. Es ging um mehr als ihre sechs Prozent Provision.

»Daran kann es nicht liegen«, sagte ich in dem Bemühen, sie zu trösten. »Ihrem Instinkt geht es bestens. Aber es besteht die Möglichkeit, dass Kevin Brookfield gar nicht der ist, der er zu sein vorgibt.«

Sie sackte in sich zusammen, als ihr klar wurde, dass ihre Provision und vielleicht auch eine mögliche Romanze dahinschwanden.

»Brookfield hat angedeutet, dass Sie und Caroline vielleicht ein Geschäft gründen wollen.«

»Das ist höchst unwahrscheinlich in Anbetracht von Carolines Situation.«

Die Tür zum Vorzimmer knallte zu und die Assistentin klopfte vorsichtig an Roxys Tür.

»Es tut mir sehr leid, Ms. Rhodes. Die Unterlagen, die Sie verlangt hatten? Sie wollten Bescheid wissen, sobald sie da sind.«

Die Assistentin umrundete den riesigen Schreibtisch und legte einen hellblauen Luftpolsterumschlag vor die immer noch in sich zusammengesunkene Roxy. Dann drehte sie sich auf dem Absatz um und ging.

»Was glotzt ihr so?«, fragte Roxy. »Wollt ihr noch einen anderen Deal vermasseln? Euch in noch mehr Geschäfte einmischen?« Die Tür des Vorzimmers knallte erneut.

»Ich habe nur noch eine Frage«, sagte ich und erhob mich. »Können Sie mir sagen, welchen Kurierdienst Sie benutzen?«

»Das ist nicht von einem Kurierdienst. Der wurde persönlich zugestellt.«

Wie angestochen sprang Lucy auf und lief zum Fenster. »Ein blauer Civic«, sagte sie. »Nummernschild aus Connecticut, 485 SMK. Es könnte sogar der sein, den ich letzte Nacht gesehen habe.« Sie schnappte sich einen Filzschreiber von Roxys Schreibtisch und kritzelte, weil sie keinen Zettel fand, das Nummernschild in ihre Handfläche.

»Ihr beide seid ja völlig durchgeknallt. Könnten Sie jetzt bitte mein Büro verlassen? Ich habe zu tun.« Roxy ließ den Kopf in ihre Hände sinken. »Natalie«, rief sie nach ihrer Assistentin. »Hol meinen Kalender. Ich brauche vier Tage auf der Ranch und auf dem Weg dorthin einen Stopp bei Dr. P.«

»Sparen Sie uns ein bisschen Zeit, Roxy. Wenn der Umschlag nicht gerade etwas mit Kevin Brookfield oder Caroline Sturgis zu tun, ist uns völlig egal, was drin ist. Wir wollen bloß wissen, wer ihn ausgeliefert hat.«

Sie schloss die Augen und ließ ihren Kopf kreisen, offenbar ein Stressabbau-Ritual, von dem ich vermutete, dass sie es an einem Morgen wie diesem häufig vollführte.

»Es hat mit keinem von beiden etwas zu tun. Ich vertrete noch eine ganze Reihe anderer Immobilien außer diesem elenden, blutdurchtränkten Gewächshaus. Der Umschlag ist von einer Agentur, mit der wir manchmal zusammenarbeiten. Nina Mazzo.«

Ich glaubte mich verhört zu haben. Dann rief ich Nina Mazzo an und vereinbarte einen Termin für den Nachmittag. Und diesmal gab ich mich nicht als Thelma Turner aus.

38

Lucy starrte das Bild an, das wir bei mir ausgedruckt hatten. »Dieser Kevin Brookfield muss verdammt viel besser aussehen als auf diesem Bild, wenn jede Frau in diesem Kaff vor Freude hysterisch wird, nur weil er vielleicht hierher zieht.«

»Wir wissen ja nicht, *ob* Donnelley wirklich Brookfield ist. Vielleicht guckst du auch das Foto von jemand anderem an. Aber ja, Brookfield hat etwas. Das kann man nicht bestreiten. Etwas ganz Eigenes«, sagte ich und versuchte darauf zu kommen, was es war. Lucy und ich hatten noch etwas Zeit bis zu unserem Treffen mit Nina Mazzo, also fuhren wir zurück zum Paradise, um die städtische Expertin in Männerfragen zu befragen. Vielleicht hatte Babe eine Idee, warum Brookfield so auf Frauen wirkte.

»Es stimmt. Ich werde tatsächlich als Expertin in vielen Bereichen zu Rate gezogen – darunter Filme, Musik und Männer«, sagte Babe geschmeichelt. Wir hatten uns in eine Nische verzogen und unsere Spezialistin dazugebeten.

»Was zieht denn eine Frau an einem Mann besonders an?«, fragte Lucy.

»Macht sie Witze, oder ist das so ein sphinxmäßiges Rätsel?«, fragte Babe.

»Wir meinen es ernst.«

»Ihr meint, wenn er nicht reich, berühmt oder mächtig ist und auch nicht aussieht wie Johnny Depp, sich benimmt wie Mr. Darcy und Liebe macht wie Don Juan?« Sie dachte nach. »Okay, er hat eine traurige Geschichte zu erzählen. Wie wäre es damit? Er ist ein alleinerziehender Vater, dessen Frau – jung und tragisch – ums Leben gekommen ist. Und er hat sie bis zum bitteren Ende gepflegt. Es könnte auch seine Mutter sein, die stirbt, aber zieht nicht so gut wie die Frau. Das Kind ist nicht zwingend, wenn man kein Kind hat, geht auch ein Hund. Hunde ziehen Frauen an, verleiten aber eher zu One-Night-Stands, sie führen nicht zu dauerhaften Beziehungen.«

Lucy und ich waren extrem beeindruckt. »Woher weißt du das?«, fragte Lucy.

»*Soap Opera Digest*, 1994. Klassische Geschichte. Ich glaube, es war in *Another World*«, sagte sie. Babe spann ihre Hypothesen weiter aus. »Die Hoffnung, wieder Kontakt zu einer Kindheitsfreundin aufzunehmen, ist auch gut. Aber die tote Frau funktioniert wirklich am besten. Zeigt, dass er romantisch ist und treu bleibt – selbst nachdem du begraben bist.« Sie erhob sich, um wieder an die Arbeit zu gehen.

»Hat Brookfield irgendwas in der Richtung zu dir gesagt?«, fragte ich.

»Er hat es zumindest angedeutet. Alleinstehend, nicht allzu gutaussehend, nicht allzu gepflegt, also vermutlich hetero, sucht nach einer Immobilie in einer neuen Stadt, um ein Geschäft zu gründen. Neu anzufangen. Charmant, kein Ring, kein Ringabdruck, als hätte er ihn gerade erst abgenommen. Freundlich, aber nicht übertrieben freundlich. Das schreit geradezu nach ›Du kannst mir vertrauen, ich habe ein gebrochenes Herz‹.«

Selbst wenn sie Unrecht hatte, war es eine verdammt gute Theorie, die ich mir für die Zukunft merken würde. Eigenartigerweise hatte Babe nämlich, abgesehen von der verstorbenen Frau und dem Neu-in-der-Stadt-Sein gerade Mike O'Malley beschrieben – romantisch, treu, kümmerte sich um seinen kranken Vater, Hundebesitzer, immer ein Pluspunkt. Und außerdem kam er gerade ins Diner.

»Oh, das sieht ja sehr bedrohlich aus. Drei hübsche Frauen, die sich verschwören? Oder bloß ein bisschen quatschen?«, sagte O'Malley. Er setzte sich auf einen Barhocker ein paar Meter weiter und bedeutete einer der jungen Kellnerinnen, ihm eine Speisekarte zu bringen.

»Warum sagt man, wenn Männer miteinander reden, dass sie etwas *diskutieren*, aber wenn Frauen sprechen, dann *quatschen* sie? Wie frauenfeindlich von dir«, sagte Lucy. »Und sehr enttäuschend. Ich werde damit aufhören, Paula und Babe die Ohren davon vollzuquatschen, dass du einer der süßesten Typen in Springfield bist.«

»Dieses Gespräch nimmt gerade eine interessante Wendung, aber ich habe leider keine Zeit für ein Geplänkel. Ich bin nur reingekommen, weil ich euren Wagen gesehen habe und mir dachte, dass euch die Neuigkeit vielleicht interessiert. Ihr könnt Caroline sagen, dass sie sich keine Sorgen mehr wegen des Küchentresen-Typen machen muss. Der ist nämlich tot.«

39

»Hab ich was verpasst?«, fragte Lucy.

Babe, Mike und ich sahen uns an. »Ja«, sagten wir dann.

»Das müsst ihr eurer Freundin erzählen«, sagte Mike und erhob sich. »Ich muss los.«

»Moment mal«, sagte ich. »Du kannst jetzt nicht gehen. Wurde er … ermordet?«

O'Malley hob die Schultern. McGinley und sein Wagen waren in Macedonia, Ohio, in einem Straßengraben gefunden worden.

Die Polizei dort hatte sich mit O'Malley in Verbindung gesetzt, weil der vor kurzem eine Erkundigung über McGinleys Vorstrafenregister angestellt hatte, sie hatten ihn aus reiner Kollegialität informiert.

»Was ist passiert?«, fragte Babe.

»Er ist offenbar am Steuer eingeschlafen, oder er hat was getrunken und ist dann Auto gefahren – wer weiß? Jedenfalls war es ein ziemlich übler Unfall. Der ganze Tank ist in Flammen aufgegangen.«

»Ist das normal, wenn man in den Graben fährt?«

»Offenbar führte dieser Graben von einer zweispurigen Brücke aus direkt zu einem knapp zehn Meter tiefen Abhang.«

»Könnte ihn jemand von der Straße abgedrängt haben?«

»Ja, klar. Vielleicht ist ihm aber auch Elvis erschienen oder er wurde von Aliens erschreckt. Ich habe nicht gefragt.«

»Warum nicht?«, fragte ich.

Weil Mike Polizist in Springfield, Connecticut, war, nicht in Macedonia, Ohio. Aber das hieß ja nicht, dass *ich* nicht fragen konnte. Und das würde ich vielleicht auch, aber erst einmal waren wir mit Nina Mazzo verabredet.

»Du könntest auch Privatdetektivin werden«, sagte Lucy. »Ehrlich.«

»Ich glaube kaum.«

»Doch – du bist echt gut.«

»Das hat Babe auch gesagt. Na ja. Vielleicht überleg ich's mir, wenn diese Gärtnersache nicht mehr läuft.«

Als ich mich das erste Mal über Nina schlaugemacht hatte, hatte ich ein wenig über diesen Beruf gelesen. Die meisten Privatdetektive kamen von der Polizei. Wer hätte das gedacht? Das klischeehafte Bild von ihnen, wie sie hinter Gebüschen standen und Fotos schossen, ließ ihren Job wenig respektabel und nicht ganz anständig wirken, dabei war er es durchaus. Weniger als vierzig Prozent der Fälle hatten mit Untreue und Scheidungen zu tun (ich hätte vermutet, dass es mehr war), aber das war alles, woran die meisten Leute dachten, wenn sie das Wort *Privatdetektiv* hörten. Das oder Humphrey Bogart in *Der Malteser Falke*.

Hoffentlich würde Nina uns sagen können, ob verschwundene Personen aufzufinden und absenderlose Päckchen wie das für Caroline Sturgis auszuliefern die anderen sechzig Prozent ihres Geschäfts ausmachten.

Wir fuhren in die Stadt und sahen zu, wie die Grundstückspreise von einem Block zum anderen steil nach unten fielen, als wir unter den Bahngleisen durchfuhren.

»Das ist keine schöne Gegend«, sagte Lucy.

»Kommt drauf an, wonach man sucht. Für einen Fliesenleger

ist es hier so wie im Deko-Viertel in New York.« Wir fuhren an einer Straße mit einigen Trödelläden vorbei, einem Stein- und Wege-Verleger, und dem Küchen- und Badezimmerstudio, und dann bog ich nach rechts in die Straße, wo sich Ninas Gebäude befand. Als wir den Parkplatz erreichten, erzählte ich Lucy von Nina Mazzos kürzlichem Umzug und ihrem Wunsch, dass die Wirtschaft sich bald wieder erholen möge, damit wieder mehr Männer untreu wurden.

»Das ist der kränkste Gedankengang, den ich seit langem gehört habe. Daraus könnte man einen ausgesprochen verkaufsträchtigen Film machen.«

»Ihr zwei werdet euch prima verstehen.«

Wir mussten warten, während drei Männer einen riesigen Block Speckstein auf einem Rollwagen an uns vorbeischoben, bevor wir endlich parken konnten.

»Was war das denn?«, fragte Lucy und sah dem großen Stein hinterher.

»Du lebst eben in einer Mietwohnung. Das ist ein Steinblock, aus dem Küchentresen geschnitten werden.«

Lucy hatte zwar Unrecht mit Ellis Damon gehabt, aber mit etwas anderem nicht – wenn Leute logen, dann verwendeten sie tatsächlich oft etwas Vertrautes, von dem sie glaubten, dass es ihre Lüge glaubwürdiger machen würde. McGinley war vielleicht nicht nach Springfield gefahren, um seinem Freund, dem Küchentresen-King, zu helfen, aber vielleicht war er nach einem Besuch bei Nina Mazzo auf die Idee gekommen. Ich erinnerte mich daran, wie heiß es bei Nina im Büro war, also zog ich meine Jacke aus.

»Rechnest du mit einem Boxkampf?«, fragte Lucy, als ich den Wagen abschloss.

Falls Nina überrascht war, mich zu sehen, verbarg sie es gut.

»Also, so was – wissen Sie, ich habe eine andere Kundin, die genauso aussieht wie Sie, ich glaube, sie sagte, sie hieße Thelma Turner. Und wer sind Sie, Etta James?«

»Ich bin Paula Holliday, und das ist Lucy Cavanaugh.«

Sie bot uns an, Platz zu nehmen.

»Wir helfen einer Freundin und möchten Ihnen gerne ein paar Fragen stellen.«

»Das ist sehr lobenswert. Aber was geht es mich an?«

»Wir vermuten, Sie oder jemand aus diesem Büro haben gestern Morgen in der Chelsea Road 197 einen blauen Luftpolsterumschlag ausgeliefert, der keinen Abesender hatte. Kann das sein?«

»Nun, wir haben viel zu tun. Das weiß ich wirklich nicht.« Die berühmte Diskretion der Tischset-Anzeige trat in Kraft. »Im Gegensatz zu Ihnen besteht mein Geschäft auch nicht darin, Freunden zu helfen. Das hier ist mein Beruf.«

»Kennen Sie einen Mann namens Chase McGinley? Er hat vielleicht auch einen anderen Namen genannt – ein bisschen heruntergekommen, Karohemd, Daunenweste, schlechte Zähne? Wenn, dann war er vor etwa einer Woche hier.«

Ninas Gesicht war wie aus Stein, also verschwieg sie uns bestimmt etwas.

»Ms. Holliday, Sie erwarten doch nicht wirklich, dass ich Ihnen diese Fragen beantworte, oder? Warum sollte ich das tun?«

»Weil sie mal Polizistin waren und sich sicher immer noch für die Gesetze interessieren. Chase McGinley ist tot. Und der Umschlag, der an diese Adresse ausgeliefert wurde, enthielt ein Erpresserschreiben. Und ich glaube, dass diese beiden Ereignisse in einem Zusammenhang stehen.«

Sie schloss einen Augenblick die Augen. »Wann kehren nur die wundervollen Zeiten zurück, in denen Geschäftsführer ihre Frauen betrogen?«

McGinley war bei Nina Mazzo gewesen – er hatte ihren Namen wahrscheinlich von genau demselben Tischset wie ich gehabt. Er hatte gesagt, er suche nach einer alten Freundin, die ihn hatte sitzenlassen, als sie von ihm schwanger geworden war. Sie wäre blond, um die vierzig und hätte einen ungefähr vierzehnjährigen Sohn.

»Ich habe ihm einige grundlegende Informationen darüber gegeben, wie wir versuchen könnten, diese Frau zu finden. Natürlich habe ich ihm nicht alles gesagt. Ich wollte ja, dass er wiederkommt, aber das hat er nie getan. Ich glaube, ich sollte die *kostenlose Erstberatung* aus dieser Tischset-Anzeige streichen. Es wird wirklich alllmählich eine Lachnummer.«

»Und das Päckchen?«

»Völlig andere Geschichte.«

Ohne Details zu verraten, berichtete Nina uns, die Kundin wollte eine Affäre sauber beenden, aber sie hätte gewusst, dass der Anhänger von sentimentalem Wert sei, und wollte ihn nicht einfach wegwerfen oder der Post anvertrauen.

»Wie rührend«, sagte Lucy.

»Kundin?«, fragte ich.

40

Nina Mazzos Beschreibung der Frau, die sie beauftragt hatte, das Päckchen bei Caroline Sturgis abzugeben, war praktisch nutzlos. Das lag nicht daran, dass sie nicht aufmerksam war, denn das war sie – aber die Frau hatte offenbar alles darangesetzt, so wenig auffällig wie nur möglich zu wirken.

»Sie war ziemlich groß«, sagte Nina. »Schlank, aber groß, meine ich.«

Mit dichtem, wahrscheinlich gefärbtem blondem Haar, das zu einem kinnlangen Bob geschnitten war. Sie trug ein dunkelblaues Kostüm und eine gestreifte Seidenbluse. Eine dunkle Sonnenbrille. Nicht viel Schmuck, nur einen Ring mit einem kleinen bunten Edelstein darin, und einen herzförmigen Kettenanhänger. Sie sagte auch nicht viel, sie erklärte nur, warum sie gekommen war, und zog dann das kleine blaue Schmuckkästchen aus einem Stoffsäckchen hervor. Sie zeigte Nina, was sich in dem Kästchen befand, aber Nina warf nur einen kurzen Blick darauf, bevor die Frau den Zettel dazulegte und das Kästchen wieder verschloss.

»Ihre Stimme war rau und sie hustete ein paar Mal in ihr Taschentuch«, sagte Nina. »Ich bin sehr gesundheitsbewusst, also habe ich versucht, sie so schnell wie möglich loszuwerden und Abstand zu halten.« Nina überlegte weiter. »Ach ja, Sie sagte, sie hieße Brigid O'Shaughnessy, aber ich bin eine Freundin alter Filme, also wusste ich gleich, dass sie log. An ihren Namen glaubte ich nicht, wohl aber an die dreihundert Dollar, wie man so schön sagt.«

Sagte eigentlich niemand dieser armen Frau seinen richtigen Namen? Nicht-Brigid ließ das Kästchen zurück und zahlte in bar. Nina Mazzo hatte sie nie wieder gesehen.

»Wussten Sie denn, dass die Lieferung an Caroline Sturgis' Adresse ging?« Es war das erste Mal, dass ich Carolines Namen nannte, und so wie Nina daraufhin guckte, ging ich davon aus, dass sie es nicht gewusst hatte.

»Ich habe nur die Postleitzahl überprüft. Als ich sah, dass die Adresse sich in einem teuren Viertel befand, habe ich den Auftrag angenommen.«

»Ist er später noch mal wiedergekommen?«, fragte ich

»*Sie*. Aber nein, ist sie nicht.«

Lucy und ich fuhren mit mehr Fragen als Antworten zu mir nach Hause.

»Kann ich einen Wein aufmachen?«, fragte Lucy. »Ich finde, wir haben ihn uns verdient.«

»Mach nur. Ich muss nachdenken.«

Sie goss sich ein Glas Rotwein ein und ließ sich auf dem Sofa mir gegenüber nieder, zog die Schuhe aus und legte die Beine auf den lederbezogenen Hocker. Sie krümmte und streckte ihre Zehen, als wäre sie beim Sport. »Ich finde es richtig blöd, dass ich morgen wieder los muss. Es fängt gerade an, Spaß zu machen.«

Lucy vermutete, dass Kate Gustafson noch lebte. Welche andere Frau sollte es sonst sein. Eddie Donnelleys alte Mutter? Eine Freundin? Eine mordlustige ehemalige Cheerleaderin?

»All die verbitterten Mädchen, die nicht als Cheerleaderinnen genommen wurden«, sagte ich. »Darüber haben wir noch gar nicht nachgedacht.«

Plötzlich wünschte ich mir, Caroline und Grant wären nicht nach Wellfleet abgehauen. Bis *sie* bei *mir* anrief, konnte ich keine Antworten auf die Fragen bekommen, die sich türmten wie die Bücher in meinem Lesestapel. Caroline hatte mir nie eine abschließende Antwort gegeben. Wusste sie nun, dass Kate Gustafson noch lebte? Ich sah das Telefon beschwörend an und wünschte mir, dass es klingelte. Und es klappte.

»Gütiger Himmel – ich habe das Telefon klingeln lassen!«

»Äh, nein, hast du nicht«, sagte Lucy, kreiste mit den Zehen und hörte zu, wie es knackste. »Derjenige, der dich anruft, hat das Telefon klingeln lassen. Und gehst du nun ran oder soll ich?«

Ich lief in die Küche. Die Nummer auf dem Display sagte mir nichts.

»Hallo?

»Ist dort Paula Holliday? Hier ist Kevin Brookfield. Ich glaube, wir haben etwas zu besprechen.« Ich schaltete das Gespräch auf laut, damit Lucy zuhören konnte.

Brookfield wollte sich mit mir treffen. Er schlug Chiaramontes Gärtnerei vor. Lucy schüttelte wie wild den Kopf, aber ich hätte dem Vorschlag auch so nicht zugestimmt. Ich war dort in letzter Zeit schon einmal gewesen und hatte nicht die geringste Lust, an einer Wiederaufführung teilzunehmen. Mein Bedarf an verlassenen Locations und Schotterparkplätzen war gedeckt. Ab sofort würden meine Treffen mit bekannten oder fremden Männern, wie bemerkenswert sie auch aussehen mochten, an belebten, gut beleuchteten Orten stattfinden.

»Wie wäre es mit dem Einkaufszentrum in Springfield? Vor dem Crate & Barrel-Geschäft im Erdgeschoss.« Es war eine überdachte Einkaufsmeile, in der ich vor drei Jahren mal gewesen war. »Um halb acht?«

Ein Klicken signalisierte mir, dass Brookfield aufgelegt hatte. Offenbar war das eine Zusage.

»Glaubst du, dort bist du sicher?«, fragte Lucy.

»Der Mann hat bisher nichts getan, außer Kaffee zu trinken. Vielleicht waren wir voreilig mit unserer Annahme, dass er in die Sache verwickelt ist. Außerdem treffen wir uns in einem überdachten Einkaufszentrum, nach dem Abendessen und in der Shopping-Hochsaison. Es ist wahrscheinlich prallvoll mit überorganisierten Kunden, die all ihre Geschenke noch vor Thanksgiving im Schrank liegen haben wollen. Und du bist da, um mich zu beschützen. Was kann schon passieren?«

Lucy strahlte. »Weißt du was, ich ziehe wieder meine Perücke auf!«

Das Einkaufszentrum von Springfield befand sich etwa fünf Minuten vom Bahnhof entfernt. Brookfield und ich waren vor dem Crate & Barrel-Geschäft im Erdgeschoss verabredet. Lucy würde uns aus dem Obergeschoss beobachten. Sie würde wieder ihre Caroline-Verkleidung tragen und Einkaufstüten bei sich haben, um wie eine Kundin auszusehen. Ich wühlte unter meiner Spüle nach Tüten.

»Ich trage doch keine Walmart-Tüte. Hast du nichts anderes?« Mir fielen die Sachen ein, die sie mir gegeben hatte, und ich holte eine Victoria's-Secret- und eine J.-Crew-Tüte mit ihren eigenen ungetragenen Einkäufen. Mit diesem Look war sie weit glücklicher, weil sie ihn für erheblich glaubwürdiger hielt.

»Du hast nicht mal die Schilder abgemacht.«

»Ich hab die Sachen gerade mal ein paar Wochen. Und wie lange hattest du sie?«

»Na gut.«

Im Einkaufszentrum setzte ich mich auf eine Bank und wartete vor dem Möbelladen. Lucy ging oben auf und ab wie die nervöse Teilnehmerin einer Talentshow.

Ich sah mich um. Alle wirkten ganz normal, dann sah ich in der Ferne einen Mann lächeln und direkt auf mich zukommen. Brookfield war attraktiver, als ich ihn in Erinnerung hatte, aber ich war ja auch sehr beschäftigt gewesen und hatte mich nicht sonderlich um ihn gekümmert. Es lag mehr an seinem Gang als an etwas anderem. Er blieb vor mir stehen, ein ganz klein bisschen näher, als mir lieb war.

»Hallo, Kevin Brookfield.«

Ich nickte und erhob mich und wir reichten einander die Hände. Von irgendwoher hörte ich ein Geräusch und aus dem Augenwinkel sah ich, wie Lucy sich vorbeugte, um ihr Telefon aufzuheben, das sie fallen gelassen hatte. Ich hätte zehn Mäuse darauf gewettet, dass sie versucht hatte, ein Bild von ihm zu schießen. Ich tat, als wüsste ich nicht, wer sie war.

Ich konnte mich Brookfields Ausstrahlung kaum entziehen und fühlte mich schlagartig Roxy Rhodes und den Vorstadtmüttern verbunden. Eins war jedenfalls klar: Das hier war nicht der Mann, der mich angegriffen hatte. Mit diesen muskulösen Armen konnte er weit mehr Schaden anrichten als einen Bluterguss am Handgelenk und ich hätte ihn wohl kaum überwältigen können. Außerdem hinkte er nicht. So, wie ich meinem Angreifer zwischen die Beine getreten hatte, ging ich davon aus, dass er zumindest noch ein kleines bisschen hinken würde. So weit, so gut.

»Sollen wir irgendwo hingehen?«, fragte er, eine Hand in die Hüfte gestemmt.

»Bleiben wir doch einfach hier, okay?«

Meine Sicherheitsvorkehrungen schienen ihn zu amüsieren, aber nach meinen ersten paar misslungenen Treffen hielt ich es für das Beste, im öffentlichen Bereich zu bleiben.

»Wie Sie wollen.«

Er setzte sich und wir tänzelten ein wenig um die Themen Caroline und Gewächshaus herum. Falls er etwas wollte, ließ er sich jedenfalls Zeit damit, zum Punkt zu kommen, also entschied ich mich zum Angriff.

»Was genau wollen Sie von Caroline?«

»Das ist ja sehr geradeheraus. Geradeheraus ist gut. Nun, ich möchte, dass sie es zu Ende bringt.«

»Was zu Ende bringt?«

Wir hörten ungefähr gleichzeitig auf zu lächeln. Lucy hörte oben auf, hin und her zu marschieren, sie musste gespürt haben, dass sich der Ton unseres Gespräches verändert hatte.

»Am besten, wir spielen keine Spielchen mehr. Sie hat uns alle lange genug an der Nase herumgeführt. Ich will das, was sie mir vorenthalten hat. Ich brauche es für einen neuen Anfang. Dann wird sie mich nie wiedersehen. Das verspreche ich.«

Oh, mein Gott. Er war es! »Sie stecken dahinter«, sagte ich und rutschte auf der Bank ein wenig von ihm weg, während er so tat, als wüsste er nicht, wovon ich redete.

Aus dem ersten Stock des Einkaufszentrums knallte ein Handy direkt vor meine Füße. Lucy hatte es entweder erneut fallen gelassen oder nach mir geworfen, um meine Aufmerksamkeit auf sie zu lenken. Ich blickte hoch und sah, wie sie mit zwei Männern kämpfte.

»Hilfe!«, kreischte sie.

»Lasst sie in Ruhe, ihr Arschlöcher!« Ich rannte zur Rolltreppe und hechtete drei Stufen auf einmal hinauf, wobei ich Kunden beiseitestieß. Als ich oben ankam, wurde Lucy von zwei Männern abgeführt, und ich drängte mich durch die Menge, die sich gesammelt hatte, um ihnen zu folgen.

41

Normalerweise kümmerte sich Mike O'Malley nicht um Ladendiebe – das überließ er den Sicherheitsleuten des Einkaufszentrums und den Nachwuchsbullen der Polizei Springfield. In Lucys Fall aber machte er eine Ausnahme. Ich hatte ihn angerufen, als mir klar geworden war, dass sie nicht entführt wurde, sondern von verdeckten Kaufhausermittlern verhaftet worden war.

Zugegeben, Lucy sah verdächtig aus mit ihrer schief sitzenden Perücke, der Sonnenbrille und den zwei Tüten voller Klamotten, an denen noch die Preisschilder hingen, zu denen sie aber keine Bons bei sich führte. Doch die Einkaufszentrumsleute glaubten schließlich O'Malleys Aussage, dass sie keine Diebin war, sondern einfach nur eine New Yorkerin mit eben schwer verständlichen Angewohnheiten. Das schien sie zufriedenzustellen und sie ließen sie frei.

»Ihr wart also auf Einkaufstour, ja?«, sagte er, als wir wieder vor dem Centerbüro standen. Lucy umarmte ihn, und wenn ich mich nicht irrte, dann drückte er sie ebenfalls.

»Folterknechte«, sagte sie. »Ich könnte sie verklagen. Ich bin, seit ich fünfzehn war, nicht mehr wegen Ladendiebstahls festgenommen worden.«

»Du meinst, du hast nichts mehr *geklaut*, seit du fünfzehn warst«, sagte Mike.

»Genau. Das habe ich gemeint.« Lucy betrachtete ihr Spiegelbild im Schaufenster von Williams-Sonoma und richtete ihre Perücke.

»Jeder, der es nicht besser wüsste, könnte glauben, ihr beide führt etwas im Schilde.«

»Wir doch nicht«, sagte ich. »Wir wollten bloß ein bisschen einkaufen. Lucy ...« – ich versuchte, meine Gedanken zu ordnen – »dreht eine Doku über Testkäufer, die von den Läden engagiert werden, um ihre Angestellten auf die Probe zu stellen. Deswegen trägt sie auch die Perücke.« Meine Erklärung ließ beide erstaunt gucken, und es war nicht ganz klar, wer meine spontane Geschichte unglaubwürdiger fand.

Als wir auseinandergingen, bedankte sich Lucy noch einmal herzlich bei Mike. »Vielen Dank, dass du mich gerettet hast«, sagte sie theatralisch. Er ließ uns im Parkhaus stehen. Jetzt war ich dran, skeptisch zu gucken. »Gerettet hast? Drückt die Perücke dir deine Gehirnzellen ab? Oder bist du wieder auf der Flucht?«

Auf der Rückfahrt zu mir sprachen wir nur wenig. Das Treffen mit Brookfield war in die Hose gegangen, aber, wie Lucy so schön sagte, wenigstens waren wir nicht im Gefängnis gelandet. Andererseits hatte ich auch nichts herausbekommen. Konnte ich falsch verstanden haben, was er gesagt hatte? Was hatte er denn so Schreckliches gesagt? Nach allem, was ich wusste, war Kevin Brookfield eben ein gutaussehender, alleinstehender Mann, der ein Gewächshaus kaufen wollte. Nicht, dass ich die Gelegenheit gehabt hätte, mehr herauszufinden, denn er war natürlich lange weg, als die Einkaufszentrums-Typen uns laufen ließen.

Die Ampel schaltete auf Grün, dann wieder auf Rot, aber mein Fuß blieb auf der Bremse, als mir ein ausgesprochen deprimierender Gedanke kam. »Möglicherweise habe ich den perfekten Mann für mich zur Hölle gejagt.«

Lucy tätschelte meinen Arm. »Ich wollte nichts sagen.«

42

Als Lucy und ich nach Hause kamen, war es halb zehn Uhr abends. Wir hatten noch eine halbe Flasche Wein übrig, aber die würde nicht lange vorhalten. Ich schürte ein Feuer und wir setzten uns in meinem Wohnzimmer auf den Teppich und tranken.

Mike O'Malley war Lucys neuer Held und sie bombardierte mich mit Fragen über ihn, die mich glauben ließen, dass sie interessierter an ihm war, als sie bislang zugegeben hatte. Überraschenderweise störte mich das nicht. Vielleicht war das der wahre Grund, aus dem Mike und ich nie zueinander gefunden hatten: Wir waren einfach nicht füreinander gemacht. Ich dachte immer noch an Kevin Brookfield.

Das Telefon klingelte so wie ein paar Stunden zuvor schon einmal.

»Geh nicht ran«, sagte Lucy. »Ich setz mir die Perücke nicht noch einmal auf!«

Es war ein guter Ratschlag. Auch ich hatte genug Drama für einen Tag erlebt. Ich überließ den Anruf also dem Anrufbeantworter und stürzte erst zum Telefon, als ich die leise, zögernde Stimme hörte, die eine Nachricht zu hinterlassen begann. Ich drückte auf den Lautsprecherknopf, damit Lucy mithören konnte.

»Mrs. Warren?«

»Oh, Sie sind ja da, ich dachte, es wäre eine Maschine.«

»Es war eine Maschine, Ma'am. Ich bin gerade erst ans Telefon gegangen. Wie geht es Ihnen?«

»Mir geht es gut. Vielen Dank für die Nachfrage, meine Liebe. Ich dachte, Sie wüssten vielleicht gern, dass Jeff das Bewusstsein wiedererlangt hat. Sie gehen davon aus, dass er sich ganz erholen wird.«

Ich hatte keine Ahnung, wovon sie redete, spielte aber mit. »Ich freue mich, das zu hören, ich habe mir große Sorgen gemacht.«

»Er hat seine Stelle bei der Spedition verloren, aber sein Onkel Lou kann ihm vielleicht seinen alten Job bei der Post wiederbeschaffen. Ich bin sicher, dass er sich selbst bei Ihnen melden wird, wenn erst mal die Schläuche entfernt sind und er wieder auf den Beinen ist.« Nur ein entschlossener Kniff in den Unterarm hinderte Lucy daran, weiter Fratzen zu schneiden, die mich garantiert hätten laut auflachen lassen, während ich mit der alten Frau sprach.

»Werden denn gesundheitliche Schäden zurückbleiben?«, fragte ich. Ich wollte sie am Telefon halten, bis ich ihr ein paar Fragen stellen konnte, ohne desinteressiert am Zustand ihres Sohnes zu wirken.

»Tja, man kann wohl keinen Laster gegen eine Brücke fahren, ohne sich ein bisschen den Schädel durchzurütteln. Er war ein paar Tage nicht bei Bewusstsein, aber sie haben mir gesagt, ich soll mir deswegen keine Sorgen machen, denn sie haben ihn absichtlich ins Koma versetzt – ich glaube, das sagten sie –, bis die Hirnschwellung abnahm.«

Jeff Warren hatte wirklich großes Pech. Als Nächstes würde sie mir noch erzählen, dass eine seiner Ex-Frauen sich eingemischt hatte und den Zahltag bei einer Versicherung witterte.

»Mrs. Warren, erinnern Sie sich, wir haben über die Familie Donnelley gesprochen? Wissen Sie vielleicht, was aus Eddie Donnelley geworden ist?«

»Aber natürlich, meine Liebe, das wissen doch alle.«

Und sie hätte es mir auch schon letztes Mal erzählt, als wir miteinander telefonierten, bloß war ich zu hektisch gewesen und hatte sie unterbrochen – das hatte ich davon, nicht geduldig mit netten alten Damen umzugehen.

Ich hatte es für unwahrscheinlich gehalten, dass Eddie Donnelley sich in zwanzig Jahren im Gefängnis groß verändert haben könnte, aber das hatte er sehr wohl getan. Sozusagen.

»Die Leute in der Stadt glauben, es war die Zeit im Gefängnis«, sagte Mrs. Warren, »aber vielleicht auch nicht. Die Menschen sind so, wie sie sind, nicht wahr? Das habe ich jedenfalls auf CNN oder HBO gesehen, einem dieser Sender, wo sie die Leute befragen.«

Ich dachte an Ellis Damon. Vielleicht hatte Lucy doch Recht gehabt. »Ist er … äh … religiös geworden?«, fragte ich.

»Oh nein, meine Liebe, religiös war Donnelley immer. Seine Mutter hatte einmal in der Woche den Priester zum Mittagessen da. Nein, das war es nicht.«

Es war wirklich ein Wandel gewesen. Oder vielleicht eher eine *Verwandlung*. Eddie Donnelley war jetzt nämlich Edwina Donnelley.

Laut Helen Warren ging das Gerücht, dass Eddie vorgehabt hatte, das Drogengeld, das er versteckt hatte, für seine Geschlechtsumwandlung zu verwenden, wenn er aus dem Gefängnis kam, aber das Geld wurde niemals gefunden, also musste er mit Hormontherapie und Drogerie-Kosmetik vorliebnehmen. Manche gingen davon aus, Monica hätte das Geld gestohlen. Andere glaubten, es wäre Kate Gustafson gewesen, bis zu ihrem merkwürdigen Tod. Wieder andere witterten einen vierten Partner, der nie verhaftet worden war. Mrs. Warren gehörte zu Letzteren.

»Haben Sie denn eine Ahnung, wer das gewesen sein könnte?«, fragte ich.

»Oh, das ist alles schon so lange her. Nun ja. Trainer Hopper hat damals großen Ärger bekommen. Die Leute haben gesagt, er hätte wissen müssen, was los war. Aber wie könnte man ihm einen Vorwurf machen – unsere Mannschaft hatte in jenem Jahr einen Rekordlauf. Die Leute haben ihn trotzdem beschuldigt. Die Schule hat seinen Vertrag nicht verlängert und er ist weggezogen. Ich glaube nach Ohio. Er wollte beim Sport bleiben, doch es war schwierig, nach dem Drogenskandal einen neuen Trainerjob zu finden. Das Letzte, was ich gehört habe, ist, dass er als Vertreter für Sportunterwäsche arbeitete, in Ohio, glaube ich. Habe ich das schon gesagt?«

Ich ging nicht davon aus, dass Helen Warren und ich bei Männern denselben Geschmack hatten, aber ich musste fragen. »Mrs. Warren, würden Sie sagen, dass Trainer Hopper ein attraktiver Mann war?«

»Also nun, es gibt für jeden Topf einen Deckel, meine Liebe. Hopper war nett anzusehen, aber er hatte einen unglückseligen Zug im Gesicht. Ich weiß nicht, warum er nie etwas dagegen unternommen hat. Vermutlich war es ihm egal, und es schien die Frauen auch nicht zu stören.«

Ihr eigener Sohn hatte eine Hasenscharte, und das minderte seine Chancen beim anderen Geschlecht ja offenbar auch nicht.

»Etwa eine gebrochene Nase?« Ich hielt den Atem an und wartete auf ihre Antwort.

»Also, an seine Nase kann ich mich nicht erinnern, meine Liebe, es war etwas anderes. Ich kann es wirklich nicht leiden, auf die körperlichen Fehler anderer hinzuweisen. Immerhin sind wir alle Geschöpfe Gottes – aber Hopper hatte wirklich hässliche Zähne.«

43

Am nächsten Morgen hatte Lucy eigentlich keine Lust zu fahren, aber immerhin war sie schon zwei Tage aufgrund der Recherche für ihre Flucht-Geschichte nicht in der Redaktion gewesen und diese bestand bisher aus mehr Spekulationen als sonst was. »Schick mir eine SMS, sobald du etwas Neues weißt«, sagte sie und umklammerte die Tasche mit der Perücke.

Nachdem ich sie am Bahnhof abgesetzt hatte, fuhr ich zur Polizeiwache Springfield. Derselbe diensthabende Polizist, den ich kennengelernt hatte, als Grant Sturgis und ich eingeliefert worden waren, saß am Empfang. Ich ließ es nach einer persönlichen Angelegenheit klingen.

»Sergeant Stamos. Ist Mike O'Malley hier? Ich würde gern persönlich mit ihm sprechen.«

»Er ist auf Streife. Ich kann ihm eine Nachricht durchgeben lassen. Reicht das?«

Es musste reichen. Ich nannte dem diensthabenden Polizisten meine Handynummer und schaltete das Gerät ein, dann fuhr ich ins Paradise.

Babe hieß mich mit einem breiten Grinsen willkommen. »Du hattest ein paar Tage richtig zu tun, was?«

»Wie kommst du denn darauf?«

»Mike O'Malley und Kevin Brookfield waren schon da und sind wieder gegangen – allerdings nicht zusammen. Brookfield findet dich niedlich, aber ziemlich durchgeknallt«, sagte Babe. »Ich habe ihm gesagt, da läge er ganz richtig.«

»Er hat ein nettes Lächeln, findest du nicht?«, sagte ich. Babe bestätigte, dass Kevin Brookfield wunderbare Zähne hatte. Das war eine gute Nachricht für die alleinstehenden Frauen in der Stadt, und, zum Teufel noch mal, zu denen gehörte ich schließlich auch!

»Und du bist tatsächlich ein bisschen durchgeknallt, findest du nicht?«

Am Abend zuvor hatte Mama Warren mir auf ihre leise, methodische Art die dentale Geschichte von Trainer Hopper durchgegeben. Der arme Kerl hatte Zähne wie ein gebrochener Kamm. Irgendwann hatte er billige Kronen einsetzen lassen und die hatten sich entzündet und mussten entfernt werden. Das letzte Mal, als sie ihn sah, hatte er nur noch Stummel im Mund. »Wie Maiskörner, die zu lange im Regen gelegen haben«, sagte sie.

»Oh, weißt du, wer angerufen hat?«, meinte Babe und unterbrach meine Gedanken. »Sie hat es auf deinem Handy versucht, dann hier. Die Pinnwand ist eine Sache, aber wenn du jetzt auch noch willst, dass ich Nachrichten für dich entgegennehme, muss ich dir das berechnen.«

Babe schob mir einen Zettel hin. Es war eine Nummer in Massachusetts, unter der Caroline bis 10:00 Uhr an diesem Vormittag erreichbar wäre. Ich sah auf die Uhr – 09:45.

Babe warf mir den Schlüssel zu ihrem Büro zu, damit ich ungestört mit Caroline sprechen konnte. Wieder klemmte der Schlüssel, aber schließlich kam ich rein, dann wählte ich die Nummer, die Caroline mir hinterlassen hatte.

»Blue Willow Bakery.«

Einen Augenblick lang wusste ich nicht, nach wem ich fragen sollte – Caroline oder Monica.

»Ist Caroline da?«

»Heißt hier irgendjemand Caroline?«

Ich hörte Geraschel, dann Carolines Stimme. »Ich rufe dich auf deiner Nummer zurück. In der Nähe des Ladens habe ich Handyempfang.«

Eine Minute später klingelte mein Telefon. Und es gab Neuigkeiten. Eddie Donnelley hatte ihr über seinen Bruder eine Nachricht zukommen lassen. Er wollte von ihr das Geld, von dem er behauptete, sie hätte es gestohlen, oder er würde erneut aussagen, dass sie die ganze Drogen- und Wettgeschichte angeleiert hätte.

Wenn er das täte, würde Caroline mit Sicherheit für weitere achtzehn Jahre ins Gefängnis wandern.

»Ich habe das Geld nicht gestohlen. Ich schwöre es. Vielleicht … vielleicht hat Kate es getan. Woher sonst hätte sie das Geld gehabt, das sie vor so vielen Jahren meinem Bruder geschickt hat? Paula, ich habe Angst. Donnelley weiß, wo meine Kinder sind.«

»Was? Wieso?«

»Meine Schwiegermutter muss bescheuert sein. Grant hat angerufen, um zu hören, wie es ihnen allen geht. Sie hat ihm erzählt, eine Frau hätte angerufen, die behauptete, sie wäre eine Freundin von mir, und seine Mutter solle die Kinder wieder zurück nach Hause schicken. Eddie muss eine Frau dazu gebracht haben, für ihn anzurufen.«

»Tja, das ist eine ganz schön üble Geschichte, Caroline.« Ich dachte an Eddie aus dem inzwischen Edwina geworden war, und seufzte.

»Die blöde Kuh hat Molly und Jason gestern Abend in den Flieger gesetzt. Die Maschine ist vor neunzig Minuten gelandet. Wir sind unterwegs, aber wir werden fünf Stunden brauchen, bis wir da sind, wenn wir gut durchkommen und nicht irgendwo im Stau sitzen. Ich habe O'Malley eine Nachricht hinterlassen, aber der hat noch nicht zurückgerufen. Ich mache mir Sorgen um die Kinder. Paula, wenn ihnen meinetwegen etwas zustößt, bringe ich mich um.«

O'Malley hatte gesagt, wir sollten ihn anrufen, wenn irgendetwas passierte, und das war jetzt der Fall. Aber O'Malley war auf Streife. Und wenn er überhaupt nach etwas Ausschau hielt, dann nach einem Mann, nicht nach einer Frau. Ich hinterließ ihm eine weitere Nachricht und schaltete mein Handy zur Abwechslung einmal nicht aus.

»Du siehst blass aus«, sagte Babe, als ich ins Restaurant zurückkehrte.

»Manchmal wünschte ich, du dürftest Alkohol ausschenken.« Ich stemmte mich auf den Barhocker und wünschte mir, der Diner wäre eine Kneipe.

»Es ist 10 Uhr vormittags.«

»Ich fahre jetzt zu Caroline. Ich habe O'Malley zwei Nachrichten hinterlassen, aber wenn du ihn siehst, dann sag ihm, er soll so schnell wie möglich dort hinkommen. Nein, besser noch, ruf bei Channel 8 News an und sag ihnen, du hättest Caroline Sturgis heute Morgen nach Hause zurückkommen sehen. Sie wäre jetzt in ihrer Villa.«

»Ist sie denn zurück?«

»Nein, aber Eddie Donnelley ist da.«

Die Kinder würden auf das Firmenkonto ihrer Eltern mit einem Chauffeur vom Flughafen New York nach Connecticut fahren, aber Caroline hatte nicht gesagt, auf welchem Flugplatz sie gelandet waren.

Es würde zwei bis zweieinhalb Stunden dauern, bis sie zu Hause waren, wenn sie nach New York City geflogen waren und nicht im Stau standen. Es ginge schneller, wenn sie in Westchester gelandet waren. Ich hatte keinen Schlüssel zu Carolines Haus, aber wenn ich in die Garage käme, dann würde ich auch irgendwie weiter vordringen. Ich konnte nur hoffen, dass dann bald Verstärkung eintraf. Ich brauchte mehr als bloß einen Überraschungseffekt, wenn die Sache wirklich schiefging und ich auf mich allein gestellt war.

Gerade als ich bei Babe losfuhr, fuhr Kevin Brookfield auf den Parkplatz. Ich trat auf die Bremse, und unsere Wagen blieben nebeneinander stehen.

»Bitte lächeln!«

»Was?«

»Schöne Zähne.«

Brookfield musste mich mittlerweile wirklich für verrückt halten, er lächelte aber trotzdem. »Heißt das, Sie glauben mir?«

»Folgen Sie mir. Ich brauche Ihre Hilfe.«

Er wendete seinen Mietwagen und blieb dicht hinter mir bis wir bei Carolines Haus ankamen. Wieder fuhr ich über die unbefestigte Straße, die zur Rückseite des Hauses führte. Dann drückte ich den mittleren Knopf am Dach meines Jeeps und Carolines Garagentor öffnete sich. Ich hatte immer noch keine Ahnung, wie das funktionierte, war aber froh darüber. Ich fuhr hinein und Brookfield setzte sich neben mich. Ich schloss das Tor hinter uns.

Hoffentlich hatten die Sturgis' die Tür, die von der Garage ins Haus führte, offen gelassen – das taten viele Vorstädter –, aber selbst wenn nicht, Caroline hatte mir einmal gesagt, dass sie einen Ersatzschlüssel in der Garage aufbewahrte. Ich musste ihn bloß finden.

»Ich hoffe, es ist niemand da«, flüsterte ich, als ich aus dem Wagen stieg.

Brookfield trat neben mich. »Was wird das? Brechen wir ein?«

»Nicht wirklich.«

In diesem Moment hörte ich eine Wagentür zuknallen. Caroline und Grant konnten es noch nicht sein, die würden erst in ein paar Stunden kommen. Ich hoffte, dass es O'Malley war oder die Reporter, die ich Babe heranzulocken gebeten hatte. Ich drückte mein Gesicht so dicht an das schmale Garagenfenster wie nur möglich, aber ich war ein paar Zentimeter zu klein, um hindurchschauen zu können. Ich sah bloß das Dach eines Taxis. Und ich hörte die Stimmen von Kindern und einer Frau. Verdammt, sie waren nicht allein!

Ich stemmte mich auf einen schmalen Tisch, drückte mich platt und hielt mich an einer Schranktür fest. Ich verrenkte mir den Hals gerade rechtzeitig, um eine groß gewachsene, schlanke Frau die Sturgis-Kinder ins Haus führen zu sehen. Ich stöhnte auf.

»Keine Sorge, Edwina wird sich um sie kümmern.«

Ich wandte mich langsam um, ich hatte Mühe, mein Gleichgewicht zu halten, und sah, wie ein sehr gutaussehender, aber zahnloser Mann mit einer Pistole auf mich zielte. In seiner anderen Hand schwenkte er ein Gebiss aus Kunststoff.

»Na? Willst du das Pferd immer noch kaufen? In Chicago haben sie tolle Zahnärzte, wenn man genug Geld hat. Wenn mir Caroline erst mal meine Kohle gegeben hat, lasse ich mir Implantate machen. Richtig gute Implantate. Runter jetzt«, befahl er.

Ich tat, was er wollte, hielt mich aber so weit von ihm entfernt wie nur möglich. Ich klammerte mich an der Kante eines Tisches fest.

Er schob seine Zähne in den Mund zurück und ich konnte nur daran denken, wie gern ich sie ihm in seinen verdammten Rachen gerammt hätte. Was würden die Vorstadtmütter nur von ihrem neuen Freund halten, wenn sie herausfanden, dass er in Wahrheit ein Betrüger, ein Drogendealer und höchstwahrscheinlich ein mordlüsterner Ex-Cheerleader-Trainer war?

Kevin Brookfield klopfte an die Tür, die ins Haus führte, und rief Eddie/Edwina zu, aufzumachen. Er packte mich am Arm und stieß mich in Richtung Tür, nur falls Eddie nervös würde und erst schoss, bevor er nachsah, wer es war.

»Eddie, lass mich rein. Ich bin's, Hopper.«

Nichts, was mir zur Verfügung stand, kam gegen eine Pistole an, außer vielleicht mein Gehirn. Jedenfalls hoffte ich das.

Ich umklammerte die Wagenschlüssel in meiner Tasche. Ich konnte ihn damit erstechen, aber nur, wenn ich nah genug herankam. Unwahrscheinlich. Und Carolines Garage war so viel aufgeräumter als meine. Es lagen keine Werkzeuge herum, die ich als Waffe hätte verwenden können. Bloß farbig aufeinander abgestimmte Metallkisten, in denen sich, wie ich wusste, ihre abgelegten Handarbeitssachen befanden, aber ich hatte keine Ahnung, ob eine davon schwer genug war, um damit jemanden k. o. zu schlagen. Was war ihr letztes, unfertiges Projekt gewesen – Origami, Muschelkunst? Verdammt, warum war sie bloß so ordentlich? Ich versuchte zu denken wie Caroline. In den pastellfarbenen Kisten befand sich wahrscheinlich das leichte Zeug – Filz, Kleinkram, Kalligraphie-Pinsel. Dann fiel mir etwas ein, das Caroline einmal für mich gebastelt hatte. Sie hatte das Wort *PEACE* auf einen schönen flachen Flussstein gepinselt. Ich setzte auf die graue Kiste, die einen Meter von meiner rechten Hand entfernt lagerte.

»Tun Sie das nicht«, sagte ich. »In dem Haus ist nichts, außer ein paar Kindern. Die können nichts dafür. Und Caroline hat Ihr Geld nicht gestohlen. Das war höchstwahrscheinlich Kate. Sie hat es irgendwo versteckt, bevor sie starb, und man hat es nie gefunden. Kommen Sie, Sie waren doch Trainer – Sie müssen Kinder lieben.«

»Ich hasse Kinder. Ich habe den Job damals nur angenommen, damit ich junge Mädchen unter ihre kurzen Röcke gucken konnte. Dann ist eine von ihnen aus der menschlichen Pyramide gepurzelt und hat mir die Nase gebrochen. Und meine letzten paar guten Zähne rausgehauen, die blöde Kuh.«

Ojeoje, taktischer Fehler. Über uns hörten wir Schritte und Rascheln. Hopper rief wieder, ich diesmal auch, aber lauter.

»Polizei Springfield! Aufmachen, Polizei Springfield!« Ich war nicht mal sicher, ob wir noch in Springfield waren, aber es hatte Grant und mich damals ziemlich verängstigt, als wir in dem Gewächshaus waren, also war es einen Versuch wert.

»Halt die Schnauze, du Biest!«, brüllte er und stieß mich gegen den Tresen, sein Gebiss rutschte ihm fast aus dem Mund. Wieder rief er: »Eddie, ich bin's!«, aber es war so undeutlich, dass es mich nicht überraschte, dass Donnelley ihn weder verstand noch darauf reagierte.

»Eddie Donnelley, hier ist die Polizei Springfield! Kommen Sie mit erhobenen Händen heraus! Wir wissen, dass Sie da drin sind!« Ich drückte auf den Panikknopf meines Autoschlüssels und der Alarm ging los, was einer Polizeisirene gar nicht unähnlich klang.

Hopper stieß mich weg von der Tür, um mit dem rechten Ellenbogen dagegenzuschlagen. Ein paar Sekunden lang zeigte der Lauf seiner Pistole nach oben. Ich packte die graue Metallkiste und donnerte sie ihm ins Gesicht. Steine flogen aus der Kiste heraus. Hoppers Nase blutete, sie war sicher erneut gebrochen, und er würgte an Bruchstücken seines zerschmetterten Gebisses herum. Die Pistole fiel ihm aus der Hand, und ich konnte sie unter eines der Autos kicken. Ich stieg in meinen Jeep, verriegelte die Türen und drückte auf den Knopf, um das Garagentor zu öffnen. Als das Tor sich hochschob, sah ich die Leute von Channel 8 News und einen ganz wundervollen Streifenwagen der Polizei von Springfield.

44

Die Kinder der Sturgis' waren unverletzt und Jason wurde sogar zum Helden ernannt, weil er seine Schwester aus dem Weg gestoßen und Edwina seinen Ersatz-Hockeyschläger über den Kopf gezogen hatte.

Als der ganze Aufruhr sich endlich legte, beschuldigte Edwina Donnelley den Trainer Kevin Hopper – inzwischen auch als Kevin Brookfield bekannt – der ganzen Sache. Donnelley hatte die ganzen Jahre geschwiegen, weil er dachte, dass Hopper die Beute reinvestierte. Hopper seinerseits hatte keine Ahnung, wo das Geld steckte, hielt aber klugerweise den Mund, so dass Eddie dasselbe tat und ihn nicht belastete. Als Eddie freigelassen wurde, machten sie sich gemeinsam auf die Suche nach dem Geld, und die zufällige Begegnung Jeff Warrens und Carolines im Paradise Diner führte sie nach Springfield. Sie bezahlten Chase McGinley, einen Lagerarbeiter, den Hopper in Ohio kennengelernt hatte, wo er Kompressionsunterhosen und Stützstrümpfe für Sportler verscherbelte, damit der ein wenig herumschnüffelte. McGinley, der nicht gerade der Hellste war, hatte gehört, dass man Caroline im Diner gesehen hatte, und ging davon aus, dass die Frau, die zu finden man ihn geschickt hatte, Babe war. Deswegen hatte Kevin Hopper es sich vor dem Paradise gemütlich gemacht, bis die Vorstadtmütter ihn auf ihre Freundin Caroline hinwiesen, die vorhatte, eine Gärtnerei zu kaufen.

Donnelley wurde der Entführung der Sturgis-Kinder angeklagt, sowie des Angriffes auf mich auf dem Dunkin'-Donuts

Parkplatz. Die Strumpfhose war übrigens dieselbe, die er getragen hatte, als er als Edwina zu Nina Mazzo ging und sie engagierte, um Carolines silbernen Anhänger auszuliefern.

Kevin Hopper wurde des versuchten Mordes angeklagt und außerdem in den Todesfällen Kate Gustafson und Chase McGinley verhört. Als die Leiche Kate Gustafsons schließlich exhumiert wurde, stellte sich heraus, dass die Verstorbene in Wahrheit die Teilzeitkellnerin Rosanne Lewis gewesen war. Kate Gustafsons Leiche wurde niemals gefunden.

Lucy Cavanaughs Artikel »Auf der Flucht« verschwand im hinteren Teil der Zeitung, als ein Baby-Wal im Long-Island-Sund stecken blieb. Zu Babes Überraschung, wenn auch nicht meiner, tröstete Mike O'Malley sie. Sie sind letzte Woche zum ersten Mal miteinander ausgegangen, aber Lucy hat mir noch nicht davon erzählt. *Noch* nicht.

Unter der Aufsicht Hank Mossdales habe ich mit Reitstunden begonnen. Er arbeitet an meiner Haltung. Beeindruckt von meinen Talenten als Ermittlerin hat Nina Mazzo angeboten, mir die Prüfung zur Privatdetektivin zu finanzieren. Ich denke gerade in einer Hängematte am wundervollen Strand auf Jost Van Dyke über diese Option nach.

Und Caroline Sturgis, alias Monica Weithorn, wurde in allen Punkten freigesprochen, für die Ereignisse von damals wie heute. Am Tag der Urteilsverkündung bekam sie eine Gratulations-SMS, die einfach nur mit einem Buchstaben unterzeichnet war: K.

Danksagung

Seit der Veröffentlichung meines ersten Buches *Der weiße Garten* hatte ich Gelegenheit, viele wunderbare und großzügige Menschen und Krimi-Liebhaber kennenzulernen. Diese Gemeinschaft besteht aus Autoren, Buchhändlern, Bibliothekaren, Veranstaltern, Lesern, Verlegern, Bloggern – aus all jenen, die das Genre lieben. Sie sind eine ungeheure Quelle der Inspiration für jeden neuen Autor und ich bin sehr dankbar für die Unterstützung, die sie mir zuteil haben werden lassen.

Insbesondere möchte ich Carolyn Hart, Molly Weston,

Jane Murphy, Bernadette Baldino und meiner unermüdlichen Freundin und Blog-Schwester (auf www.jungleredwriters.com) danken: Hank Phillippi Ryan.

Außerdem gilt mein Dank der ausgezeichneten Lektorin Martha Schwartz für ihre ausführlichen Recherchen und ihre unglaubliche Aufmerksamkeit für Details. Alle Fehler und Auslassungen gehen auf meine Kappe, nicht auf ihre.